U0936317

兵工记忆

《兵工记忆》编委会 编

人民出版社

编 委 会

编 写 组

目 录

前　言

习近平总书记强调，红色基因就是要传承。人民兵工精神作为红色基因库中的重要组成部分，引领人民兵工克服了一个个艰难险阻，推动了人民兵工事业从胜利走向胜利，是人民兵工生生不息、发展壮大的“根”和“魂”。

1931 年 10 月，中央军委官田兵工厂在江西省兴国县官田村创建，从此开启了人民兵工的辉煌事业。80 多年来，人民兵工在党的领导下，始终坚守保军强军的初心使命，秉承“把一切献给党”的崇高信念，将红色基因渗入血液、融入血脉。历经无数战火的洗礼和磨炼，人民兵工为中华民族的独立和解放、为新中国国防现代化建设和国防科技工业发展、为中国特色社会主义事业作出了历史性贡献。

人民兵工与时代齐奋进，见证了新中国国防科技事业从无到有、从小到大、由弱到强的不平凡历史。烽火连天的革命战争年代，人民兵工白手起家、艰苦创业，从修械和生产弹药到致力武器装备研制生产，逐步建立了较为完备的战时兵工生产体系，并开始向工业化大生产过渡，为开展战略大决战、解放全中国提供了大量质量优良的武器装备。激情燃烧的社会主义建设年代，人民兵工开展战备动员、研制生产新型武器装备，建设三线基地，优化工业布局，迅速完成了坦克装甲车辆、火炮、弹箭、火炸药、光电信息五大行业的建设，在国防科技工业中率先建成了门类齐全、专业配套、独立完整的武器装备研制生产体系，为国防现代化建设打下了坚实的基础。改革开放后，人民兵工顺应党和国家工作重心转移的大形势，主动调整产品结构和产业布局，坚决贯彻“军民结合、平战结合、军品优先、以民养军”的十六字方针，坚持面向国防建设和国民经济建设两个主战场，加快推进武器装备现代化，实施保军重大工程，探索发展军品外贸，积极进军民品领域，开始了保军转民的第二次创业，积极支持国家经济建设。党的十八大以来，人民兵工坚持强军首责，把提升军队装备战斗力作为核心使命，铸大国之重器，坚定不移地推动国防和军队现代化，在军民融合、北斗导航、“一带一路”等领域取得了辉煌成就，为实现中国梦、强军梦提供了坚实的物质技术支撑，向党和人民交上了一份满意的答卷。

在历史的发生地讲历史，让历史的见证者讲历史。本书采用回忆和叙述的方式，在充分运用档案文献资料基础上，分别对革命、建设、改革不同历史时期人民兵工事业发展所经历的重要人物、重大事件、重大贡献，以及基本经验进行梳理，将零散的资料系统化，为进一步传承红色基因，弘扬人民兵工精神，坚定企业自信、文化自信，更好地服务国家国防安全、服务国家经济发展的初心和使命提供了保障。

站在新时代强军征程的崭新起点，传承好、弘扬好人民兵工红色基因和优良传统，必须高举习近平新时代中国特色社会主义思想伟大旗帜，坚决维护习近平总书记核心地位，坚决维护党中央权威和集中统一领导，坚定“四个自信”，增强“四个意识”，始终听党的话、跟党走，坚定理想信念，锤炼党性修养，传承红色基因，守护红色记忆，把学习和传承人民兵工精神贯穿于理想信念教育始终，不忘初心，牢记使命，让人民兵工精神真正内化于心、外化于行，把红色基因转化为强军优势，凝聚起新时代强军兴军的磅礴力量。

编　者

2019 年 6 月

第一篇

革命记忆

中国共产党领导的人民兵工，历经土地革命战争、抗日战争和解放战争不同时期，克服无数艰难险阻，白手起家研制生产武器弹药，成为人民武装力量不可或缺的重要组成部分。大革命失败后，毛泽东“枪杆子里面出政权”重要论断的提出和工农武装割据理论的形成，直接促成了负责制造、提供“枪杆子”的人民兵工的创建。1931 年 10 月 20 日，中国工农红军在中央根据地江西兴国官田村成立中央革命军事委员会兵工厂（官田兵工厂），标志着人民兵工正式诞生。第五次反“围剿”失败后，1934 年 10 月至 1936 年 10 月，根据地兵工厂大部分随军转移，历经二万五千里长征，兵工战士亦工亦战，许多同志献出了宝贵的生命。抗战全面爆发后，1937 年 9 月，八路军东渡黄河开赴抗日前线，创立晋察冀、晋绥、晋冀鲁豫、山东等敌后抗日根据地，人民兵工在根据地得到空前发展。1938 年 3 月，中央军委成立军工局，加强对陕甘宁边区兵工厂的领导。皖南事变后，新四军成立军工部，军工生产迅速发展。人民兵工筑起了抗日的钢铁长城，为抗战胜利作出了十分重要的贡献。解放战争爆发后，第一次华北兵工会议在西柏坡召开，确立了“为争取战争胜利”的兵工生产方针和生产重点；1948 年年底至 1949 年年初，军工军械会议在西柏坡召开，为兵器工业迎接全国解放做了思想和组织上的准备。历经血与火的考验，第一代兵工人凝聚成“一切为了前线”“把一切献给党”的革命信仰，为取得战争胜利建立了卓著功勋。

官田兵工厂的创建

◎ 吴汉杰

在红军初建的艰苦年代，我们的武器都是从敌人那里缴来的。每打一次仗，缴获的武器总是拿都拿不了。有时只好把枪机卸下来装进衣兜里，多了就串起来背上，枪杆让俘虏或老乡扛下来。这些杂牌枪支经过这么一折腾，枪杆和枪机对不上号，不是装配不上，就是零件残缺不全，不修理是不能用的。1931 年以后，战争的规模越来越大，红军队伍不断发展，需要的武器就更多了。蒋介石这个“运输大队长”给我们送来了大量枪支，却没有送给我们一座修械厂。这就“逼”得我们不得不自己动手了。

★ 吴汉杰（兵器工业档案馆供图）

1931 年 9 月，红军粉碎敌人第三次“围剿”，最后一仗歼灭了韩德勤部，缴获了大批枪支。中央革命军事委员会命令我去兴国的白石乡收集枪支，

吴汉杰，1897 年生，湖南长沙人，1928 年 1 月参加湘南起义，任宜章县苏维埃政府财经委员会副主任、工农革命军第三师供给处处长。同年 4 月，随军上井冈山，历任红二十九团辎重队队长、二十八团士兵委员会秘书、红四军军需处处长、军委总供给部财政处处长。1931 年 10 月，奉中央革命军事委员会指示，担任江西官田兵工厂厂长。新中国成立后，历任广东省财政厅副厅长、粮食厅厅长、监委副书记等职。

并就地筹建一座修械厂。我是个外行，有点儿发愁。但是，闹革命嘛，再难也得干。

我领着六七十个工人，带着几把锉刀、钳子，办起了修械厂。不到20天，收集了五六千支破旧步枪，同时，修好了一部分。接着，军委命令我们与江西省工农民主政府的修械所和三军团的修械所合并。10月，在兴国县莲塘区的官田成立了中央军委兵工厂。

三个单位合并，管理人员和工人增加到了250名，工具也多了20多倍，有200多把锉刀、100多把老虎钳子、4座打铁炉。可是，这些家什用起来很不顺手，尤其困难的是缺乏技术知识。我们的工人大都是农民出身，虽然也有木匠、铁匠，还有原来在国民党部队当过军需的。但是，多数人没有修过枪，不少人甚至还没有摸过枪哩。现在要他们修理各种枪支，这不是赶着鸭子上架吗？

摆在我们面前的困难这么多，但谁也没有说不干了。每当我跟同志们谈

★ 1931年10月，在中国共产党的领导下于江西兴国县官田村建立的第一个中央兵工厂旧址（兵器工业档案馆供图）

起技术困难时，他们总是笑眯眯地说："好好学呗！"有的还打趣地说："厂长呀，依我看哪，除了生孩子，咱们啥都学得会。"

由于大家都有掌握技术的强烈愿望，一股学技术的热潮迅速在全厂掀起来了。我跟大家商量，让懂技术的人教，不懂技术的人学。大家纷纷表示：教的一定好好教，学的一定好好学，并提出一个口号："虚心学、快快学；我们多流汗，阶级兄弟少流血！"这时正是寒冬腊月，北风呼号，但大家好像忘掉了寒冷，许多人常常是丢下饭碗就跑去干活；夜里没有灯，就摸黑研究技术，躺在床上，还讨论着怎样找窍门。

不久，大家就初步掌握了技术，将修好的步枪一批又一批地送上了前线，我们心里真有说不出的高兴。可是，没过多久，恼人的事又发生了：我们修理过的枪支有好多不能用，一打不是弹钩坏了，就是撞针断了。大家看着退回来的废品，急得火烧火燎的。枪修不好，影响了红军的战斗，这是我们的耻辱呀！一天，饭菜端上来好久，仍不见工人们来吃，我便跑到工作室，一看，大家都在叮叮当当地修理退回来的枪支哩！

他们说："厂长，不把坏枪修好吃饭都不香！"我好不容易才把他们赶去吃饭。

饭后，我跟大家仔细检查退回来的武器，终于把毛病找了出来，原来是淬火没有掌握好火候。我们就组织有经验的工人给大家示范，把制成的零件烧红后在一种药水里浸一下。为了提高产品质量，我们还制定了产品质量检查制度。修好的枪，又送到了前线，这次全部合格了。胜利的消息不断传来，我们心里有说不出的高兴，劲头更大了。

1931 年 12 月，红军消灭了寻乌和会昌两县几个土豪劣绅盘踞的据点，征集了 30 多名修枪工人。1932 年 4 月，红军攻克了福建省漳州，又缴获了张贞部的修械厂，动员了 20 多名工人来厂，还带来了两部车床、一台 30 匹马力的发电机、一个鼓风机，还有一批汽油和原材料，这是我们兵工厂的无价之宝。我们很快把机器安装好。机器轰隆轰隆地开动了，大家都高兴地跳起来，来看热闹的老乡们也欢天喜地说："红军兵工厂有机器了。"接着，上级又从奉天（今沈阳）兵工厂调来了地下党员韩日升、郝希英、刘广臣，他们都是造兵器的熟练技工。工厂的技术力量大大加强了，机构也作出相应调整，成立了机器组、修配组、打铁组、木工组、皮革组。从此，我们不但能修理步枪、机枪、驳壳枪，而且还可以修理迫击炮，甚至制造步枪了。

前线不仅需要枪，而且更迫切地需要子弹。于是，军委又命令我们在兵工厂中建立一所造弹厂，我们立即进行筹备。没有技术人员，就派人到闽西根据地造弹厂学习。他们不但教会了我们派去的四个人，还调给了我们四个技术工人。缺乏原料，就派人四处收购。当地群众听说红军要自己造子弹了，纷纷把从战场上拣来的弹壳送到造弹厂，我们很快就收集了 20 多万斤。另外，又在广东省大埔，江西省赣州、吉安近郊，设立了秘密采购站，购买做火药用的白药（洋硝）、硝酸、棉花和做子弹底火用的铜皮等，并在根据地内收集破铜器、铜钱作为弹头原料，自己打铁砧、铁锤、锉刀等造弹工具。一切筹备好了，造弹厂开工了。

我们造出第一批子弹后，兴冲冲地跑进山林里试验，结果却使人大失所望：有一部分子弹弹头出了枪膛就横着走，打不准又打不远，还损伤枪的来复线。大家急得团团转，拿着子弹仔细研究，连吃饭、走路都在琢磨毛病出在哪里。

毛病终于找出来了，原来是用铜铸成的弹头，手工锉得不圆滑，有大有小，不端正，又没有经过严格检查。于是，我们做了弹头量具，逐一检查，终于和闽西根据地造的子弹一样可用了。后来，有个工人献计，弹头不用铜铸，改用铜币冲成圆壳，内灌铅锡，质量更提高了。前方同志们满意地说："我们自己造的子弹也不比白军的洋子弹差哩！"

旧的困难解决了，新的困难又来了。敌人对根据地的封锁越来越紧，我们买不到汽油，机器不能发动了。而这两部机器是我们修理枪炮大零件所必需的，又是造弹厂制造手工工具的母机，决不能让它们停着。我们就造了个大水轮，利用水力来驱动。造子弹发射火药的重要原料——硝酸买不到，我们就把腐朽的木头磨成粉末，和白药配成火药。经试验，子弹的效力没有降低，成本反而大大降低了。做底火的铜皮用光了，我们就用弹壳打成薄铜片来代替。就这样，我们将翻完的子弹一批又一批及时地供应给了前线。

这时，兵工厂分两个厂：一个是修枪厂，一个是造弹厂。造弹厂有 200 多工人，都是根据地的男女青年，他们为了支援红军多打胜仗、多消灭敌人，提出与修枪厂工人进行劳动竞赛。两厂的工人你追我赶，生产更加红火了。

5 月的一天，上级要我们造手雷和地雷。我传达了上级的命令后，全厂同志积极响应，对这种新的“订货”很有兴趣。原料是生铁和土硝，江西根据地内有很多，我们很快就收集了一大批。接着开工铸弹壳，造火药，在弹壳内装上火药，还掺些碎铁片，安上发火机。几天功夫，第一批手雷和地雷出厂了。经试验，一颗 20 多斤重的地雷，可以把周围三丈远的树木炸断或炸伤。大家的情绪更高了，于是又招收了一批会铸锅、造土火药的工人和木工，扩大了厂房，大量制造。从这以后，制造手雷（木柄式和麻尾式）和地雷就成为我们造弹厂的突击任务了。

在党的领导下，红军官田兵工厂就这样从无到有、从小到大地建设起来了。我们一共修配了 4 万多支步枪，生产了 40 多万发子弹，修理了 2000 多挺机枪、一百多门迫击炮、两门山炮，还造了 60000 多枚手雷、5000 多个地雷，这些武器弹药装备了红军，对打击敌人、赢得革命战争的胜利起到了重要作用。

从鄂豫皖到川陕甘

◎ 吴先恩

我的家乡湖北省黄安县紫云区箭厂河，地处湖北、河南两省和黄安、麻城、光山三县交界之处，是所谓“鸡鸣闻两省，狗叫三县惊”的穷山区。

1926 年 7 月，国民革命军开始北伐，10 月攻下武汉。黄安最早的一批共产党员吴焕先等利用这个大好形势，于这年的秋末冬初，在箭厂河附近的王楼等地建立了第一批农民协会，并以“防匪保家”为口号，先后举办了三堂革命红学，对受苦农民群众进行政治和军事训练。我和一些青年农民踊跃参加革命红学的学习。吴焕先还从箭厂河方圆几十里请来 60 多位铁匠师傅，在他家门前架起 20 盘铁匠炉，用农协会员捐献出来的碎铁和废旧农具做材料，叮叮当当地打造起了兵器。每盘铁匠炉由一位老师傅掌钳，再配两位身强力壮的年轻师傅，一个抡大锤，一个拉风箱。20 盘铁匠炉一连干了 3 个多月，打造出梭镖 1000 多把，鬼头刀（一种前重后轻的大刀）四五百柄。此外，我们还收集到一些土枪和太平军遗留下来的土炮——北龙炮、座山炮和

吴先恩，1907 年生，河南新县人，1929 年参加中国工农红军，参加过第一、二次国内革命战争，抗日战争，解放战争和抗美援朝。历任红四方面军总后勤部军需处处长、总兵站部部长、红九军供给部部长、抗日军政大学二分校供给主任、晋察冀军区供给部部长、华北军区后勤部参谋长、湖北军区后勤部部长、湖北省人民政府财经委员会副主任、中国人民志愿军后方勤务司令部第一副司令员、北京军区后勤部部长、北京军区顾问等职。

★ 吴先恩（红安县将军文化研究会供图）

手炮。所谓北龙炮和座山炮，都有五六尺长，每次可装填黑火药一二十斤；手炮长约二三尺，口径较大，内装铁砂和黑火药，用手端着发射。所用的黑火药是老乡们挖土硝，用棉秆灰配制而成的。当时，有一位姓刘的师傅，大家都叫他刘猛子，大约40岁，爱动脑筋。他选用粗细适中的竹子，削尖头，放进当地盛产的桐油里淬火，制成的竹枪尖硬度大，枪身1丈多长，能将身着棉衣的敌人胸刺穿，威力颇大，且重量轻，制作简单，很受大家欢迎，很多同志都持有这种武器。这60多位铁匠师傅用20盘铁匠炉打造的梭镖、大刀是鄂豫皖苏区兵工生产的第一批产品。

1927年4月12日，蒋介石公开背叛革命，在上海大肆屠杀共产党员和革命群众。5月，光山县大地主陈二辉带领由他豢养的反动民团、红枪会2000多人，气势汹汹地朝着箭厂河杀来。在中国共产党的领导下，我方也集合了两三千人，坚守在当年太平军作战的古战场——木城寨里迎击敌人。我们在城墙上架起土炮，向来犯之敌射击，用石灰罐子、滚子、礌石同他们搏斗。有些农协会员溜出城墙，用梭镖、大刀、竹枪、鱼叉跟敌人厮杀。打了7天7夜，敌人没有攻进木城寨。后来，黄安县委从外地搬来援军，里外夹攻，终于把陈二辉带领的那帮土匪打垮了，残兵败将们不得不夹着尾巴逃回光山县老巢去了。在这场战斗中，我们打死打伤不少敌人，还缴获了11支步枪。

击退陈二辉进攻后不久，我们乘胜又打垮了一个民团，夺得了一个修械所——河南光山县陈代祖修械所。该所规模很小，仅有8名工人，一部2尺半车床和一部3尺半车床，以及3把老虎钳。由于对党的政策缺乏了解，8名工人跑了6名，剩下的旋工王某和李某开始表现也不安心，工作不积极，技术上更是保守。我们一方面对他们进行耐心的教育，启发他们的觉悟；一方面在生活上给予他们特殊的照顾，包括给他们较高的工资等。后来，他们逐渐有

★ 1930年2月，鄂豫皖根据地建立赤城县造枪局（余富山兵工厂）。图为造枪局旧址——今安徽省金寨县南溪镇余富山村（兵器工业档案馆供图）

所转变，觉得在这里比在国民党军队里好，终于将妻子、儿女从白区接到苏区，并通过老关系，从巩县找来了6名技术工人，扩大了我们的兵工队伍。

随着职工人数的增加，我们有了一定的技术力量，1927年秋，上级决定在箭厂河后的张家湾正式成立兵工厂，负责人是鄂豫皖革命军事委员会后方留守处主任吴先保。不久，我们就开始制作炸药、复装子弹，逐步发展到制造来复线枪和单响枪。与一年前打造梭镖、大刀相比，大不一样了。当时，复装子弹最缺的是弹壳。领导要求红军战士，在战斗中不仅要千方百计地缴获敌人的武器，也要尽可能地捡回空弹壳，供复装子弹用。每个弹壳都得使用几次，直到出现裂纹不能使用了，再把它熔化成铜水，留作制造手榴弹之用。复装子弹的底火是利用关系从白区采购来的。

一个又一个胜利，在局部上压倒了敌人，但是从全局看，1927年7月15日汪精卫在武汉公开叛变，轰轰烈烈的大革命失败了，革命陷入了低潮。全国都处在白色恐怖之中。据此，上级决定：将兵工厂暂时分散，挑选8名政治可靠、技术较精的同志随军负责修械任务，其余的工人，或就地参加赤卫队，或暂时回乡生产。机器、工具除随军转移的同志带走一部分外，其余坚壁起来。

鄂豫皖根据地的共产党人经过近两年的艰苦奋斗，至1929年春，红军先后占领了黄安县的七里区、紫云区、桃花区和大悟县的宣化区，河南光山县的柴山堡，从而建立了一大片革命根据地，人口达10万之众，兵工生产也得到迅速恢复和发展。1930年年初，除箭厂河兵工厂外，几乎每个县都建立了大小不等的兵工厂或修械所，兵工工人增加到八九百人，还办起了被服厂、石印厂、造币厂和医院。这时，苏区兵工厂除复装子弹和修理枪支外，还大批制作手榴弹，最多时日产手榴弹近千枚。另外，兵工工人从修理实践中发现：武器损坏有一定的规律，即有些零件损坏率高，有些损坏率低，有些则很长时间也不损坏。他们针对这种情况，平时多生产一些容易损坏的零件，作为备件发给部队，使部队能够及时替换损坏的零件，满足了作战的需要，颇受部队欢迎。

为了培养兵工人才，鄂豫皖革命军事委员会还创办了鄂豫皖苏区唯一的一所兵工学校。校长由张瑞德（红四方面军军械处处长）兼任。学员，一部分是参军的青年农民，一部分是从部队抽调来的战士。学习时间二至三个月。教员，一是白区地下党输送来的；二是河南巩县兵工厂来的师傅；三是俘虏来的国民党军修械人员。兵工学校实行一边学习一边做工的办法，上午授课，内容包括步枪的结构、修理，手榴弹的制作，复装子弹的方法等。后来，又根据铸造零件的需要，增开一门新课程，即零件铸造课，使学员初步掌握一些铸造技术。学员下午到兵工厂实习、干活，这样，学员们既学到了必要的理论知识，又基本掌握了生产、操作的技能。学员结业后，大部分到部队当军械员，小部分留工厂工作。

当时，距我们兵工厂仅22里的新集城里，驻扎有身穿红褂子的“红枪会”，手持系有黄布条梭镖的“黄枪会”，还有身背大刀的“蹦子会”，以及无恶不作的“保安队”。这些坏蛋们把新集城闹得乌烟瘴气，还时不时出城骚扰百姓，对我们兵工厂和兵工学校也有威胁。1928年下半年和1929年上半年，我军曾先后两次攻打新集城，皆因城墙又高又厚，我们没有火炮未能攻下。1929年8月，兵工厂工人制造出一种特大口径的“树炮”，作为攻城的武器，一共做了4门。

攻城前，由制炮工人向红军战士讲解使用方法。攻城时，4门“树炮”一齐上阵。不料，头一门炮点火后炸膛了，当场炸死、炸伤了几名同志。怎

★ 1933年年初，红四方面军在川北通江县苟家湾建立的通江兵工厂（兵器工业档案馆供图）

么办？是继续发射还是向后撤退？红军战士懂得：干革命哪能没有牺牲？继续发射！3门“树炮”一齐射向新集城，大显神威，把城里的敌人营房炸塌不少，敌人伤亡惨重。平时在老百姓头上作威作福的敌人如丧家之犬，哭叫不迭，乱作一团。受到这次严惩后，他们再也不敢像过去那样大摇大摆地到城外肆意横行了。

1932年冬，蒋介石集中了30万主力部队“围剿”鄂豫皖苏区。红军决定主力部队突围西进，向川陕边界转移，留下红25军和红28军在湖北、河南一带牵制敌人的一部分兵力，迂回打击敌人。各兵工厂的机器、设备除留一部分给在鄂豫皖苏区坚持斗争的两个军外，其余的全部埋入地下。

西进出发时，挑选了40多名优秀工人随军担负修械任务。他们携带修械工具，与部队同时行动。西进途中，他们同红军战士一样，历尽千辛万苦，为部队修理枪械出力，表现非常出色。来自河南巩县兵工厂的工人习林，就是他们中的典型代表。习林突围时，身上3处负伤，仍然背着修械工具坚持行军。我当时是红四方面军总后勤部军需处处长，亲自和其他几位领导轮流背着他走，经过20多天，硬是将他背到四川。在危急时刻，大家没有将他抛弃，让他十分感动。他和其他兵工工人把这些记在心上，后来在兵工事业中，他们更是舍生忘死、不惜牺牲。1932年冬，我们到达四川时，兵工工人仅幸存十几人。

毛主席教我做思想政治工作

◎马 文

红军兵工厂能在战争中发挥重要作用，根本原因是有党的正确领导。毛泽东、刘少奇、朱德和陈云等中央和军委领导同志对建设和发展我军的军事工业都十分关怀，大力支持。这里我讲一个毛主席教导我怎样做思想政治工作的故事。

1933 年，我在中央苏区全总执行局和红军兵工厂工作。当时兵工厂缺乏熟练技术工人，于是通过上海地下党组织，动员了六名车床工人来我们厂工作。红军兵工厂的工人政治觉悟很高，工作紧张，积极热情，但生活待遇微薄——技术工人每月工资 15 元至 20 元，少数技术较高的 25 元左右，最高工资 35 元。这六名工人来兵工厂之前，言定每月工资 60 元，已经是“高工资”了，但他们还是工作劲头不足，加上沾染了旧社会的坏习气，看不起苏区的工人。大家对这种现象看不惯，纷纷提出意见，有的提议给他们降低工资，有的要求处分或开除他们。党和工会组织做了许多工作，问题还是没有

马文，1913 年生，广东五华县人，1930 年，辗转到江西省兴国县谋业。1931 年 7 月，到瑞金参加中国工农红军，同年 10 月，在中央红军成立官田兵工厂中担任职工委员会委员长。后调任中华全国总工会苏区执行局国家企业部部长和军事工业委员会委员长，负责苏区兵工厂及其他红军企业的职工运动工作。抗战胜利后，调任东北民主联军东安航空学校第一政委、东北军区军事工业部政治部副主任。新中国成立后，历任北京航空学院副院长、广东省政协常委等职。

解决。我把这个情况报告给了全总执行局委员长刘少奇，他除作了指示外，还介绍我去向中华苏维埃中央政府主席毛泽东汇报。

毛主席高兴地接见了我。当我把来意和工厂里的情况作了汇报后，他问了几个我事先没有意料到的问题："这几个工人有什么嗜好？技术和文化程度如何？对苏区有什么不好的印象？"等等。当我回答之后，毛主席："仍按每月 60 元工资继续发半年。红军兵工厂的厂方、党支部和工会要在这半年中争取、团结、教育他们，使他们成为先进工人。"毛主席还亲笔写了两封信：一封给六个工人，启发他们提高阶级觉悟；一封给工厂，把教育任务规定了下来。然后他问我："这样处理好不好？"我说："这次来向毛主席汇报，是请示给他们处分的。这几个人技术水平不高，按劳动法和合同规定，有一名一个月只能得 14 元。他们的旧习气很重，工作不积极，这样解决会引起大家更多意见。"毛主席听了，很耐心地解释说："你们应当对这些人耐心些，他们是刚从苏区外边来的，旧社会的影响还没有完全去掉，经过教育，一步一步地提高，将来和大家一样进步。处分和开除的办法用不得，对我们是没有好处的。上海地下党动员他们来时既然谈好了每月 60 块钱，无论怎样困难，我们也要按照特殊情况办理。除非他们自愿减少，否则我们决不能少发。"他接着说："这六个工人是能够争取过来的。他们六个人中，总有一两

★ 官田兵工厂枪炮科旧址
（兵器工业档案馆供图）

★ 1946 年，时任东北老航校政委的马文（右二）与学校的主要领导一起（《梅州日报》供图）

个人比较好，一两个比较中间，一两个比较差的。你们应该先着重团结较好的，提高他们的思想认识，再逐渐争取和团结其他的人。必须注意，除进行一般的政治教育外，还要个别做些工作——谈心、说服教育，多重用他们的技术，启发他们的阶级觉悟，这样才能消除他们与苏区工人之间的隔阂。我想，按照这样做，一定可以行得通。”最后，毛主席亲切地嘱咐说：“如果还有人不同意这样做的话，你就把我的话向他们解释，并将情况告诉我。总之，这六个工人是不能让他们走的。这件工作能不能搞好，不完全取决于这六个工人和其他工人，主要是看你们领导上的认识和努力争取的程度。”经过毛主席耐心地教诲，我还是没有足够的信心，勉强地说：“按照主席的指示，回去试试看。”毛主席说：“好！好好地去试试看吧！”

我按照毛主席的指示回到了兵工厂，把毛主席的指示传达给工厂党、政、工会负责同志，把毛主席的亲笔信交给了他们。大家听了传达、看了信以后，十分高兴，遵照毛主席的指示认真地对六个工人进行了思想教育工作。三个月以后，情况果然有了很大变化。这六名工人当中，有两人光荣地参加了中国共产党，除一个人还有些不安心工作外，其余的都很积极。他们还自动要求降低工资，和苏区工人同样享受劳动法规定的待遇。给我印象最深的是，在一次募捐大会上，他们提出把半年工资全部捐献出来慰劳红军。

毛主席对六名暂时处于后进状态工人的正确处理，使我和红军兵工厂的领导干部在思想、作风和工作方法上有了很大提高，对兵工厂以后的工作一直起着巨大的指导作用。

在延安重建军事工业

◎ 李 强

抗日战争和解放战争虽然作为一个历史阶段已经过去了，但当年军工生产战线上的同志们自力更生、艰苦奋斗从事生产的动人情景迄今仍深深地印在我的脑海里。我从 1938 年年初至 1947 年年初在陕北待了整整 9 年，一直担任军工局的主要领导职务，亲身经历了陕甘宁边区的军事工业在中共中央和中央军委的直接关怀下，逐步地从一个设备十分简陋、只有几十个人的修械所发展成为规模虽小，但互相配套、比较正规的军工生产的全过程。陕甘宁边区的军事工业为保卫党中央、保卫陕甘宁边区、发展边区的经济、支援其他边区和根据地的军事工业建设作出了很大贡献。

1938 年 1 月 1 日，毛泽东在延安工人制造品展览会上发表讲话："过去抗战部分失败，我们的国防工业不如敌人也是一个原因，将来要最后战胜敌人，一定要发展国防工业。"根据这个精神，中央军委军工局于 1938 年 3 月成立，中央军委参谋长滕代远兼局长，我和王诤任副局长。不久，军工局归

李强，1905 年生，江苏常熟人，原名曾培洪，"五卅运动"学生运动领袖，1929 年自制出了我党第一部无线电收发报机。1938 年年初从苏联返回延安，历任中央军委军事工业局副局长、局长，联防军军工局局长，兼任延安自然科学院院长。新中国成立后，历任邮电部无线电总局和电信总局局长、对外贸易部部长、国务院顾问、中央顾问委员会委员等职。

中央军委总后勤部领导，总后勤部长叶季壮兼局长，我任副局长。局址设在延安机场附近北山坡的一条小山沟里，1938 年年底迁到杨家沟。

★ 李强（兵器工业档案馆供图）

1939 年 4 月，军工局迁到安塞县茶坊，在此前后，属于军工局管辖的有：军工局一厂、二厂、三厂、五厂（石油）、六厂（制鞋）、八厂（皮革）、玻璃厂、陶瓷厂。此外，还有马家沟修械所（不久迁至河庄坪）、制药厂和一个修理部。

1941 年，军工局由茶坊迁到延安大砭沟。这一年，军工局一厂与三厂合并，以后军工局三厂的复装子弹和制造手榴弹部分、难民农具工厂、军工局二厂、河庄坪修械所合并，组建留守兵团第一兵工厂。1942 年 5 月 13 日，陕甘宁晋绥联防军司令部成立，军工局改归联防军司令部领导，留守兵团第一兵工厂交给了军工局，改称军工局第一兵工厂。

军工局为了响应毛泽东关于大生产运动的号召，还成立了总生产委员会，领导农副业生产。1944 年，副业生产所获纯利润达到了 50494142 元边币，既支援了边区建设，又改善了职工生活。这一时期，属于军工局领导的有：军工局一厂（包括紫芳沟化学厂）、第一兵工厂、陶瓷厂（已与玻璃厂合并）、炼铁部、后沟工厂、蟠龙矿厂、杨桥水力厂、运输队和焦炭厂。

抗战胜利后，军工局相当一部分职工奉命支援其他解放区。根据形势发展的需要，军工局奉命与边区工业局合并，炼铁部等厂先后停办，军工局与工业局只是形式上的合并，属于军工局管理的只有工艺实习厂和第一兵工厂（以后改为工艺实习三厂和工艺实习四厂）。胡宗南军占据延安后，军工局迁到涧峪岔。我离开陕北后，军工局与晋绥军区工业部合并，军工局完成了它的历史使命。

从造机器开端

陕甘宁边区发展军事工业是从造机器起步的。1938 年，我曾 3 次到西安

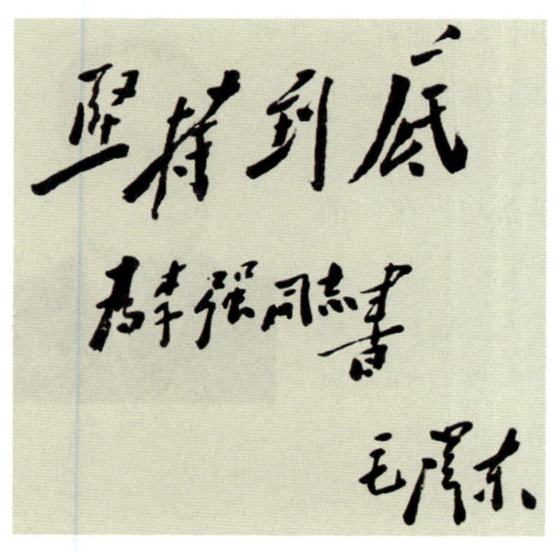

★ 1944 年 5 月，毛泽东为陕甘宁晋绥联防军军工局局长李强题词（于学驷供图）

订购了 10 部机器，买了钢铁、旧汽车头、铅锭、硫酸等原材料，但那些机器造得都很粗糙，经过修理后才能使用，当时难民农具工厂也只有两部机器。因此，1938 年以前边区的军工生产基本上是手工业式的。后来，沈鸿携带 11 部机器到延安后，才逐步地改变了军工生产面貌。为此，原陕甘宁边区中央局统战部部长贾拓夫指出，“沈鸿和他的机器是起了重要作用的，因为他的机器是‘母机’，造出了许多机器”，概括了当时中央军委及边区政府领导对沈鸿的评价。当年身处其中的人也都承认这一点。

军工局一厂为什么对外称陕甘宁边区机器厂，就是因为它的主要任务是造机器，它的分厂——紫芳沟化学厂才是真正的兵工厂。抗战期间，一厂根据边区军事工业发展的需要制订生产计划。1939 年，军工局制定了“先造设备，后造步枪”的方针。一厂的职工在沈鸿的领导下生产了各种专用机床，其中包括各种复装子弹的机器。当前方修械需要各种便于行军携带的小型机器时，一厂又及时地生产了几十套小型车床、铣床、刨床等，送到前方，受到修械战士的欢迎。以后生产的制造火炸药，炼铁，造掷弹筒弹和 75、82 毫米迫击炮弹等的机器设备无不与一厂有关。

当时造一部机器是很不容易的。在材料、工具都缺乏的情况下，要造一部机器，从设计到完成一般需 3 个月左右，但有些紧急任务不到一个月便可完成，尤其是在条件具备、安排得当时，一个月就可以造出六七种不同型号的机器。记得国民党发动第三次反共高潮时，一厂的全体职工奋战 40 天，为装配炮弹厂制造出 30 部生产掷弹筒弹的专用车床，这不能不说是一个奇迹。

沈鸿是一位有心人，他到延安时还带了一部分技术书籍，他和钱志道就依靠《化学工业大全》因地制宜地设计、制造了一整套生产火炸药的设备，如生产硫酸的铅室、细断棉花的打浆机、生产硝化棉的汤姆孙硝化器、生产硝化甘油的硝化喷射分离器。这些现代化机器的生产，便形成了陕甘宁边区军事工业的特点。

冶炼生铁

炼铁是发展军事工业的根本，1944 年以前，边区钢铁来源很少，一是靠晋绥边区支援的路轨，这是很靠不住的，一旦日军加紧进犯，随时都有断绝的可能，军工局二厂就是在断绝原料供应的情况下与难民农具工厂合并的。二是靠从群众中收集破锅、废铁，但这毕竟是有限的。陕甘宁边区最缺的是灰生铁，它是铸造机体和炮弹壳的重要原料，不解决灰生铁问题就无法发展边区的军事工业，军工局炼铁部就是在这个背景下成立的。

炼铁部的主要设备是小高炉，当时徐驰是设计小高炉的最佳人选。我请他主持这项工作，他以大局为重，毅然挑起担子。他所设计的以木炭为燃料的小高炉很有特色，雄踞于大砭沟，蔚为壮观，成为当年延安的一景。炼铁的时候，周围的很多群众前来观看。小高炉是根据当时军工生产需要和原材料如矿石、木炭的提供能力设计的，日产量约为一吨。炼铁部仅 1944 年至 1945 年就生产铸造灰生铁 60 余万斤，基本上满足了边区铸造机器和弹壳的需要。

军工局除自建小高炉外，还为建立贺龙铁厂的土高炉提供技术援助，军工局曾派沈鸿等到那里指导。贺龙铁厂的年产量约 64 万斤，这两个铁厂的建立对陕甘宁边区的军事工业建设和经济建设起了重要作用，对陕甘宁边区来说是一件很了不起的事情。

火炸药与手榴弹

火炸药是弹类发射与爆炸的主要能源，手榴弹是抗战时期八路军用游击战对付敌人的有效武器。1942 年以前紫芳沟化学厂生产的手榴弹中全部装的是黑火药，由于黑火药的爆速很低，每秒只有约 300 米，因此杀伤威力很小。钱志道根据资料调整了硝硫混酸的配比，生产出强棉（即含氯量高的硝化棉），并用以装入手榴弹，明显地提高了威力。强棉装入手榴弹可以说是紫芳沟化学厂的一大发明。

为了提高黑火药的威力，紫芳沟化学厂的职工们还试着加入少量的硝化甘油，并就外观美其名曰黑炸药。为了达到安全使用硝化甘油的目的，他们在其中加入一定量的木粉。这两种炸药经过实战的检验都产生了很好的效果。

培养人才的学校

说军工局是一所培养人才的学校，一点也不过分。有人作过初步统计，曾在军工局工作过的人中，有 39 人在新中国成立后担任政府中副部长级以上的领导职务（其中包括军队中少将以上，重点院校的院校长），担任厅局长、厂所长一级领导职务的就更多了，不少人成为有关部门的技术骨干，发挥着重要的作用。这是因为从中央军委、边区政府到军工局对职工的教育工作都很重视，军工局还专门设了教育科，负责培养人才。军工局各厂职工的培训工作主要是通过业余教育进行的，每天坚持学习两个小时，在任务不饱和的情况下坚持多学。军工局一厂和三厂合办艺徒训练班，第一兵工厂还采取了小先生制；我担任自然科学院院长后，让学生到二厂实习，使书本知识与生产实践相结合，对培养人才起到了很好的作用。

当时的学习气氛很浓，不论是学有专长的知识分子，还是老工人或学徒，都感到知识不够用，都有一股儿劲和上进心。沈鸿是自学成才的、钱志道是学理论化学的、徐驰是学冶金的，他们除了负责领导全面的技术工作和担任教员之外，还坚持自学，经常学到深夜。我在大学里是学桥梁与铁路建筑的，后来根据革命工作的需要自学了无线电，在苏联期间教过物理、研究过天线。担任军工局局长以后，为了使自己成为业务上的内行，我也像其他

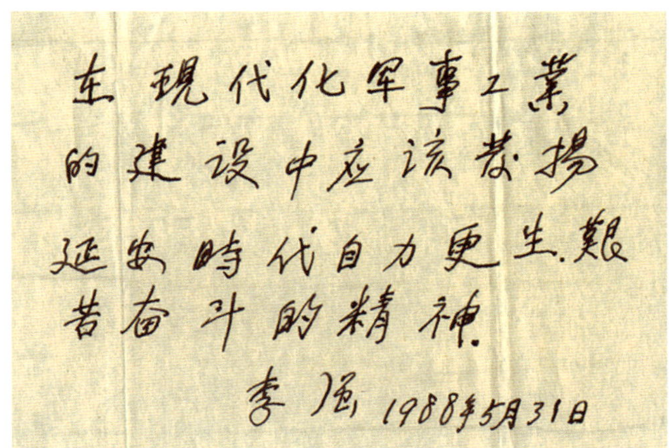

★ 1988年5月31日，李强为兵器工业寄语题词（于学驷供图）

同志一样如饥似渴地学习。当我知道伍修权那里有不少俄文版军事技术书籍时，就借来认真阅读，懂得了不少军工生产技术方面的知识。这些在以后的工作如研究弹道学、军事订货中都派上了用场。由于领导干部的言传身教，军工局自上而下，读书学习蔚然成风。迄今还有一些同志常说，他们在以后的工作中之所以能应付自如，就是那个时候打下的基础。

此外，军工局各厂中有些同志的手艺是令人叹为观止的，如赵占魁的翻砂技术、赵希海的锻造技术、陈兰贵的雕刻技术、张景元的徒手造驳壳枪技术等，这都是他们勤学苦练的结果，曾在职工中产生很大的影响。

在太行山上

◎ 刘　鼎

为了抗击日本帝国主义，我们从敌人手中缴获武器，回击敌人；同时运用自己的知识和物质条件，设计制造抗日武装所需的武器弹药。我们的军事工业在配合游击战、运动战到攻坚战中，从无到有、从小到大、从土到洋，一步一步地发展壮大起来。

抗日战争时期，八路军总部在太行山区创建了拥有十几个工厂的军事工业。它是根据中共中央六届六中全会决议中，关于“提高军事技术，建立必要的军火工厂，准备反攻实力”的精神，于 1939 年前后在各部队修械所的基础上陆续创办起来的。创办初期，八路军总部从延安中央军委军事工业局、抗日军政大学、总部机关和 129 师各部门陆续抽调了近千名优秀干部和技术工人到军工部和兵工厂工作。

我是 1940 年 5 月，从抗日军政大学培养无线电通信等特种技术人才的特科大队调到军工部从事军工生产工作的。当时，彭德怀副总司令、左权副

刘鼎，1902 年生，四川南溪人，我国军事工业的创始人和杰出领导人，被誉为“兵工泰斗”。历任中共中央特科二科副科长、闽浙赣军区政治部组织部部长、中国共产党驻东北军代表、延安抗日军政大学特科大队大队长兼政委、八路军总部军工部部长、太行工业学校首任校长、中央军委联防司令部军工局副局长、晋察冀军区军工局副局长、华北人民政府公营企业部副部长等职。新中国成立后，历任中央重工业部副部长兼兵工总局局长，二机部、三机部副部长，航空工业部顾问等职。

参谋长、杨立三后勤部长亲自从总部送我到几十里外的军工部机关所在地山西省黎城县上赤峪村就任军工部部长。一路上几位领导同志谆谆教导我，要克敌制胜，必须具备两个条件：一是发动群众，二是要有武器。敌人之所以敢于发动侵华战争，主要是凭着他们有精良的武器装备，企图用武力来征服中国。我们共产党人从来认为战争胜负的决定因素不是武器而是人，但武器却是战争胜负的重要条件，如果我们每个为正义而战的抗日战士都有武器，有好武器，就可以用较小的损失、较短的时间取得最后胜利。武器从哪里来？靠国民党政府配发，当时希望渺茫；靠缴获敌人的，代价太大，往往为夺取一支枪要付出重大牺牲。最好的办法是自己制造。首长们再三叮咛，殷切嘱托我一定要抓紧把军工生产搞起来。我虽然在国外学习过一些工业技术知识，又在闽浙赣根据地的洋源兵工厂担任过一段领导工作，但总的来说，对军工生产并不懂行。作为一名革命的学生，我抱着学着做、做着学、边做边学的态度，和同志们一起从战争的实际需要出发，结合根据地的物质条件，为改善我军的技术装备全力以赴。

★ 刘鼎（刘文山供图）

从修理制造枪械起步

我到军工部以前，先来的同志遵照首长的指示，已集中了各部队的随军修械所，在黎城县水窑山建立了兵工一所（所即工厂），在和顺县西安里村建立了兵工二所，在辽县高峪村建立了兵工三所，这三个所主要是修理枪械，生产步枪。接收武乡县工会的鞑山工厂，改建为柳沟铁厂，生产手榴弹。总部首长对这几个兵工厂视若“掌上明珠”，在筹建水窑兵工厂时，朱德、彭德怀、左权亲自勘察地形，确定厂址，调兵遣将，解决疑难；工厂落成后，又派总部特务团担任警戒。总部首长的足迹遍布各个工厂所在的村落。朱德对

★ 黄崖洞兵工厂生产厂房旧址（于学驷供图）

工人谈笑风生的讲话，与职工同吃一锅饭的简朴作风，给作出突出贡献的工友的题词，在职工中广为流传。当时，兵工厂的设备很少，多数生产工序是手工作业。从豫西来的手工造枪工匠技艺较高，凭借虎钳、锉刀等简陋的工具就可以造出枪来，1939 年阳城豫晋游击支队修械所韩忠武等人手工制造出几支手提式冲锋枪。朱德看了十分高兴，亲切地接见了他们，还派人送来大米、腊肉以表慰问。可是用手工造的枪尺寸不规则，许多零件不能互换，各厂造的枪型号、规格不尽相同，性能各异、产量少、质量差、成本高，常常在战斗中发生故障，甚至伤害使用者。怎样把各种规格的枪支统一起来，实现步枪制式化，这是当时必须解决的一件大事。在解决这个问题上，刘伯承曾给我很大的启示。那是 20 世纪 20 年代在苏联东方大学学习时，有一次他向我讲述有一些国家单纯追求步枪的射程，把枪管搞得很长，很笨重，结果是射程越远命中率越低。刘伯承认为，步枪是一种近战武器，只要能在 200 米以内射击准确，越轻越灵巧越好。我们本着这个战术技术要求，又根据山地游击战争的特点，提出了新的步枪设计方案，由水窑一所副所长刘贵福组织设计试造。刘贵福原是太原兵工厂的技术工人，1938 年投身革命，曾在延安茶坊兵工厂参加过无名式步枪的设计与制造，是一位造枪能手，1939 年冬调到太行山。1940 年 8 月 1 日，我们终于造出了第一支自己设计的新步枪。这种枪汲取了“捷克式”“三八式”“无名式”以及“汉阳造”等步枪的优点，它的长度比一般步枪略短，比马枪稍长，取名为“八一式”马步枪。枪的刺刀紧紧连在枪筒口部，平时蛰伏在枪杆上不会丢掉，肉搏时能自动弹出展开。全枪重 3.36 公斤，口径 7.9 毫米，射击准确，刺刀锋利，枪体轻巧、坚固、外形美观。我们背着新枪到总部汇报，彭德怀、左权见后十分高兴，拿着枪边看边作刺杀动作。特别是在场的徐向前背上枪不肯放下，笑着说：“我当兵能背这种枪，不吃饭也高兴！”彭德怀当即责成军工部迅速组织批量生产。

我们按照工业化生产的要求，将此枪的图纸、生产工艺分发到各造枪厂，统一生产八一式马步枪，从此太行区实现了步枪制式化。在组织生产过程中曾遇到许多困难，其中包括原材料和设备问题，但这不是主要方面，因为我们在设计样枪时，早已考虑到这些条件。最大的困难在于工人的技术水平相差太大，工人来自四面八方，从城市大工厂来的产业工人为数不多，大部分是从农村招收的铁匠、银匠、铜匠、木匠、锡匠等游动手工工人和农民，要从手工作坊式的单件生产方式转变为工业化的批量生产方式，他们很不习惯，有的甚至反对。我们经过政治动员，教育工人认识工业化生产的重要性，并要求大家严守工艺纪律，严格执行生产过程中的检验制度。同时，组织工人学文化，从识字开始，逐步学会看图、英制公制换算、使用量具、公差配合、机床操作，使他们逐步掌握了各种基础技术知识。经过大家的艰苦努力，终于把一大批来自乡间的匠人和青年农民，逐步培养成了太行山上的第一代产业工人。之后，大家都能自觉按工艺要求进行生产，每支枪的零件都经过样板检验，从而保证了枪的质量，产量也不断提高。1940 年，我们共生产步枪 3300 多支，部队战士拿到这种枪后笑逐颜开，使用效果比“三八式”好，很受部队的欢迎。1946 年，解放太原时，彭德怀拿着缴获的阎锡山兵工厂制造的步枪说：“这不如我们水窑的枪好。如果那时我们造枪用的不是道轨钢，质量会更好。”

在解决步枪制式化的同时，军工部还在太行山上兴办了枪弹厂。开始，由于我们没有冶炼黄铜的设备，不能自制枪弹壳，只能从部队回收旧弹壳制造复装枪弹，月产四五万发。1944 年冬，我们采用电解技术，以制钱（圆形方孔铜钱）和铜圆为原料，冶炼出了三七黄铜，从此，开创了全新枪弹的制造历史。抗日战争和解放战争期间，我们共生产枪弹 790 多万发，基本保证了我军作战的需要。

1940 年秋的一天，彭德怀找我，讲到我军在阻击敌人发起的近距离冲锋时，常常遭到日军五〇小炮的轰击，压得我们的战士抬不起头来，甚至造成很大伤亡，难以发挥我军的近战优势。他问我有什么好办法能压制敌人的火力。我说："以其人之道，还治其人之身嘛，也制这种小炮！"随后，组织技术人员对日制掷弹筒进行解剖、测绘和试造。9月，彭德怀亲自参加军工部生产会议，要求日夜奋战，抓紧试造。按照彭德怀的指示，军工部组织水窑一所、高峪三所、柳沟铁厂三个单位的技术人员，于十月开始了五〇小炮的研制。

五〇小炮是日本在第二次世界大战中，发明的一种单兵小型火炮，体积小，携带方便，结构简单，使用灵活，适于山地作战。在太行山上制造它必须解决两个难题，一是钢材；二是加工条件，特别是炮筒和炮弹壳的加工。我们依靠民众的力量和智慧，奇迹般地解决了这两个难题。没有钢材，把民兵组织起来拆毁铁路道轨，把敌人的铁路交通线变成了我们军事工业的"钢铁厂"。一门五〇小炮的炮筒用一米长的道轨面，经过加热，在高温情况下反复镦打，锻成400毫米长的圆柱体，然后在机床上加工成形。没有加工炮筒来复线的设备，技术人员就改炮筒为滑膛结构，增加炮筒长度，保证射击距离及精度，并改日制平头炮弹为曲线炮弹。几经改进后，到1941年年初，水窑一所、高峪三所分别试制成功两门五〇小炮，随后投入生产；经实战验证，我们制造的五〇小炮比日军的更适用。

突破白口生铁韧化处理技术

有了五〇小炮，还必须有大量的炮弹。解决炮弹的生产问题比制造五〇小炮更困难。炮弹的原料主要是钢或灰口生铁，而且需要量很大，用道轨钢满足不了需要，根据地又没有灰口生铁，怎么办？唯一的办法是设法利用当地盛产的白口生铁。太行山区有煤和铁矿资源，当地群众有传统的土法炼铁技术，武乡县柳沟村在抗战前就用方炉生产白口犁生铁，铸成铁锅、铁壶、犁铧供农民生产和生活之需。白口生铁含碳量高、质硬而脆，不能切削加工，是铸造地雷、手榴弹壳的好原料。但炮弹铸造成型后，车弹口、弹带和尾部要求表面车光、尺寸精确，两端还要挑出螺纹丝扣，以便安装引信和尾翼。如何把白口生铁铸成的炮弹壳变成可进行切削加工的半成品呢？这是解决炮弹生产中必须首先突破的技术难关。我们在武乡县柳沟铁厂成立了试验小组，派了曾留学德国的冶金专家陆达同工人合作，把美国式的黑心韧化处理工艺，同太行山的焖火技术结合起来，发明了火焰反射加热炉，经过这种加热炉焖火处理的炮弹壳表面的碳被析出，形成铁素体，即可进行车削加工。白口生铁焖火技术试验功成后，于 1941 年 4 月在太行山上开创了大量自制炮弹的历史，这是根据地军工生产上的一件大事，是冶炼工艺的一次飞跃。

从 1941 年 5 月起，军工部成批生产出的五〇小炮和炮弹，源源不断运往前线装备部队，使我军在战场上有了能与日寇相抗衡的火力。经常打得敌人措手不及，使敌人震惊，以为八路军在太行山建立了现代兵工厂，有了先进的设备和外国专家。抗日战争期间，我们用这种方法生产了 20 多万发五〇小炮弹及其他炮弹。后来进一步改进了工艺，增加了检测手段，提高了炮弹的质量和产量。解放战争中，在太行山上建立起来的这批兵工厂为华北、华东战场决战提供了 425 万多发炮弹，大大地增强了我军的攻击火力，为中国人民解放军取得多次战役的胜利作出了贡献。

从黑色火药到黄色炸药

火炸药是军工生产的基础，从一定意义上讲，它的发展标志着军事工业技术的水平。黑色火药是我国古代四大发明之一，在民间与爆竹手工业相结合，制造技术较为普及。太行山区地瘠民贫、文化落后，在这里办兵工厂，所需火药和炸药只能从制造黑色火药开始，用不同形状的黑色火药，既当发射药又当炸药。因而弹丸杀伤力很低，有的手榴弹甚至只炸成两半或几片。1940 年百团大战后，国民党政府停止了对我军弹药的供给，彭德怀指示军工

★ 1985年春，刘鼎与老朋友合影（左二张珍、左四李强、左五刘鼎、左六王立）（于学驷供图）

部尽快制造无烟火药，首先把枪弹发射药搞出来，做到复装枪弹火药自给。枪弹发射药是无烟火药的一种，我对制造无烟火药是外行，经查阅职工档案，发现军工部有几位懂得无烟火药制造的同志，其中有在高等技术学校化学系毕业的王锡嘏，有曾在太原、重庆火药厂工作多年的王化南、白英等人。通过向他们学习，共同研究，确定从试制硫酸入手。硫酸是火药的重要原料，被称为"火药之母"，其制造工艺一般有两种：一种是接触法，它的装置复杂而又需要细白金粉做触媒；一种是铅室法，工艺比较简单，但需要大量的铅板建造铅室，太行山区既无白金也无铅板，这两种方法都无法采用。我们的技术人员依据铅室法制造原理就地取材，探索新的制造工艺装备，在晋察冀根据地火工制造技术的启发下，采用老百姓盛水或储粮用的陶瓷缸和陶管（陶瓷具有良好的耐酸腐蚀性能），把同样大小的缸两个一组对口的垒成塔形代替铅室制作硫酸。1941年11月，该方法获得成功。最初，制酸的整个过程都在露天进行，很远就看见蒸馏塔雾气腾腾，气味刺鼻。当时劳动条件很差，工人的牙齿被腐蚀，衣服被烧坏，有时不得不赤身进行工作。但是，为了支援前线，工友们都以饱满的革命热情艰苦工作，坚持昼夜生产，有的甚至献出年轻的生命。在制造出硫酸的基础上，1943年9月，我们的化工厂在几间废弃的破房里，以棉花和硫酸为原料，用大铁锅脱脂、陶瓷缸硝化、石磨辗棉粉、土坑当烘干机、面仗当辗辊、剪刀代替切片机等土办法，制造出了首批硝化棉发射药。在晋察冀军区工业部派人协助下，于 1944 年冬，我们设计制造出了生产无烟火药的成套设备，并在太行山上兴建了有 500 多人的化学厂，开始了发射药和炮弹炸药的大批量生产。

1945 年年初，又根据张方的建议，开始了烈性炸药的研制。一方面在涉县赵色镇白滩寺的利华肥皂厂用大麻油和石灰水制作钙皂，从生产钙皂的过程中提取副产品——甘油，再把甘油滴入混酸（硫酸与硝酸的混合物）中硝化，生产出硝化甘油。硝化甘油是一种液态烈性炸药，敏感度很高，生产它需要有严密的安全措施。当年，我们没有任何安全防护。每天在气温较低的拂晓，工友们蹲在山泉小溪边，端着盛有 3.5 公斤混酸的瓷盆，将半公斤甘油慢慢滴入盆内，借流水从盆底通过，使盆内硝化温度保持在 10 摄氏度至 17 摄氏度之间。若发现盆内冒烟，即是爆炸的前兆，需立即将盆沉入水底。我们的兵工战士就是在这样简陋的生产条件下，以顽强的革命意志和一不怕苦二不怕死的精神，克服了技术和设备上的困难，成功地创造了制造硝化甘油的“盆式硝化法”。硝化甘油的研制成功，为根据地生产烈性炸药奠定了基础，从而结束了总部军事工业只能生产低级火炸药的历史。到 1948 年，太行山上已有三个化学厂，职工 2000 多人，年产发射药 136 吨，各种炸药 2511 吨，并能生产酒精、煤油、肥皂等民用产品。

开展地雷爆破运动

地雷，是抗日战争中根据地军民用以阻击杀伤敌人的重要武器，开始由军工部柳沟铁厂制造。随着抗日游击战争规模的扩大，一个工厂的产量远远不能满足需要。根据中央军委关于“炸弹生产要力求充足”和“普遍设立炸弹制造厂”的指示精神，我参照土地革命时期在闽浙赣地区由地方政府设立地雷部和组织地雷生产的经验，向彭德怀提出了一个发展军工生产的建议。它的基本内容是军工部集中力量生产枪支、枪弹、五〇小炮、炮弹和火药，重点供应主力部队；军分区组织制造手榴弹，每个军分区成立一个手榴弹厂，干部和技术骨干由军工部选派；地方政府以县为单位，组织地雷生产，军工部负责技术指导，培训骨干并供应雷管，在全区普及地雷制造技术，发动民众开展爆破运动。彭德怀高兴地采纳了这个建议，并亲自动员，在全太行山区开展爆破运动。

为了推动爆破运动的开展，1941 年 3 月 4 日，军工部在武乡县温庄村和黎城县东崖底村等地开办了地雷训练班，分期分批培训武委会主任和部分民兵队长，由我和军工部的几位技术干部传授地雷制造和爆破知识。我们编写了《地雷制造使用法》《各种地雷触发装置法》等小册子印发给大家。依靠这些骨干，又在各地层层办训练班，很快在根据地掀起了一个村村会造地雷、户户有地雷的群众性的爆破运动。当时，根据地的成年人几乎人人都学会了造雷的技术，涌现出数以千计的造雷英雄。如平顺县西沟村劳动英雄李顺达所在的互助组，在反“扫荡”斗争中“白天搞生产，月下打地雷”。晋东南民兵李海元、王彦才发明了造雷机，每天可造石雷 30 多颗。

在群众性的爆破运动中，根据地人民以自己的智慧和才能，从当地的实际条件出发，创造了品种繁多的地雷。在各种地雷中，以石雷的产量最大，用途最普遍。太行山有的是石头，取之不尽，制造容易，而且伪装性好、杀伤力也强。当时，群众把造石雷的方法编成歌谣：“一块青石里，当中钻个眼，装上四两药，安上爆发管，黄土封好口，线子在外边，事先准备好，到处都能安，鬼子来扫荡，石雷到处响，炸死大洋马，留下机关枪，保卫老百姓，保卫公私粮，石雷真顶事，大家赶快装。”

在地雷的埋设伪装上，各地民兵开动脑筋，创造了许多巧妙的埋雷方法，大摆地雷阵，“遍地设雷，到处开花”，使敌人“来不让来，走不让走”，如在敌人行军路上把埋地雷的地方印上车轮痕迹，表示有车已过没有危险，在无雷的地段却故意挖出新土，有时还插上红旗，旗上写着“小心地雷”，在狭窄的山路上用白灰划上许许多多的圆圈，并注明“脚下留神”，这些圆圈有的有雷，有的没有雷。真真假假、虚虚实实，搞得敌人胆战心惊，不敢贸然前进。有一次，日军 150 余人，在阳城县“扫荡”中，临近紫江村时，先头部队踏响地雷，后面士兵慌乱奔跑，连连被地雷炸倒，当场丧命 19 人。敌指挥官令工兵开路，见可疑的石头就画圈，一路上石头遍地，数不清、画不完，队伍像蜗牛似的爬行，仍然两次踏雷，死伤 30 多人。在开展反“扫荡”斗争中，几乎村村户户都造看家雷，埋设在门前屋后、炕头、灶口、柴堆、井台、锅底等地方，使敌人不敢进屋、不敢乱翻，有效地保卫了村庄和家院。以地雷为主体的爆破运动，后来由护村看家逐步发展到主动出击，围困敌人的碉堡、据点，迫使敌人困守在碉堡内，不敢轻易外出。

寓军工于民众之中

战争年代，根据地人民对军工生产给了极大的支持和关怀，作出了巨大的牺牲。

在敌人疯狂“扫荡”的日子里，我们遵照彭德怀的指示，将工厂化整为零分散转移到隐蔽的山村。这一时期的工厂，多数没有专门厂房，而是利用民间房舍或庙宇进行生产，职工住宿借居在农民家里。凡是兵工厂所在村庄，几乎家家户户都是军工战士的好房东。在生活上，乡亲们把热炕让给职工睡，把新粮先给职工吃；在生产上，献铜、献铁、献火硝，工厂需要什么，他们就千方百计支援，农会成了兵工厂的供给部；运输有困难，农民包，不论天寒地冻、路途艰险，长年累月赶着毛驴爬山越岭，把一筐筐原料和材料驮进工厂，将一批批军火送给部队，成为太行山上的钢铁运输队；劳动力缺乏，农民顶，他们主动进厂摇大轮、抡重锤，承担各种临时工作，随叫随到、不讲条件、不计报酬，成为不穿制服的兵工工人；敌人窜扰，农民护，青年民兵站岗放哨保卫工厂，老年人千方百计掩护职工，不少兵工工人与他们结下了生死之交。许多农民为保卫兵工厂，家被烧、身受伤，甚至献出了生命。民众爱工厂，工厂也处处关心群众利益，不管情况如何艰难，始终严格执行“三大纪律，八项注意”，拉货运费、献物按价付款，出工计发报酬，决不乱要差乱支派，使出力的农民得到合理的经济利益。每到农忙时节，工厂便组织职工帮助农民抢种抢收，工农同舟共济、患难与共，这是太行军事工业得以生存和发展的根本保证。

一支过硬的职工队伍

太行军事工业在短短的几年里，从制造原始兵器起家，发展到能生产各种轻兵器和小型火炮、弹药的程度，成为我军的一个重要的军工生产基地，得益于党中央及总部首长的关怀与指导。朱德、彭德怀、左权、杨立三对总部军工建设有过许多重要指示。特别是彭德怀经常找我们了解情况，到工厂视察，及时解决问题。1940 年 4 月，军工部各工厂的建设已初具规模，彭德怀来到军工部机关和水窑一所检查工作，当看到工厂管理沿用了部队的一套做法，便指出："工厂不是部队，工人不是战士，要按管理工业的办法管理军工生产。"当我们遵照彭德怀的指示经过调查研究，在工厂建立起劳动、工资等管理制度，并建立了工会后，1941 年 8 月，他又派左权到各厂检查生产情况。左权发现了工厂非生产人员多、组织机构不合理、材料运输有浪费等问题，把我和军工部的政委孙开楚叫去，指示我们立即进行整顿。军工部当即组成整顿工作团，由我和工程处长郑汉涛分别带队下厂帮助整顿。以后，军工部逐步建立和健全了生产、记工、工资、材料、经费等一整套管理制度，并精简了机构和人员，从而更好地促进了军工生产的发展。

1942 年至 1943 年是根据地最困难的时期，敌人的频繁"扫荡"，加之连年旱灾，各种物资奇缺，军工生产原料不足，生产难以维持。中共中央北方局代理书记邓小平，在麻田召集太行军区各县县长会议，专门研究地方支援军工材料问题，要我在会上介绍军工生产及原料困难的情况。他动员说："今天来的都是县长，是人民的父母官，处处要为人民打算，一切为了战争，一切为了前线。要组织人民熬硝，把铜圆、锡壶、废铁等都动员出来送到各工厂，多造武器，保证战争的胜利。"会后于 1943 年 12 月 10 日发布了《晋冀鲁豫边区政府、子弟兵太行军区联合命令》，该命令中规定了各县向军工部送交火硝、铜圆、生铁等军工物资的数量、时间和地点。军工部依靠民众的支持，渡过了最困难的时期。

当时工厂的生产条件是很简陋的，生活是很艰苦的。全体职工在抗日救国的旗帜下团结奋斗、自力更生、艰苦创业，培育了老一辈兵工工人的革命传统。我们的技术干部和技术工人许多来自大中城市，他们为了抗击日寇，抛弃了优厚的待遇和比较安定的生活，投身革命，来根据地吃杂粮、咸菜，穿的是补丁套补丁的粗布衣服，住草棚、土坑，以苦为乐、以救国为荣。如陆达，他留学德国，抗日战争爆发后，转到新加坡、香港回国；1939 年 7 月从延安调总部军工部。又如郭栋才，他毕业于日本东京大学，1936 年回国后，任教于天津河北工学院，卢沟桥事变后毅然弃教从戎；1939 年 7 月调入总部军工部从事技术工作。火药技师教逢春，原为民间爆竹匠，他家祖祖辈辈以做鞭炮、焰火为生，从小学会了一套制造黑火药的技术；1938 年全家七口参加了我军修械所，后调入军工部从事火药研制的技术工作。在缺少安全防护的情况下，他的妻子和两位叔叔先后在爆炸事故中牺牲，他唯一的儿子因拨弄废炮弹被炸死，他自己在试验中也曾多次受伤。但为了探索火工品生产的规律，他毫不退缩，经常冒着生命危险，把从战争中缴获的各种炮弹引信和雷管一一拆卸、解剖，研究它们的结构、性能和生产方法，成为军工部生产火工品的“外科医生”。在试验和生产中，凡遇到火工品方面的问题都要请教他，请他去“找病因”“动手术”。由于他多次负伤，加之积劳成疾，不幸英年早逝。有一件事使我至今难忘：1941 年，第一批五〇小炮试制成功，进行试射时，我想亲自试试，炮手怕出危险，硬把我推开。不料，这次试射竟发生爆炸，炮手右臂当场被炸断。每当我想起这件事，心里总有一股莫名的激动，我深切地怀念那些为军事工业积劳成疾、因公负伤、光荣献身的战士。我国国防工业能有今天，与烈士们的功绩是分不开的，我们应当把他们未竟的事业永远继承下去，烈士们的英名万古流芳。

聂老总指导我们建设兵工厂

◎ 刘再生

1937 年 11 月 7 日，晋察冀军区在山西省五台山成立。为了发动群众开展武装斗争，有效地歼灭敌寇，巩固和发展根据地，军区司令部决定发展自己的军事工业。在敌强我弱的形势下，发展我们自己的军事工业，是一项很艰巨的任务。

1938 年 10 月，我由延安抗日军政大学毕业分配到晋察冀军区，聂荣臻司令员（以下简称聂老总）让我到军区供给部的修械所工作。他说："这个修械所只能生产刺刀、手榴弹，修理枪支，生产效率不高，解决不了部队的需要，你看看去吧。"从此，我开始了兵工生涯。

当时，修械所的生产方式很落后，如打刺刀时将钢坯一个接一个加热后再锻造，每盘炉每个工作班只能锻打 4 把刺刀。经过与老工人研究改进工作方法，改为 6 个毛坯同时加热，轮流锻打，每盘炉每个工作班可造 40 把刺刀。原来的刺刀钢材质量不好，一把刺刀扎四五次就弯曲不能用了。我们改用由敌占区扒来的钢轨做原材料，质量有了很大的提高。但仅靠这样的武器，是无力打败装备精良的日本侵略者的。

刘再生，1900 年生，河北滦南人，曾在日本仙台东北帝国大学机械专业学习，抗战时期从延安抗日军政大学来到晋察冀根据地，曾任晋察冀军区工业部部长、边区工矿管理局局长等职。

我军开辟晋察冀根据地初期，所用的枪支弹药多是平型关大捷的战利品，还有一些是通过民运工作人员如方国华等在这一带收集国民党军溃退时丢弃的武器，但数量有限。且收集到的武器零件不全，有的没有刺刀，有的没有机柄、枪栓，军区成立的几个修械所只能搞修理装配。我军的枪支弹药非常缺乏。有的战士只能领到几颗子弹，敌人冲上来就拼刺刀。近距离作战，伤亡较大。这种状况迫切需要改变，才能适应战争的需要。于是，军区司令部决定成立军区工业部，领导和发展军事工业。

1939 年 4 月，军区工业部在河北省完县神南镇成立（军区司令部已迁往阜平县）。聂老总任命我为工业部部长。我是入党不久的新党员，是个在前方战场上工作时间很短的新兵，虽然满怀抗战救国的热情，但理论水平低，也没有战斗经验，党组织交给我这样重要的工作任务，我感到心里没有底。孙毅鼓励我说："能得到如此重用，可来之不易呀，要好好干。"首长对我的信任和教育，至今记忆犹新。青年时代，我只知道祖国地大物博、人口众多，但贫穷落后。所以，我立志要学工改变祖国的面貌，于是求学于天津工学院，毕业后又到日本仙台东北帝国大学学习机械专业。1931 年九一八事变爆发后，我毅然回国，在党的地下组织与京津一带左翼教授的影响下，逐渐认识到只有共产党才能救中国的道理，毅然参加了革命，来到抗战前线。

开始，工业部机关除我和政治委员杨成外，只有 7 个人。我们将分布在北岳、冀中的几个修械所收编到工业部，并增添了一部分工人，建成 6 个所（即工厂）。1940 年所改称连，到 1941 年相继建立了 11 个连，两个化学厂和一个矿工队，分布在唐县、完县、曲阳、阜平、涞源等山区县份的山沟里。当年成立了技术研究室，由我兼主任，张方为副主任。

1940 年，为了适应反"扫荡"的需要，在平山县设立了总厂（当时叫南厂），厂长石城，政治协理员孙志端。总厂下设枪炮、枪弹、手榴弹、翻砂等五六个连，每个连约 200 人。

1942 年 8 月，接收边区工矿局的磁厂、玻璃厂、炼油厂、肥皂厂成立了化学三厂。1942 年 10 月，军区工业部和边区政府工矿管理局合并，我仍为部长，原边区工矿局局长张珍为副部长。1944 年以前，全区军工总人数最多时约有 2000 人，其间在敌人包围圈缩小、群众生活困难时，曾精简一部分人员。

1944 年至 1945 年，抗战进入战略反攻阶段，根据地不断扩大，晋察冀军区下设冀晋、冀察、冀中和冀热辽 4 个二级军区。各军区设一个兵工管理处，各管理处辖有子弹厂、化学厂和机器厂。实行以二级军区为主，工业部为辅的管理体制。

抗日战争中，日本帝国主义在边区周围制造无人区，同时在其占领区推行“强化治安运动”。在这种极其艰难困苦的环境下，晋察冀地区的军工生产经历了从无到有、从小到大、从低级到高级的发展过程。

从复装子弹到生产全自制子弹

晋察冀军事工业的发展初期（1940 年前），只能复装子弹，即将缴获的炮弹拆开，取出无烟药条，剪成小块，装入复原的旧弹壳内，安上自造的铜皮灌铅弹头。但是，取自敌弹的无烟药条是极其有限的。为了改变这种“等米下锅”的局面，聂老总问我：“我们自己能不能做子弹？”要自己制造子弹，必须自己制造无烟药。这是个十分艰巨的任务，因为要制造无烟药，必须从自制硫酸做起，还要制成硝酸、酒精、乙醚和硝化棉，同时还必须有胶化、压片和切药的设备。

硫酸是化学工业之母，有了它，便能生产出成千上万种化合物。所以，我们便首先研制硫酸。研究室的技师们依铅室法的基本原理，采用边区现有的材料，将四五个大陶缸封接成塔。我们称这种土装置生产硫酸的方法为“缸塔法”。经过张方等科技人员反复试验，获得成功。

在制成硫酸的基础上，利用生铁罐子和两个大罐的简单设备，采用浓硫酸和纯净的火硝，加温促成化学反应先得出浓硝酸，后得者为稀硝酸；稀硝酸再加浓硫酸蒸馏得出浓硝酸。我们就以这种简易的制法代替了书本上说的，

★ 组装土造地雷（于学驷供图）

而在当时又不能实现的空中固氮法。硝酸是制造火药炸药不可缺少的原料，有了硫酸、硝酸，研究室的同志们又相继研究制造成功酒精、乙醚、硝化棉，以至无烟药。

我们自制的无烟药与日本无烟药相比，在弹道性能上并不逊色。但要自制子弹还必须会制造子弹壳。制造弹壳的主要材料是黄铜。边区能买到的只有杂铜，一冲就裂，不能用，需要炼出纯度高的锌和纯度高的铜。当时，我们有小电机可以进行电解铜，用杂铜做阳极板，因为不纯致使在电解过程中无法保证电解液的纯度，因而不适用。经过进一步的研究，我们把买到的铜制钱（其中含有大量的锌）、杂铜装入坩埚中蒸馏，锌的沸点低，加热后先蒸发出来。再把蒸过锌的粗铜放入小反射炉中熔化、去渣，并不断搅拌，将生成的氧化铜还原，得到了适宜做阳极板的铜。再铸成阳极板进行电解，便得到了纯度很高的电解铜。用电解铜和锌按一定比例制成合格的黄铜块，再用我们自己设计制造的碾压机碾压成铜板，用我们自己设计制作的冲模冲压 5 至 6 次，做出子弹壳的初坯，最后经机工加工成形，制成子弹壳。晋察冀军区终于在1943年秋天生产出了全自制的子弹，开辟了一条用边区的原料和土设备自力更生地生产包括弹头、弹壳和火药的全自制子弹的技术道路。这在当时的条件下，真可称得上“奇迹”！

就地取材，炸药生产迅速发展

随着抗战运动的蓬勃发展，根据地人民开展了轰轰烈烈的爆破运动，摆在我们面前的任务除了满足部队所需要的弹药之外，还需武装人民，做到“人人有弹”“村村有雷”，军民结成铜墙铁壁，狠狠打击敌人。就在这种新形势下，炸药生产迅猛发展起来。

开始，我们的炸药爆炸力小，手榴弹有时只能炸为两半。聂老总要求我们提高炸药效力。硝铵混合炸药和朱迪生炸药是两种比较高级的炸药，但要生产上述两种炸药，需先制作甘油，甘油的制作，书本上讲的是用高压水蒸气分解油脂的方法。这种设备复杂、不易操作，韦彬等研究人员就地取材，用油（动植物油，如牛羊油、麻子油、核桃油、花生油等均可，这都是边区所产）和熟石灰，制成钙皂，碾成粉末，用清水洗之，甘油则溶于水中，至甘油水比重达到波美度5° 时，含量约为16%，可滤出蒸发其水分，得到甘油。甘油与硫酸、硝酸作用，制成硝化甘油。

朱迪生炸药系用少量硝化甘油加糠、锯末和火硝做成。硝铵混合炸药，开始是用从敌占区买来的肥田粉（硫酸铵）与火硝化合制成硝酸铵，再混以硝化卫生球制成。后肥田粉来源困难，就收集猪羊骨头，用干馏法制取氨气与硫酸作用，生成硫酸铵，代替肥田粉。可见，要制作这两种比较高级的炸药，原料来源充足，猪牛羊骨头，各种动植物油、石灰、火硝等在边区均可大量收集。有了这种火药，就可大量生产炮弹、掷弹筒弹、手榴弹和攻坚用的炸药包。炸药包一般分为2.5公斤、5公斤和10公斤三种，为便于集中使用，要求长度一致，使在攻城、炸桥、炸碉堡时便于堆放。这两种炸药，在抗日战争和解放战争中都发挥了攻城陷阵的巨大作用。

以土代洋，生产雷银、纸雷管

雷管是炮弹弹头、地雷、手榴弹、炸药包等不可少的火工器件。我们最初使用的手榴弹，装的是黑火药，只用导火线就可以了。后来，为了加大手榴弹的威力，改装朱迪生炸药，需要装雷管。

在军工生产初期，我们就开始研制雷汞，但随着敌人封锁加紧，做雷汞的水银难以买到，便就地取材，以边区还可以得到的银圆、元宝研制雷银。雷银比雷汞更敏感，不能接触金属，制造中危险性更大，但职工们冒着危险制造了雷银和用雷银做成的雷管，而且还独创出雷银纸雷管。

雷管一般是铜管做的，但铜管只能装雷汞，绝对不能装雷银。雷银与铜能产生置换反应，变成灵敏度比雷银更高的雷铜，不可能进行操作和运输。高蔼亭等技术人员们便想出了用纸管来装雷银。经过多次试验成功了，不仅安全可靠，而且成本也降低了。开始人们总以为纸管没有劲儿，怎么能达到起爆作用呢？但事实完全证明在手榴弹、炮弹、地雷等实际应用上，它全面地代替了过去雷汞制造的铜雷管，收到了很好的效果。这是一种不可想象的创造！这一创造对抗日战争中军火的补充起了很大的作用。晋察冀军区管理处生产的纸雷银雷管，不仅能满足月产 10 万个手榴弹的要求，而且还能供应本区和县区生产地雷用的全部雷管。这种雷银纸雷管，也是晋察冀军工人员的独创。

我们的军工生产不仅在研制无烟药、自制子弹、高级炸药和雷银纸雷管等方面取得了卓越的成就，而且在改制军火武器上也有许多创新，把边区军工生产水平向前推进了一大步。

向生产的深度和广度进军

我们在军品研制工作上每取得一项成果，聂老总总是鼓励并向我们提出新的研制任务，引导我们向生产的深度和广度进军。当我拿着试制成功的半小瓶硫酸去见聂老总时，他高兴地说："好，一套设备可以生产半瓶，10套、100套、1000套设备，就可以有10个、100个、1000个半瓶。"得到领导的鼓励，我们便进一步研究改进方法，加强管理，使一套设备年产浓硫酸可达10000多斤。

我们的全自制子弹研制成功，聂老总看了又进一步提出："这子弹能在机枪上用吗？"经我们讨论，要使子弹能在机枪上用，主要是子弹不能卡壳。这就要求弹壳生产标准化。我们改进了冲模工艺，生产出了规格化的子弹。

开始，我们的手榴弹只能投三四十米远，聂老总问我："手榴弹能不能投得远一些？这样可以减少我军伤亡。"我们开始研制在步枪上能用的射程较远的枪榴弹。日本人有这种武器，我们想仿制但没有样品。敌人在曲阳叫老乡打制枪榴弹筒，有位老乡偷偷地多打了一个，辗转送到了我们工业部。我们便比较顺利地仿制成功，射程可达200多米。在初次试验时，聂老总还亲临现场观看，并从适应游击战的需要出发，又提出迫击炮太重，行军打仗不方便，能不能仿制日本的掷弹筒。经我们研究，把铁板卷成圆筒，经过锻打制作出了掷弹筒。任一宇、肖声远、张志渊等参加了研制。我们自制的掷弹筒长50厘米，口径5厘米，小巧轻便，一个人就可以背着爬山过河，既有利于杀伤敌人，又适应了游击战争的需要。

边区的军工技术人员和工人们，就是在这样一无必要的合格的生产原料、

★ 试射掷弹筒
（于学驷供图）

二无必要的设备装置、三无技术资料可参阅的战争环境下，闯出了一条就地取材、土法上马、自力更生发展军工生产的道路，生产出大量的枪支弹药，源源不断地送到前线，为华北战场的抗日战争作出了巨大的贡献。

军工战线所取得的成就，受到了边区政府的嘉奖和人民的赞扬。1945 年 2 月 17 日，《晋察冀日报》题为《检阅战斗生产胜利成果，边区举行首届展览会》一文报道："军工在困难条件下制造出各种武器……这次军工室陈列了军区工业部自制的各种武器……捷克式步枪，不同类型的手枪、枪榴弹、掷弹筒、手榴弹等，各种各样的地雷，在敌后战争环境、技术这样落后、军需原料又如此缺乏、工厂设备简陋的情况下，而制造出来的枪支弹药却达到这样优异的程度，所有参观的英雄、战士、老乡，对军火工人这种积极创造和自我牺牲精神，均给予最大的崇敬。"边区第二届群英大会主席团，对军区工业部几年来的成绩给予了充分的肯定。边区政府奖给头等奖状一张和现大洋 8 万元。

接管工矿企业，建立新的兵工厂

1945 年秋，日军投降后，晋察冀军事工业本着集中扩大的发展方针，工业部率领直属兵工管理处的大部以及冀察兵工管理处的全部，进入了被我军解放的张家口和宣化地区，接管了这个地区的 20 多个工矿企业，并在附近的解放区建立了 3 个新的兵工厂，使军工生产能力大大提高。

1946 年 1 月，国共两党在重庆达成停战协议。我们在张宣地区的工厂相继停止了军火的制造。同时，在组织上精简了部分人员，生产上开始转向民用产品生产。后来，国民党背信弃义发动全面内战，由于形势紧迫，工业部及所属工厂于 10 月撤离张宣地区向西南的山区转移。从张宣撤出后，晋察冀军区工业部进行调整，成立了晋察冀边区工业局，由我任局长，杨成和张珍任副局长。工业局成立后，及时恢复了军工生产。为了加强和扩大生产，我们相继在河北省阜平县和山西省灵丘县一带，设立了第一、第二生产管理处及化学总厂。

1947 年是晋察冀军事工业迅猛发展的一年。夏季，我军取得正太战役胜利后，解放了一批工矿区和重要城镇。为了扩大生产，我们决定在河北省平山县成立第一生产管理处，将冀中兵工生产管理处改编为工业局第五生产管理处。不久，我们撤销了第二生产管理处并将其大部分工厂并入第三生产管理处。截至年底，工业局所属的生产管理处共拥有 32 个工厂，此外，冀晋、察哈尔二级军区兵工管理处和冀热辽军工部还有 20 多个厂，职工近万人。

1947 年年底至 1948 年年初，在河北省平山县西柏坡由中央工委主持召开了解放区第一次兵工生产会议，亦称华北兵工会议。会议首先提出了军工生产的企业化建设总方针，之后又通过各解放区的技术交流，统一制定了军工生产产品规格和质量标准，为华北军工发展指明了方向。

1948 年 3 月，依据华北兵工会议的精神，晋察冀边区工业局将原第一、三、五生产管理处改编为十一、三十三、五十五等 3 个兵工厂，并按生产专业化原则对 3 个兵工厂的生产作了适当调整。

1948 年 9 月，华北人民政府在石家庄成立，统一领导原晋察冀和晋冀鲁豫两个边区的军事工业，晋察边区工业局完成了历史赋予的使命。

土洋结合造炮弹

◎ 陆 达

1940 年秋，刘鼎根据朱德、彭德怀的指示，要求军工部研制五〇小炮，并解决炮弹的生产问题。生产炮弹先要将生铁铸成弹壳，生铁弹壳还要经车床加工，车弹口、弹带和尾部不仅要求车光和尺寸精确，弹口和尾部还要车出丝扣，以便安装引信和弹尾。这样的弹壳按常规要用灰生铁铸造，但太行山根据地不能生产灰生铁。摆在我们面前的任务，就是要找出一条不用灰生铁制成可以车削加工的生铁弹壳的道路，即充分利用太行山根据地提供的物质条件和各种因素，研制出满足生产炮弹需要的生铁弹壳。太行山有利因素是有煤和铁矿资源，当地人民还具有 2000 多年土法炼铁的传统。武乡县柳沟村在抗战前就用方炉生产白生铁，铸成铁锅、铁壶、犁铧等供农民生产和生活之需。抗日战争全面爆发后，八路军总部军工部在柳沟成立了铁厂，用白生铁铸成手榴弹和地雷壳。白生铁的特点是它的性质非常硬和脆，不能切削加工，问题就是如何能把白生铁铸成的炮弹壳转变成具有韧性可切削加工

陆达，1914 年生，浙江湖州人，原名陆宗华，早年在德国柏林工业大学钢铁冶金系学习，1938 年抵达延安后任兵工局工程师；1939 年夏，遵照中共中央军委的部署，由延安行军至太行山根据地，成为太行山根据地少数冶金技术专家之一。历任八路军总部军工部工程处副处长、工业学校副校长，太原军事管制委员会工业接管组副组长等职。新中国成立后，历任重工业部钢铁局副局长、钢铁设计院副院长，冶金工业部钢铁研究院院长、冶金工业部副部长等职。

的铸铁弹壳。

为了使土法炼的白生铁铸成的炮弹壳可以切削加工，可以采用韧化处理法。刘鼎派我去柳沟铁厂研究这个问题。厂长高原召集干部、技术工人讨论。我把导致白生铁性质脆和硬的原因作了分析：由于白生铁含的碳与铁化合成碳化铁，而碳化铁是一种非常脆和硬的白色结晶，从而导致白生铁脆硬。只有将白生铁中的碳化铁分解，才能消除它又脆又硬的性能。韧性处理就是使白生铁铸件中碳化铁分解的技术。韧化处理有两种方法：一种是德国式的白心韧化处理，另一种是美国式的黑心韧化处理。白心韧化处理是将白生铁铸件埋在矿石中，经长时间高温处理，矿石中的氧逐渐渗入铸件中同碳化铁反应，使其生成二氧化碳再渗出铸件，达到韧化的目的。黑心韧化处理是将白生铁铸件，在中性气氛下于950℃高温长时间保温，使碳化铁分解，析出的碳成为中性碳，铁则转变成具有一定韧性和强度的可机械加工的铁素体。讨论后，当即由孙兆喜等建造了火焰反射加热炉，将炮弹壳装在反射炉炉床内并用砂土覆盖，经三四天加热，温度逐步提高，达1000℃左右，将炉子严密封闭，再经三四天冷却，结果铸件变软可以切削加工了。这种韧化处理技术通俗地称为焖火。1941年起我们就采取这种焖火工艺生产各种炮弹壳。

1940年年底，军工部奉左权指示，在和顺县青城镇筹建第二炮弹生产基地，军工部即派杜吉祥和我，又从柳沟铁厂调来包括孙兆喜等七八名技术工人到青城炼铁和铸造炮弹。

据统计，从1941年4月开始生产五〇炮弹后，到年底共生产了4万枚；1942年6月至9月共生产21199枚；1943年生产了48883枚。这是白生铁经焖火处理生产炮弹壳的第一阶段，其主要成绩是初步解决了炮弹的有无问题，供应了部队的作战需要。但这个阶段生产的炮弹壳，在质量和性能上还存在不少问题：或壁厚不均，形状不规则，焖火后仍太硬，难加工；或焖火过度，甚至发酥；或软硬不均，影响加工精度；或焖火后体积膨胀、尺寸不准；或弹壳表面氧化脱皮等。因此，这时期铸件焖火成品率比较低，仅50%左右，有时废品竟达60%—70%，严重地影响了炮弹的生产。

★ 陆达（右一）与郑汉涛（左二）、沈鸿（左一）在延安的合影（于学驷供图）

1944年6月，军工部召开生产会议，讨论提高产品质量等问题，以便更经济和大批量生产炮弹。同年7月18日，副部长刘鹏派我和陈海青、高秀春、包瑞之、卢德金、关得胜、李福远、李瑞芝、孙兆喜等10余人，去柳沟组织恢复生产并开展科学试验，提高铸造和焖火技术。经过一个多月的科学试验，我们突破了一系列的关键技术。我用两匹骡子把改进后第一炉焖火的小炮弹驮送到苏公炮弹加工厂，经李光臣、杨鸿章等试车加工，他们兴奋地称赞焖火工艺成功了。

科学试验的成功，使炮弹生产技术进入了一个新的阶段。主要表现在：一是提高了加工性能，使炮弹产量大幅度增加；二是质量显著提高，完全符合当时作战的需要。迅速成功的原因，主要是对1941年至1943年大量炮弹生产中所暴露出的实际问题认真进行了分析研究。科学试验方案从三点出发：一是充分利用和发挥柳沟铁厂的物质条件和工人的技术经验；二是总结3年来翻砂和焖火处理的经验，针对暴露出来的技术问题，找出症结所在；三是应用现代钢铁冶金关于白生铁韧化处理的原理，具体研究白生铁韧化处理的工艺方案。

我曾从德国带到延安一批冶金工程书籍，1939年调赴太行山时，为轻装行军，随身只带了两本书，其中一本是《钢铁材料手册》，我认真查阅了有关文献。文献中介绍了白生铁铸件经韧化处理后，可用作汽车发动机气缸等高级产品，但对白生铁的化学成分有严格要求，根据不同的原料和用途，韧化处理有严格的科学技术处理规范。而根据地没有科学仪器，白生铁的化学成分无从了解，温度也无法测量。在这种条件下，我从韧化处理基本原理出发，着重解决了以下两个方面的问题：

一方面，确定试验方案，按黑心韧化处理技术进行。因为分析了第一阶段韧化处理工艺，是将铸铁弹壳排列在火焰反射炉窑中，上覆砂土。长时间加热保温，由于火焰中含有氧气，随着温度提高和时间的延长，它不断渗入弹体，基本属于白心韧化处理。虽然也达到了部分韧化效果，但出现的严重问题是弹壳不同程度地产生了一层一层氧化铁皮，同时弹皮同砂土中的氧化硅熔结为硅酸氧化铁，形成坚硬的附着物，使质量受到严重影响。而德国采用的白心韧化处理，是将铸件埋放在经过处理的铁矿石中，要求氧化性不能太强。根据当时情况，时间紧迫，我们不可能过多地研究铁矿处理技术和研究控制氧化速度，因此决心采用美国的黑心韧化处理方案。

另一方面，黑心韧化处理解决的几个关键技术。一是采用弹壳放在铁箱中韧化处理。首先将炮弹壳排列在白生铁铸成的铁箱中，小炮弹壳每箱可装数十个，82 毫米迫击炮弹壳每箱可装十余个，底部和每层间填充耐火砖碎粒，弹壳内也充填耐火砖碎粒，以防弹壳在高温下变形，并避免形成硅酸黏结物。装满后，铁箱口盖生铁板，接口处用黏土密封。为防止火焰气体进入箱内，在箱盖下铺放一层废弹壳碎片，以吸收从箱口缝隙进入的火焰中的氧。采取以上措施，韧化处理后的弹壳无脱皮现象，具有银灰色光泽。二是韧化处理的标准和检验方法的确定。黑心韧化处理的基本原理是将白生铁所含碳化铁，在 950℃左右高温下逐步分解，将碳析出成为中性碳粒，铁转化为具有韧性的铁素体组织。在生产技术上还要研究解决制定一个标准，以便检测和控制韧化工艺使之恰到好处。经过试验，生铁水注入沙模铸出的弹壳在体积尺寸上，比制作沙模用的木样要缩小 1% 左右。弹壳经加热韧化后，体积又将膨胀。经过理论分析和实践验证，我们找出韧化处理后只要弹壳尺寸恢复到原木样的体积尺寸，弹壳的韧性、强度和加工性能就能恰到好处。我们按木样设计的图纸制作了一个卡量样板，韧化处理的弹壳经样板卡量，若小于样板，说明韧化性处理不充分，碳化铁分解不足，中性碳析出不够，弹壳必然太硬；相反体积大于样板，中性碳析出太多，影响弹壳强度，弹壳发酥。因此，测量弹壳体积尺寸，是控制检测韧化处理程度的一个标准方法，使质量有了科学的检验保证。韧化处理是靠高温分解碳化铁而达到的，因此升温速度，温度高低、保温时间、冷却速度都直接影响韧化铸件的质量。在缺乏测量仪器的情况下，我查阅《钢铁材料手册》，从理论上找出碳化铁的热裂解规律，用观测炉窑火焰色彩亮度的办法来判断温度。将银圆切成小块，放在炉窑不同部位，因为纯银的熔点为 960℃，按照银圆开始熔化时观测火焰亮度，训练了技术工人靠掌握火焰颜色判断炉温的技术，从而控制了白生铁铸件韧化处理的温度。

现代韧化处理还需要严格控制白生铁的化学成分。由于我们没有成分化验手段，故不能控制生铁成分，甚至生产出的白生铁含哪些元素都是不了解的，因此白生铁韧化处理的水平很低。但从整体看，我们所做的工作在当时当地条件下，还是比较科学的。此后我们不断改进韧化处理的技术，使白生铁弹壳的刚性、强度和韧性获得最佳的配合，从而提高了炮弹壳的质量，增加了产量，为抗击日寇提供了重要的物质基础，为军工生产作出了贡献。

抗战胜利后，面对国民党的军事威胁，晋冀鲁豫解放区不得不加强和发展自己的军火工业。原材料工业尤其是灰生铁生产，一直是困扰炮弹生产发展的关键。为此，晋冀鲁豫军工部确定在上党地区建设一座具有近代工业规模的灰生铁冶炼厂。

钢铁生产是一种综合性的重工业，工厂建设需要先对资源、交通、水源等进行综合考察。在战争条件下，还需顾及群众基础和地形隐蔽等特定条件。1946 年 2 月 26 日，晋冀鲁豫军工部派我、郑汉涛、刘贵福和耿震等技术人员前往石圪节一带进行实地考察，认定屯留县故县村作为厂址较为适宜。故县村位于石圪节煤矿南 5 里的地方，地处襄垣、屯留、潞城三县交界处，有漳河从旁流过。石圪节煤的储量丰富，煤质属短火焰肥煤，

★ 陆达与技工孙兆喜等将当地土法炼铁的方炉改为灰口铁焖火炉，提高了迫击炮弹弹体的可加工性和合格率（于学驷供图）

挥发质为 16%—19%，过去曾炼过土焦。附近产坩土可制作耐火砖。长治以南的壶关、高平一带有铁矿蕴藏，当地人民历来采用土法炼铁。铁厂建成后可收购壶关铁矿矿石为原料。因此，经军工部批准我们将铁厂厂址选在故县村。

1946 年 11 月，为了建设故县铁厂，晋冀鲁豫军工部组建了铁厂筹建委员会，主任是陈志坚。同时，军工部从建设和发展总的布局出发，于 1946 年年底和 1947 年年初先后在故县以北建设了西白兔 1500 千瓦发电厂、宋村机器厂、西沟耐火材料厂，这些工厂与故县铁厂相配套，形成了一个比较完整的冶铁工业基地。

建设故县铁厂的干部和职工在建制上属于军工八厂。1945 年夏，我军解放峰峰矿区，军工部派我和李吉瑞、王大勋等到那里接收机器设备和器材，并动员当地技术人员和工人参加我军军工生产。随后又陆续从老根据地各工厂抽调了一批干部、老工人到峰峰矿区，利用未开工生产的东大坑废煤矿旧址组建了军工八厂。军工部任命我为厂长，李树声为教导员，李吉瑞、王大勋为技师。八厂的任务是：利用在当地收集的灰生铁，铸造迫击炮弹弹壳和锻造 75 毫米山炮弹弹头；制造加工子弹用的冲床、车床和锻造设备；建造小高炉进行灰生铁冶炼试验；为军工部各厂招聘技术人员、收集器材等。

1946 年秋，蒋介石为打通平汉路，调集大批国民党军队从河南安阳一带北上，峰峰矿区形势告急。杨立三指示军工八厂从峰峰矿区向解放区腹地内迁。一部分迁到山西黎城县东洼村设立分厂，由李吉瑞负责，组织生产迫击炮弹；另一部分迁到长治附城村设立分厂，由王大勋负责，继续用小高炉进行冶炼灰生铁的试验。1946 年冬，由于军工厂建制的调整，军工八厂改称军工四厂，总厂部转移到故县。建委会主任陈志坚协助我们加强故县铁厂的施工工作，1947 年陈志坚随刘邓大军南下后，由曼丘继任。1947 年春，正在长治地区兵工厂实习的北方大学工学院焦铁班的郝玉明、李浮之、李世英、李献璐等 20 余名同学来到故县铁厂参加建设工作。阳泉解放后，在党的政策感召下，阳泉铁厂技术骨干和工人 100 多人自愿到故县参加解放区铁厂的建设。他们中有鼓风机钳工工长杨希伦、高炉炉前工长毕映海、热风炉工长常久思、电工工长孙世成以及炉顶工长等。他们在故县高炉建设和投产中起到了很关键的作用。

1946 年至 1947 年，我们着重抓了以下科学试验工作。通过这些科学试验，解决了故县铁厂在建设工程上的一系列技术问题。

1945 年秋，我们在军工八厂利用峰峰煤矿的物质条件，建造了一座容量为一吨的小高炉，开始用高炉冶炼灰生铁，作为制造炮弹的原料。工厂迁到长治附城村后，小高炉主要用于科学试验，其目的是为故县建设的工业生产高炉投产前解决有关的工艺技术问题。

近代高炉生产都采用钢板铆焊成庞大炉壳，内装大量耐火砖砌成格子的蓄热式热风炉。在 20 世纪 40 年代，每座高炉需配 4 座这样的热风炉。考虑在战争条件下的解放区，无论是物力还是时间都不允许建设工程浩大的蓄热式热风炉。因此，我们采取用铁管外部加热的方法产生热风。新解放的煤矿存有较多的生铁铸造水管（多为 6 英寸铁管），如能做热风炉则可解决一大问题。因此，我们请 1947 年随同中央军委军工局局长李强一道从延安来长治指导检查工作的李树人工程师设计完成了铁管式热风炉。经过在 1 吨高炉上试验，这一热风技术成功了。为此，我们获得晋冀鲁豫边区政府的通令嘉奖。1947 年夏，我们从阳泉拆运来的高炉包括全套 4 座蓄热式热风炉，但仍决定采用铁管式热风炉。主要目的：一是为争取时间，保证在 1947 年年底建成高炉。当时刘邓大军南下，解放军大反攻已经开始，前方对炮弹的需

★ 1946年4月，晋冀鲁豫军区军工部首长和工程技术人员，在山西省黎城县赵姑村合影（二排左一为陆达）（于学驷供图）

求急迫，早日建成高炉在军事上、政治上有重大意义。如按常规用蓄热式热风炉则时间来不及；二是留下从阳泉拆运来的热风炉壳钢板，可作焦炉副产品的回收系统急用。

故县高炉生产所用的铁矿石、焦炭、石灰石的成分不同于阳泉，高炉炉料入炉前应进行成分分析，高炉正常生产过程也需取样分析。当时解放区缺乏化学分析手段，在故县也没有这个条件。为解决这些问题，必须在高炉正式投产前利用附城的小高炉，按故县铁厂生产所用的原料，取得冶炼操作经验和最佳配料方案。经过试验研究终于解决了问题，使故县高炉顺利地开工生产。

高炉建设需要大量的高质量的黏土砖，焦炉需要硅砖。为了及早完成高炉所需耐火砖的生产任务，西沟耐火材料厂职工在技师宋忠恕的带领下克服了缺乏化学分析仪器的不利条件，走遍了西沟附近的沟沟坡坡，用舌头品尝来分析比较黏土质量，选择了质量较好的黏土作为耐火砖的原料。然后，他们用宋村机器厂提供的制砖设备，制作砖坯。没有高温烧成窑，不能直接生产耐高温的耐火砖。他们就采用由低级到高级，循序渐进的办法，先用普通的砖瓦窑烧成低质量的耐火砖，然后再用这些砖来砌窑，烧成更高一级的耐火砖，如此往复，最后终于烧出了高质量的耐火砖，解决了炉体建造的关键问题。之后，他们克服了技术困难，烧出了耐火度更高的硅砖。

炼焦试验是分两步进行的。第一步是土窑炼焦试验。石圪节煤矿的煤是一种短火焰肥煤，结焦性能较弱，单独用有一定难度，必须解决炼焦技术问题。1946 年冬，由化工技师宋宗璟先在附城工厂用石圪节煤进行干馏工艺试验，确定了煤的结焦性质和副产品成分。在此基础上宋宗璟、郭廷杰、杜毓铣带领工人在石圪节附近于 1947 年建成土焦炉，经反复试验，炼焦成功，保证了高炉投产所需焦炭供应。第二步是建设带有焦油副产品回收装置的机器炼焦炉。1947 年开始选择厂址，1948 年建成枣臻焦化厂。在焦化厂投产前我们为机器焦炉及副产品回收做了试验工作。在焦炉方面作了火砖炉等四种试验；在副产品回收方面不仅作了干馏试验，而且将分馏以后的成分作合成酚和硝化两部分设计；研究了焦炉和炼焦油的工艺设计。这些都为枣臻焦化厂的建设作了前期准备。

故县铁厂的主体是高炉建设，工程可分为两个阶段。从选址筹建到阳泉搬迁高炉是第一阶段。开始，我们根据鼓风机的功率要求，拟建造一座 5 至 10 吨的炼铁高炉。围绕这个中心，在这段时间里，主要进行高炉建设的基础工程和配套工程建设。建设高炉首先要给高炉定点，修筑地基。为高炉定点，我们从两个方面想了许多办法：一是从高炉生产总体方案和故县地形的梯度，建设一个高坡料厂，采用平推料车给高炉上料，用它替代了现代机械斜桥上料，为高炉建设争取时间；二是为了能直接利用高炉铁水浇铸，在高炉旁修建翻砂铸造工房。为此，我们在确定高炉中心点之后，便开始建设高炉基础。由于没有水泥，我们因地制宜制造出一种能代替水泥的物质，即用石灰、河沙、黏土按一定比例搅拌成的三合土，层层夯打，形成了高炉基础。在完成高炉基础建设的同时，我们相继完成了高炉用循环储水池、深井、翻砂工房等配套工程的建设。高炉炉体建设由附城分厂负责完成。

从拆迁阳泉 2 号高炉到故县铁厂高炉投产是第二阶段。根据当时的战争形势，总司令部考虑阳泉地处正太铁路线中段，易受石家庄和太原两端国民党军队的夹击，恐难以久占。故通知军工部迅速组织力量拆迁一座高炉到故县。我和陈志坚接到指示后，立即赶赴阳泉。到阳泉后，首先到阳泉铁厂对该厂的 3 座高炉进行分别考察，选定搬迁其中的 2 号高炉。经阳泉军管会同意后，我们组织人员按部件进行拆卸，在每个部件上标清记号，以便回去后能迅速安装。在运输方面，我们采用从焦作往长治运锅炉的方法，在有经验的起重工人的指导下，动员沿途民工用特制的大平车，从阳泉出发，一面修路，一面拉运，到 7 月上旬运到了故县。高炉炉体解决了，这就大大加快了工程进度。为使高炉早日投产，我们一方面根据新的高炉要求，修改原建设中的有关计划，重新夯打高炉基础，然后转入高炉建设的安装阶段。1947 年年底高炉安装完成，接着是烘烤高炉，上料投产，于 1948 年 1 月 10 日炼出了第一炉铁水。至此，华北兵工有了自己规模较大的炼铁高炉。初期平均日产灰生铁 15 吨。高炉设备有 20 吨高炉一座，高炉附属管式热风炉、除尘器各一组，125 千瓦鼓风机（美国造）1 台；其他设备有卧式锅炉 1 台，150 马力电动机（日本造）2 台，汽水泵 4 台，3 千伏安变压器 3 台；建厂总投资 8.44 亿元（按冀钞计）。它的投产开创了 60 毫米、82 毫米、120 毫米、150 毫米迫击炮弹大批量生产的历史。它采用就地直接铸造工艺，使炮弹产量成倍增长，而且节约了费用开支。1948 年共生产灰生铁 6581 吨，就地铸造炮弹壳 102.8 万发；1949 年共生产灰生铁 7402 吨，就地铸造炮弹壳 175.63 万发。晋冀鲁豫军区司令部通令嘉奖，军工部给全厂职工集体记大功一次，并发给奖金 100 万元（冀钞）。

故县铁厂从开工到投产近一年的时间里，发扬了自力更生、艰苦奋斗的创业精神，克服了重重困难，在上党盆地自行建造起一座具有近代工厂规模的炼铁厂。在建设中，我们始终坚持两个原则：一是抢时间，争取时间对解放战争的胜利有不可估量的意义；二是讲科学，一切工作都从科学出发，按科学办事。只有在科学方法的指导下才能完成这一巨大的工程，才能赢得时间。

晋察冀军事工业的技术发展

◎张　方

在谈晋察冀军工发展时，得先说一下冀中军区修械所和技术研究社。抗日战争全面爆发后，冀中军区成立。军区供给部动员一批修械力量，在饶阳县官厅村成立了修械所，制造步枪、手榴弹，也制造一些迫击炮弹。迫击炮弹中的炸药是用氯酸钾代替火硝成分的黑火药。那批氯酸钾是从山西军阀阎锡山处买的，在运往山西路经冀中时，抗日战争全面爆发，就留在了冀中。

1938 年夏天，冀中军区供给部在任丘县楼堤村成立了技术研究社。当时的任务是利用这批氯酸钾改做爆速大的高级炸药，以破坏日寇的铁路运输。经过试验，用氯酸钾混合少量 TNT 和麻子油做成氯酸钾高级炸药，并用买来的矿用雷管改装成电火雷管，用电池发火引起爆炸。试验成功后，用这样的炸药，前后炸坏敌军军运火车头 30 多台。由于外购雷管来源不可靠，技术研究社就积极试验自制雷汞，自行制造雷管，并获得初步成功。

1939 年年初，由于敌人“扫荡”，冀中后方机关转到平汉铁路以西，技术研究社驻唐县葛公村。为了解决雷管的管壳问题，技术研究社曾派人到易

张方，1914 年生，祖籍福建，历任晋察冀军区工业部技术研究室副主任、八路军总部军工部工程技术研究室副主任、晋察冀工业局第二生产管理处工程师等职。新中国成立后，历任重工业部计划司副司长、一机部技术司司长、机械科学研究院副院长兼总工程师、重型矿山局副局长兼总工程师等职。

★ 晋察冀军区工业部技术研究室张方（右三）与技术人员合影（张双昭供图）

县的修械所，参观他们用手工方法制造步枪子弹头（用铜圆做原料）。我们在他们做法的基础上加以改进，制成雷管、铜管和复装子弹的样品。此后，技术研究社的同志，也曾用外购的硝酸和硫酸以及自己蒸馏的酒精，依照马歇尔高级炸药学所述的方法，制成了硝化棉，又用乙醚、酒精的混合溶液将它溶解为胶化棉。以后，我们还用一些简单的试验器具制成硫酸样品。为投入生产，技术研究社派人到灵山镇附近的岗北村定制了特殊形状的大缸，作为自制硫酸的主要设备。

1939 年夏，晋察冀军区工业部成立，冀中军区修械所的一部分合并到工业部，原冀中军区技术研究社的一部分同志也调到工业部的研究室。到年底，赵玉昆部的子弹股也并到工业部，成立了子弹排。1940 年春天，工业部技术研究室开始在定县神南镇用普通大缸制造硫酸，初始质量不好。这个时期研究室还负责指导子弹的技术工作，改进设备工具，制订正规加工程序，并根据打靶试验结果，改进子弹头的质量，使复装子弹的生产脱离手工的做法进入正规化生产的阶段。

1940 年夏天，反“扫荡”之后，我军在唐县清虚山背后大安沟村建立了化学厂，用岗北烧成的特殊形状的大缸，开始正式制出优质硫酸（以后仍用普通大缸叠成“缸塔”制造）。同时，经过多次试验制成了硝酸和乙醚，接着试制成功了硝化棉（强棉和弱棉），制成了步枪子弹用的无烟药，压片和切药工具是用切挂面的机器，其他设备用的是盆缸之类的日用品，但是一切工作程序和要求完全同正规制造方法一样，是符合技术标准的。

在取得上述成绩的基础上，技术研究室和工厂的同志们又改进了迫击炮弹的生产工艺，枪弹的装药改成氯酸钾高级炸药，并改用带雷管的重锤式引信头；在弹形和工艺方法等方面也作了改进，弹体是用锅铁铸造的，经过焖火，成为灰口铁，使之变软，再行加工。这个焖火方法，是一位老工人根据回忆他在北平学徒时，见过别人使用过的焖火方法摸索而成的。以后晋察冀的各种炮弹和需要加工的铸铁件，全是这样解决的。

1941 年春天，大安沟的无烟药生产已经比较正常。制造硫酸的设备已逐步革新，改为用普通大缸叠成的、中间有填充物的“缸塔”，蒸酸使用了普通大缸；制作硝酸的工具，用大缸代替了铁锅和专门烧制的冷却塔；蒸馏乙醚，改用大坛，置于油锅中加热，这样既解决了设备补充问题，也更进一步地提高了生产效率。工业部的生产这时转到以弹药为中心，无烟药产量逐渐达到每月供给 10 万发以上的复装子弹的需要（经过对比试验证明，用它装子弹，子弹的初速与枪膛最高压力同装外面兵工厂生产的无烟药效果一致）和月产约 500 发迫击炮弹的需要，同时还满足了制造雷汞等所需的硫酸、酒精的需要。

1941 年年初，晋东南八路军总部送来他们那里生产的五〇掷弹筒和弹。晋察冀军区司令部指示工业部进行仿制，并提出了一些改进的要求，我们又开始了这一研究工作。就在这一年里，工业部制成了和迫击炮弹形状相似，射击性能良好，不带药包的五〇掷弹筒弹。

1940 年 8 月，八路军发动了百团大战，为了完成这场战役的爆炸任务，工业部将所有的氯酸钾几乎全部用完，只能开始寻找新的原料，以解决高级炸药的供应问题。第二年春天，化学厂利用外购的硫酸铵（肥田粉）和火硝做原料，经过复分解、再结晶的办法，制成硝酸铵，并用它配合少量的 TNT 等制成了硝酸铵高级炸药。外购肥田粉也是困难重重。10 月，在神南又用蒸馏牲畜骨头的方法取得阿摩尼亚，制成硝酸铵。之后 TNT 来源也困

★ 蒸浓硫酸（兵器工业档案馆供图）

难了，于是改用硝化卫生球粉来代替。五〇掷弹筒弹的炸药就是用这种硝酸铵炸药来装填的，为了保持发射后炸药的密度仍然比较疏松，不致起爆困难，就用前人从未用过的谷糠作为炸药成分之一。以后工业部从敌占区买到了大量肥田粉，就停止了用蒸馏牲畜骨头的办法制作硝酸铵，仍旧用复分解的办法来制造。

1941 年春天，工业部在北庄村开采铁矿，用小高炉炼铁（后因成本过高，而停止生产）。在这一年春天，我们根据工业小丛书中的简单叙述，一方面，以杂铜为原料（包括旧制钱、铜器、铜佛等。以后又用蒸锌后剩余的铜料）用反射炉进行氧化和还原，炼出精铜，再用精铜作电极板制电解铜。另一方面，用杂铜为原料利用熔化玻璃的缸子作为蒸馏缸，蒸馏纯锌。用电解铜和纯锌配成了子弹壳黄铜。有了黄铜以后，又经过同志们的努力，制造了各种工具和设备，完成了新子弹壳的制造。

1942 年年初，晋察冀军区开始了全自制步枪子弹的生产（由蒸锌、炼铜、无烟药起，一直到子弹全部完成，全部由边区自己解决）。以后也曾制造了机枪子弹和驳壳枪子弹。

1943 年春天，晋察冀边区政府工矿管理局的一部分合并到工业部，技术研究室也加强了。就在这一年的冬天，技术研究室的同志用石灰乳皂化油脂制成钙肥皂，然后再由其中洗出甘油来（残余的钙皂，用来生产分馏油和普通肥皂），并用之做成硝化甘油。

硝化甘油制成后，我们制造了新的热压片设备（压片滚子内灌注热水），用硝化甘油和弱棉做成双硝基无烟药，作为五〇掷弹筒弹和迫击炮弹的发射用药。此外，又用少量的硝化甘油（3%—5%）和脱水的火硝粉以及一部分谷糠等做成朱迪生炸药，作为五〇掷弹筒弹和手榴弹的炸药（当时工业部直属厂手榴弹的月产量约十万枚）。自此以后，晋察冀的手榴弹由装黑火药阶段逐步进入装高级炸药的阶段，大大增强了手榴弹的爆炸威力。

由于水银来源困难，同志们经过试验，用银圆和银元宝为原料，制成雷银，代替雷汞。制造了大批纸雷管，供装高级炸药的手榴弹起爆之用。

在五〇掷弹筒方面又有进一步的发展，将弹形改为流线型，射程提高了约四分之一。我们还研制了枪榴弹筒和枪榴弹，弹内装有导火索。

1943 年秋天，为了配合地雷战，工业部研究制造了各种特殊类型的地雷，包括跳雷、子母雷、飞雷等。由于焦炭供应困难，工业部采取了大炭（无烟煤）小炉化铁、大炭蒸锌等方法。

1944 年春天，为了适应抗战形势的需要，晋察冀军区工业部将技术研究室的同志分别派到冀中、冀察、冀晋、冀热辽和晋东南等地区，支援各地区的兵工建设。于是，晋察冀军工生产又进入了一个新的阶段。

淮南烽火

◎ 吴运铎

战斗的生活犹如机枪口喷射出来的子弹，它是那样的紧张、炽热。一个任务完成了，新的任务跟着又来到我们面前。

1943 年初春，大雪纷飞，大地被上了银装。我踏着积雪，顶着寒风，来到新四军二师司令部。师长罗炳辉亲切接待了我，要我们研制一种新武器，来狠狠地打击敌人。他说："对待敌人，就应该狠，狠到连他们的骨头都给敲碎，叫他们永远爬不起来。我们现在就需要有各种各样能敲碎敌人骨头的武器。"师长的话不多，我却从心底感到这话的分量。我向他保证："我的一切都属于党，党叫干什么，我就干什么。"罗炳辉笑了。他送我到门外，还嘱咐说："要有信心，要顽强，回去跟大家商量商量吧。"

我接受了研制新武器的任务，立即把能找到的书籍都找了出来。翻来翻去，在一本杂志里翻到一篇介绍枪榴弹的文章。说也可怜，那篇文章总共不

吴运铎，1917 年生，湖北武汉人，1938 年参加新四军，历任新四军司令部修械所车间主任，淮南根据地子弹厂厂长、军工部副部长，华中军工处炮弹厂厂长，大连建新公司引信厂厂长等职。新中国成立后，历任中南兵工局副局长、二机部第一研究所所长、五机部科学研究院副院长等职。在生产与研制武器弹药中多次负伤，失去了左眼，左手、右腿致残，仍以顽强毅力坚持战斗在生产第一线。1951 年 10 月，中央人民政府政务院和全国总工会授予他特等全国劳动模范称号，并将他誉为中国的"保尔 · 柯察金"。全国"双百"活动评选出来的"100 位为新中国成立作出突出贡献的英雄模范"之一。

过二三百字，而且多半是些空话，无非讲枪榴弹如何厉害而已。唯一的收获是从这里知道了所谓枪榴弹就是利用步枪发射的一种小型炮弹。至于它的构造，只说是用钢片压制而成的。

★ 吴运铎（西北机电工程研究所供图）

我收集了敌人的掷弹筒和各种迫击炮弹，白天黑夜地摆弄着、研究着，最后决定把粗钢棍锯断掏空，制成枪榴弹筒，像装刺刀那样套在步枪口部，再用铸铁制成形状像迫击炮弹一样的炮弹，装进枪榴筒内，用没有弹头的步枪子弹的火药高压气体把枪榴弹发射出去。

想象是美好的，但碰到具体问题时困难就接踵而来了。第一个难题是：我们没有测试膛压的设备，得不到需要的数据。要靠计算得到数据则需要高深的数学知识，而我只学过加减乘除、分数和体积，别的全不懂，只好做试验。先做个筒子，量好筒子的直径，打一枪，再量一量，看它膨胀多少，不行，再改一改。第二个难题是：射程的调节，怎样叫它远近自如呢？我想用调节膛压大小的方法来控制枪榴弹的射程，可是用什么样的机械结构呢？

夜，万籁俱静。我在屋里翻书，想找到一点线索，熬到半夜，眼睛睁不开了，但又睡不着。仙墩庙竹林里的土獾子也不知道忙什么，跑来跑去弄得竹林沙沙作响，惹人心烦。我熄灭了油灯，拿着草图，跑到车间。

车间里机械声隆隆。上夜班的同志和摇大轮的民工看到我来了，都一下子围了上来，探听新武器的消息。

钳工老高张开蒲扇般的大手，眯起眼睛，拿起草图仔细地端详着。他提议把枪榴筒的底座和底座柄分开，成为两个零件，这样既可节约材料，也便于加工，有利于大量生产。

可是用什么样的机械装置来调节射程呢？大家的脸上像蒙了一层阴云。

车工老李，是一个平时不多开口的硬汉子。他一手摇晃着褪了色的旧军帽，一手拿着草图，眼睛紧紧地盯着车床，嘴里喃喃地说道："又快又慢……又近又远……"忽然，他好像发现了什么秘密似的指着车床上转换齿轮旋转方向的手柄说："厂长，为什么枪榴弹不可以照这个转换装置来设计呢？"

"对，完全可以。"

"是嘛，不是一个道理吗？"

"嘿，老李还真有两下子。"

大伙七嘴八舌地议论开了，欢乐的气氛驱散了忧虑。我打心眼里感到：群众才是真正的英雄啊！

天气渐渐地暖和了，仙墩庙四周水沟里的冰也融化了，柳树枝头绽出了鹅黄色的嫩芽，研究工作进入了紧张的阶段。我日夜忙着绘图，忙着去北边荒地靶场做试验。当我感到过度疲劳的时候，就跨上小红马，沿着去小金沟的大道奔驰，让田野的风把头脑吹得清醒些。我的心都被图纸占据了，吃饭、睡觉似乎都成了负担。晌午，勤务员小顺子轻轻地推开门，把饭菜放在桌子上，倒上一杯开水。到天黑，他又来送晚饭时，桌上的饭菜还一点儿没动，筷子整整齐齐放在一旁。小顺子噘起了小嘴，抱怨地说："厂长，你怎么不吃饭？只顾自己完成任务，我的任务就完成不了啦！"

"对不起，小顺子，现在做'总结'吧！"

他一直守在我旁边，看着我吃完才收拾碗筷，笑眯眯地走了。

装配车间的女同志和那些家属大嫂们一下班就去找小顺子，问我换衣服没有，要不就跑进屋来翻床底，寻找要洗的衣服，她们还不时送来煮熟的鸡蛋，让我夜里吃。

★ 新四军二师制造的 45 毫米平射炮（于学驷供图）

一种对事业的共同责任感，一种阶级的友谊，把大家紧紧地联系在一起。大家的心都为着一个目标跳动，共同分担忧愁、共同分享欢乐。

图纸交到各车间，同志们都抢着干。半个月后，第一批枪榴弹和第一支枪榴筒造成了。为了使“作品”做得更漂亮些，我们还在枪榴筒上镀了一层蓝黑色的电光。

工厂北面的荒地铺上了一层新绿。保卫工厂的警卫连战士们在四周布置了岗哨，不让行人走进射击地区，我们的枪榴弹进行了第一次射击试验。

小顺子扛着枪榴筒，全厂同志跟着走进靶场。为了避免意外事故，在干水塘边上选中一棵大柳树，用绳子把步枪捆在树干上，枪口卡上了枪榴筒，筒口对着荒地，再把枪榴弹装进筒里，拉开枪栓，推进无头子弹，扳机上系了一根小绳子。等同志们都隐蔽好以后，我蹲在干水塘里，一拉小绳，轰隆一声，枪榴弹射了出去，火光一闪，接着在爆炸声中尘土卷起烟雾向上冲起，破片呼啸着四面飞散，惊得野兔在田野里直打转。

“好哇！”

听到第一个枪榴弹的爆炸声，正像母亲听见久久盼望的孩子坠地后的哭声一样，那种喜悦、那种激动是无法形容的。同志们高兴地围拢过来，互相握手。那么多手，多么结实有力的手啊！枪榴弹的初步成功包含着大家的心血，集中了大家的智慧，大家的心情当然是激动的。

第一次试验虽然取得了一些经验，但还没有成功，因为枪榴弹的飞行弹道不稳定，而且射程没有达到要求。

于是，我们重新设计了枪榴弹的图纸，把原设计的柱状形弹，改为滴水形弹，经过射击试验，弹道稳定，可是射程总不过二百三四十米。

又是一个不眠之夜。我一直在想，究竟是什么原因影响射程呢？所有办法都用光了，脑子想得发痛，躺在床上睡不着，浑身火烧火燎的，就像臭虫、跳蚤翻了窝。我强迫自己入睡，默念数字一、二、三、四……刚合眼，我突然大声叫着“为什么打不远”，跟我睡在同一屋的老马喊醒了我：“喂，老吴，叫喊什么，我看你着魔了……”

我竭力镇静下来思考：枪榴筒和弹都经过试验，证明是没问题了，剩下的还有什么没有考虑到呢？这就只有发射药了。我赶紧推醒老马，“快点，快点，有门了。”

他一时摸不着头脑，一骨碌爬起来，吃惊地问：“出什么事啦？”

我把想法告诉他，俩人披上衣服马上来到装配车间，把火药倒了出来，放在研槽里研成碎末。这样火药能更快燃烧，充分发挥威力。我们俩连夜配好火药，装好几发子弹。

大家听说又要试验，一大早就来到试验场。我装好枪榴弹，推上子弹，左腿跪在地上，朝荒地打了一枪，只听一声枪响，枪榴弹无影无踪了，它飞到哪儿去了呢？大家都昂起头来向前张望，忽然听到远处传来了雷鸣般的爆炸声，大家立即奔向爆炸点。

我们在发射点打了一木桩，把一根根长绳接起来拴在木桩上，拉向爆炸点。最后一量绳子，射程是 540 米，增加了一倍还多。

回来的路上同志们兴高采烈地谈笑着，还哼起了小调。

这些日子我一直忙着搞枪榴弹，司令部几次来电话了解情况都无法回复，现在可以作个详细汇报了。第二天，我带了两个同志，扛着枪榴筒，挑着枪榴弹到了司令部。司令部的小同志们见到我就奔走相告，高声喊着：“一只手的厂长又来了，不是试枪就是试炮，快去看哪！”

参谋长看过枪榴筒和枪榴弹，招呼我们坐下，拿起电话筒，命令立即布置靶场。

靶场上人山人海，师长、政委、参谋长都来了。一连打了十几发枪榴弹，每一发都射得远，炸得漂亮。靶场上响起了暴风雨般的掌声和欢呼声，人们啧啧称赞着子弟兵的射击本领。试验完了，罗炳辉拉着我的手，一起走进参谋长的办公室。参谋长问我：“一个月能生产多少？”

怎么回答呢？我只有一部车床，每月要生产 300 发迫击炮弹，其他的机器只能造子弹，要生产枪榴弹，先要制造工具和设备，建立枪榴弹车间，一句话，得从头做起。

★ 吴运铎（左）与二师军工部部长王新民合影（于学驷供图）

“有什么困难？”罗炳辉也关注地等着回答。我觉得叫苦也没有用，在兵工战士面前，任何困难都会被战胜。我回答道：“困难不少，我们一定想办法克服。”

参谋长又拿起枪榴筒，提出许多重要的改进意见。我们回去后在仙墩庙大殿上新建了车间，制造了几部造枪榴弹的车床，正式开始了枪榴筒和枪榴弹的生产。

我们制造的枪榴弹很快出现在前方，在桂子山战斗中，第一次立了功。这次战斗是我淮南独立旅旅长罗占云指挥打主攻，我五旅旅长成钧指挥打外援。在激烈的战斗中，密集的枪榴弹像倾盆大雨般飞向敌方，打死了 80 多个日寇。成钧特地把一支从日寇军官身上缴获的手枪送给我，作为制造枪榴弹的奖励。

秋天，是收获的季节，也是战斗的季节，稻子成熟了，遍地都是金黄色的稻穗，负责群众工作的同志们动员老乡们快收、快打、快藏，部队和民兵都做好保卫秋收的战斗准备，儿童团员们忙着站岗放哨，工厂的工人们也组织了收割队，轮流帮助老乡抢收。

和平年代，我们不应该忘记在战争年代为革命而英勇献身的烈士；不应该忘记可歌可泣、威武雄壮的战斗业绩。淮南的土地，淮南烽火的日日夜夜，将永远留在我的记忆里。

从复装子弹到自制枪弹

◎ 沈丁祥

1939 年，在抗日战争时期，我们的部队，尤其是民兵手里的枪支，型号很多，口径也很不统一。当时，枪支很缺，即使再旧再杂也不能弃之不用。至于子弹更是缺乏，主要来源是从敌人那里缴获，为数极少，不敷需要。于是，上级决定在山西黎城县下赤峪村建设子弹厂。1940 年春天，太行山根据地的第一个子弹厂诞生了，番号叫木厂。

木厂的全部生产设备只有一部车床和几部冲床，都是从敌人煤窑里缴获的，在搬运中，机器零件和附件几乎全部丢失了。办公室与厂房设在村边的庙里，工人分散住在老百姓家里。工人有五六十名，大都是新战士。水窑等厂支援了几名技术人员，这就是工厂的主要人员。

工厂刚兴办，就接受了复装七九步枪子弹的任务。不几天，弹壳源源运来。种类很杂，有三八式步枪、六五步枪、七九步枪、日本九二式重机枪、俄式水连珠枪和毛瑟枪弹的弹壳。这些弹壳来之十分不易，是战士和民兵们

沈丁祥，1917 年生，江苏启东人，历任延安兵工厂工长、摩托车学校校长助理，1940 年年初，调八路军军工部参加黄崖洞兵工厂建设，任八路军总部军工部子弹厂厂长，1948 年任华北兵工局六大厂厂长兼雷管厂厂长。新中国成立后，历任 497 厂厂长兼党委书记，二机部第五设计院副总工程师，五机部弹药局、导弹局副局长等职。

从战场上一颗一颗拣来的。我们很珍惜它们，逐个挑选分类。大家意识到，损坏一个弹壳就少出一颗子弹，也就少歼灭一个敌人。

★ 沈丁祥（淮海集团公司供图）

上级要求我们尽快开工。我们的口号是：争取一个月做出子弹样品，向五一节献礼，一个半月投入成批生产。为此，我们拟订了详细的开工计划，对工厂职工进行了分工。新学工主要任务是搬运器材与建设、布置工房、库房；技术工人主要任务是修理机器，突击修理车床、冲床、钻床……经过党内外动员和布置，一场紧张愉快的战斗开始了。

机器都经过了改装，没有机械动力，所有的机器都是用人力来摇动，架起一个石磨盘，用人力摇动，有的两个人、有的四个人或六个人摇一部。再用皮带或麻绳把动力传递到机器上。起初，人力摇动的转速不匀，传动装置也不很稳固，所以车床上旋出来的工件不圆。于是，对摇轮子的民工提出技术要求，训练他们摇得均匀、有力，何时快、何时慢，得到了很好的配合。

弹头试制是全部工作的关键。前后有挑选铜圆、下料、冲盂、六道引长、二次元头、切口、浇铸铝芯、卷边、合膛、煮洗、抛光、检验等二十几道工序。修整旧弹壳也要经过弹壳分类、刮底火封口、取旧底火、弹壳紧身、切口、煮洗、抛光、通火眼、检验等近十道工序。

在敌人的严密封锁与残酷“扫荡”下，在根据地工业很落后的条件下，这些困难能够被我们一一克服，首先是党的领导，其次是根据地的人民群众的大力支持，以及兵工战士的高度觉悟和创造性。经过一个月的苦战，晋冀鲁豫抗日根据地自造弹头与底火的复装子弹打响了。

在五一节，我们用红纸包好，把首批生产的七九枪弹向军工部报捷。部长刘鼎、副部长刘鹏、政委孙开楚、工程处处长郑汉涛等领导同志亲自作了试射，发发打响，质量良好，部领导正式批准成批生产。

一年之后，工厂有了很大发展，每月可生产 10 多万发子弹，前方战士们反映，敌人很害怕我们的子弹，子弹飞来时有种恐惧的声音，打进敌人身上时进口小，出口大，有的在敌人体内开裂，成了开花弹，杀伤力很大。同时还反映，在较远距离射击时，命中率不高。我们在上级指示下，立即进行研究，从不同距离进行了数量较多的实弹试射，最后找到了问题。由于弹头铜料是铜圆，质量低、韧性差，当弹头通过枪的膛线时，铜皮被挤破了，弹头在飞行中高速旋转，碎裂的铜皮呼呼地叫了起来；另外，由于弹芯是铅锡合金，硬度过高，更促使铜皮挤裂。由于铜皮的碎裂和弹形的改变，弹道偏差很大，远距离难以命中目标。我们迅速改变冲模尺寸，加厚弹头铜皮厚度，引长后再进行一次退火，使铜皮软化，增加韧性，终于解决了问题。

敌人的“扫荡”越来越频繁，一年内要有好几次，这给生产带来许多困难。工厂多次搬家，从下赤峪搬到西山沟，又搬到看后村、南臭水村和南井沟村等好多地方，使敌人摸不清我们的子弹厂有多少个，敌人几次烧毁我们的工房，但是我们没有屈服，转移到一个新的地方，很快就可以开工。在斗争中也学到许多对策。敌人“扫荡”前，随时做好坚壁准备。当敌人距工厂二三十里时才停工，用二三小时就可以把全部机器、材料埋藏好，而且埋得很巧妙，选择河道的沙滩和大路上，埋在敌人的眼皮底下，反而安全。同时到处埋设地雷，给敌人造成威胁，迫使他们不敢随便挖掘、随意走动。所以反“扫荡”结束的一二天内，就可以复工生产。

★ 八路军子弹厂用轨道钢自制的切口机（于学驷供图）

★ 造枪工具和绘图仪器（于学驷供图）

为了适应反“扫荡”斗争，也曾把工厂化整为零，划成几个分厂，分散到几个地方，或组成若干随军生产小组，带着重要零件与工具，跟着战斗部队，只要行军一停，立即生产，就地复装子弹。总之，不管敌人“扫荡”如何频繁与残酷、环境如何困难与恶劣，我们的生产一直没停，坚持了下来。

根据地在不断地扩大，仅生产复装子弹已经不能满足对敌斗争的要求了。1944 年冬，上级又将分散的工厂和人员集中起来，在西奄村建设了一个规模较大的工厂，动力是利用漳河的水力。一方面复装子弹，另一方面开始试制新弹壳。不久，晋察冀根据地派来人传授技术经验，从铜圆提炼纯铜，从制钱（麻钱）提取纯锌。有了纯锌和纯铜，冶制成“三七”黄铜，经铸片、辗压、下料、冲盂等工序，制成弹壳。有了新弹壳，加上弹头和底火，就是全新的枪弹了。

新弹壳的试制是从 1945 年春天开始的，那时我军开始反攻，敌人无力来“扫荡”了，工厂迅速扩大，由西奄村搬到了彭庄村，在山坡上建了好几个很大的工房，安装了许多刚从敌区缴来的机器设备，也有了电灯、蒸汽机与柴油机。工厂的管理制度与生产技术要求也逐渐健全起来，枪弹的质量稳定上升。

日本投降后，我们收复了失地，许多城镇解放了。这时，蒋介石在美帝的支持下，挑起内战，妄想消灭共产党和八路军。形势逼迫我们充分发挥了各方面的积极性。人民兵工不是收缩，而是来了一个大的发展。把深山老林里的许多中小厂都集中了起来，按产品对象组成新的工厂。在不到一年的时间里，以山西长治为中心相继建立了规模更大的炮弹厂、手榴弹厂、子弹厂、火工品厂、火药厂，以及炼铁厂、冶铜厂等，职工队伍也迅速扩大了。为了支前，掀起了一股生产大高潮。同时，对各种武器的品种和质量都作了大的调整和提高，整个工厂活动实行党委领导下的各级负责制。1947 年，开展了刘伯承大生产竞赛运动，各个工厂都出现了许多生产能手、劳动模范和英雄先进人物。

在解放战争时期，我们人民兵工提供了大量武器，为打败蒋介石，解放全中国作出了巨大贡献。

小白炮显神威

◎ 郭栋才

1935 年春天，我在日本东京大学机械系毕业后，又上了一年研究生。1936 年春回国，先后在东北大学工学院、河北工学院教书。1937 年抗日战争全面爆发，我目睹国民党政府对外投降对内镇压的倒行逆施，感到靠国民党政府是救不了中国的。在这中华民族生死存亡的关键时刻，为了抗日救国，我放弃教学工作，于 1938 年冬加入了八路军组织的豫北第二游击支队，同年 12 月又调到 115 师 344 旅 688 团任敌工干事。1939 年 7 月，组织上调我到八路军总部军工部二所工作。当时，敌人正在进攻长治，下着连绵大雨，我接受的第一个任务就是从长治押送硫酸到二所。十几辆大车，冒雨行驶将近十天，才到达平顺西安里二所。我学的是一般机械知识，对兵器生产一无所知。但为了抗战胜利只有虚心地向老工人学习，共同研究，从而提高自己的技术水平，争取多完成一些任务，为打败日本侵略者多作贡献。1940 年春，二所合并到三所，秋冬之际，军工部领导同志布置我们所进行五〇小炮

郭栋才，1906 年生，河南濬县人，早年赴日本留学，1936 年回国后先后在东北工学院和河北工学院任教授，七七事变之后，毅然弃教从军参加革命，1939 年调八路军总部军工部工作，历任工程师、分厂厂长等职，根据缴获的日本掷弹筒设计试制成功了五〇小炮及其炮弹，并不断改进小炮的性能使之进一步完善。新中国成立后，历任中央重工业部机器工业局副局长，一机部一局、六局副局长，农业机械部科技司司长，中国农业机械化科学研究院院长等职。

（掷弹筒）的研制工作。

★ 郭栋才（张双昭供图）

抗战初期，日寇凭借其武器装备优势，常对我根据地进行疯狂“扫荡”。他们在作战中经常使用一种叫掷弹筒的小型火炮，向我军阵地轰击。这种武器，既便于携带，又有一定的爆炸威力，很适合山区作战，往往给我军造成一定的压力。当时，八路军作战使用的主要武器是步枪、手榴弹，近距离作战还可以，一旦距离稍远，就没有日军掷弹筒那种威力的武器了。面对这样一种局面，我们从事兵器生产的人员都在想，何时能生产出一种战斗威力更大的武器武装我们的部队，提高我军的战斗力。恰好在这个时候，彭德怀对军工部的同志们说，日军的掷弹筒结构简单、使用方便、射击准确、运转灵活、杀伤力大，很适于山地作战，让我们赶紧研制。

军工部根据彭德怀的指示，在无技术资料和样品的情况下，部长刘鼎以他丰富的兵器制造知识，亲自绘制了我军第一门类似掷弹筒的结构图，由工程处技术人员唐成仪、刘先惠等于 1940 年秋用手工抠出了样品。正在这时，总部送来了一门缴获的日造掷弹筒，军工部立即决定由水窑一所和高峪三所仿制这种小炮。

日本造的掷弹筒由炮筒、支管、击针、方螺纹丝杆、花轮、底座板等组成。炮筒里有来复线，炮弹有紫铜弹带但无尾翅，我们叫它“光屁股”弹。调节射程，靠手摇花轮升降丝杆，改变炮筒长度和膛压大小。我们在试制过程中遇到的第一个困难，是根据地没有制造炮筒的钢管或圆钢。因此，我们首先考虑的就是如何用道轨钢制造炮筒。当时，已年过半百的锻工师傅王孝堂，提出将道轨底座锻成板条，卷成筒形，锻成掷弹筒毛坯。因为没有电焊，卷筒上的螺纹形缝隙只能靠锻接黏合。经试验，炮筒有胀裂现象。后来经过大家反复研究，把道轨面截成 1 米多长、50 公斤重的料，加热后墩成实心圆柱体，再打眼挖空，加工成炮筒毛坯。这种热墩加工法，虽然克服了炮筒胀裂现象，但墩起来劳动强度大，生产效率低。为了减轻劳动强度，提高生产效率，我们继续在实践中不断改进，先是把砧子埋在地下，将截下的道轨面一端加热，竖在砧子上，一些工人守护着未加热的上端，另一些工人站在高处抡起大锤使劲地打，这样两端轮番颠倒加热锤打，使道轨面由长变短，由细变粗，成为实心圆柱体。后来，我们发现用锤打不如抱着墩效率高，于是锻工们干脆把锤子扔到一边，垫上麻袋手抱道轨面在砧子上墩。记得每班五六人轮流墩，仅日产一两根炮筒毛坯，生产效率太低。不久又有了新的改进，在院子里搭起一个数米高的架子，上边安上滑轮，吊起一个100多斤重的铁锤，由五六个身强力壮的工人拉起大铁锤墩打道轨面，明显地减轻了劳动强度，提高了生产效率。以后又生产出夹板锤，锻造炮筒毛坯，在当时来说，这种生产工艺算比较先进了。

炮筒毛坯问题解决以后，遇到的第二个困难是没有加工来复线的设备。而且太行抗日根据地的紫铜很缺乏，无法生产紫铜弹带。经与徐璜智等技术骨干共同研究，把来复线炮膛改为滑膛炮筒。为了保证射击距离和精度，弥补钢材质量低劣的不足，将炮筒长度由日制的280毫米增加到400毫米，筒壁也相应加厚。随着炮筒的改变，与之配套的炮弹也作了改进。把日造的“光屁股”弹，改成迫击炮弹型的尾翅弹。经过这一改进，就不需要紫铜弹带了，从而为根据地兵工厂批量生产五〇小炮创造了条件。

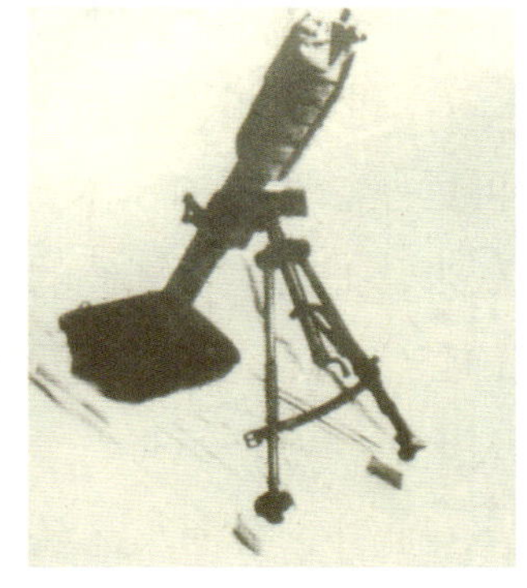

★（左图）八路军使用过的五〇小炮，（上图）抗战时期太行根据地生产的六〇迫击炮（于学驷供图）

高峪三所第一批生产了四十门小炮。部队在试用中发现螺纹丝杆强度不够，调整射程失灵。因为它是道轨钢制作的，钢质较软，打上几发炮弹后，就因为丝杆变形而调整不动了。这时，三所恰好得到一门从敌人手里缴获的40毫米口径的掷弹筒。这门掷弹筒的发火机构是扳机，而没有螺纹丝杆。从这里，我们受到启发，参照这门样品，取消了小炮的螺纹丝杆，改为扳机发火。将扳把前推时，压缩击针簧，把击针拉回，挂在挂钩上；将扳把后拉时，击针脱钩，冲击底火，发火射击。射程靠仰角调整。经过这一改进，解决了因丝杆变形导致火炮调整不动的问题，适应了实战要求。

按照上述结构，掷弹筒生产一直持续到1942年5月反“扫荡”。以后，为了调整膛压，在炮筒下端左右两侧各开了一个椭圆形泄气孔，孔外加了一个带孔的套环，靠套环转动调整泄气孔的大小，从而起到调整火炮膛压大小的作用。

1943年春天，军工部决定将小炮的生产由一所和三所集中到四所。四所在生产过程中，又作了一些改进。一是取消了泄气孔；二是量材使用，把瓦状底座改成三角形底座；三是炮筒上安装了机枪式炮腿；四是炮筒左侧加挂了扇形标尺，靠重锤摆针检查仰角大小，确定射击距离。这样一来，火炮的结构更趋向合理，生产效率进一步提高。我记得，经过一系列改进后的小炮筒，靠炮弹尾管的装药量来确定射程，每增加一个药包射程提高150米至200米。很适合1000米以内作战的要求。

1944年6月，前方部队根据实战需要，希望火炮的威力再大些，射程再远些。四所的技术人员想前方所想，把小炮的口径从50毫米扩大到60毫米，把其他零部件的尺寸也相应加大，增加了强度，炮弹也改成流线型。1945年春，绘制出定型的60毫米小炮图纸，从此以后就按这套图纸正式投入生产。

此外，根据八路军炮兵团副团长赵成章的提议，我和封域中等技术人员共同设计，搞出一套内部结构类似掷弹筒的发火机构，而外部尺寸与迫击炮发火机构可以通用互换的发火机构，装在迫击炮上，变曲射为平射，这可以说是五〇小炮的一个演变和发展。当时，抗日战争已由相持阶段进入战略反攻阶段，我军急需一定数量的平射炮去摧毁敌人的据点和碉堡。在作战中，我军虽然也缴获了一些敌军的平射炮，但是由于运输不便和缺乏炮弹，大都搁置不用。敌人瞅住我军这个弱点，常常龟缩在碉堡内，使我们的轻武器奈何不得。我们改迫击炮为平射炮以后，摧毁敌人的碉堡就容易了，敌人大吃一惊，以为我们搞出了新式平射炮，终日惶惶不安。真可谓小炮起了大作用。

在五〇小炮的试制与改进过程中，我们冒着生命危险进行过多次试验。特别是水窑一所初期试验，付出了血的代价。他们的试验是在河滩里进行的。第一次试验，炮弹装进炮筒拉火两分钟后还没有响，射手张师傅以为瞎火了，就去倒炮弹，谁知炮弹刚出炮口就爆炸了，张师傅不幸牺牲。第二次试验，炮弹还没有出炮口就在膛内炸了，当即将炮筒炸成数节，附近的一个老百姓身负重伤。第三次试验，射手魏增祥老师傅用石头在五〇小炮四周垒起一圈小围墙，把拉火线拖出围墙外边，心想即便炸膛也伤不了人。正要发射，刘鼎抢上前去，要亲自拉火。魏增祥一把将刘鼎推到身后，说："我是一个工人，就是牺牲了也不要紧；你是一部之长，肩负领导军工生产重任，一旦出了问题那还了得！"魏增祥卧倒在地，紧握拉火线，刘鼎伏在他的身后。火线一拉，一声巨响，五〇小炮又炸膛了。眼疾手快的魏增祥一下滚到刘鼎身边，用自己的身躯挡住了他。刘鼎安全脱险了，可魏增祥的右手被炸掉了，手指飞得老远。刘鼎一伸手，紧紧掐住魏增祥的右臂，以防流血过多。在场的青年干事李宝庆马上解下裤腰带，把魏增祥的右臂扎起来。后来，由于伤势恶化，魏增祥的右臂被截掉了。就这样，经过无数次的失败和流血牺牲，火炮的试制才取得成功，并在生产过程中逐步改进、完善，成为我军抗日战争中的一种有力武器，战士们称它为小白炮。从 1940 年下半年开始，到 1945 年 8 月，我们共生产了 2500 门，当时主力部队一个战斗班配备一门，装备了近 30 个团，提高了八路军的战斗力，为打败日本侵略者立下了战功。

八路军造手榴弹

◎ 石成玉

1937 年，日本鬼子侵占了我的家乡——河北邢台地区。疯狂残暴的鬼子兵烧、杀、抢、掠、奸淫妇女，无恶不作。多少人被迫背井离乡、四处流浪，多少人被害得妻离子散、家破人亡……

投身革命

日本鬼子的滔天罪行激起了我满腔仇恨。我们几个血气方刚的年轻人，日夜谋划着狠狠揍鬼子一顿，出出这口恶气。

一天，我们又谈起打鬼子的事。我突然想起，国民党军队撤退时曾把许多手榴弹丢在城南七里河里，不知现在怎样了？大家一商量，决定捞出来。等我们捞出来一看，全被水淹坏了，瞎火，拉不响。伙伴白守云对我说："小富（我的小名），咱们几个就你心灵，想想办法修好它。"同伴的鼓励和对日本鬼子的民族仇恨激励着我，连白天种地，我都揣着个手榴弹，休息的时候，就拆开摆弄摆弄。我成天拆卸琢磨，终于发现了手榴弹的奥秘。我们用旧弹

石成玉，1904 年生，河北邢台人，手工业者，抗日战争期间携家眷参加八路军，在辽县相继研制出滚雷、电雷等武器。历任八路军总部军工部柳沟铁厂手榴弹技师、黄崖洞兵工厂二分厂厂长等职。

壳换上新木柄，装上新黑药和火线，就成了崭新的手榴弹。

★ 石成玉（淮海集团公司供图）

一天傍晚，我带上修好的手榴弹，冒雨跑到五里铺，隐藏在一颗大柏树后面。大车道上一片泥泞，天慢慢黑下来，路上静悄悄的没有一个行人。不多一会儿，远处开来几辆日本兵车，车上坐满了鬼子兵，都缩着头挤在车篷底下。泥水中车轮一个劲地打空转，速度很慢。我掏出几颗手榴弹，做好准备。鬼子的头一辆汽车像蜗牛似的爬过来，我咬咬牙，抓起手榴弹，向鬼子的汽车扔去。“轰”的一声，鬼子兵的汽车被炸了，鬼子兵“哇！哇！”乱叫，从汽车上往下跳，枪声、叫声乱成一团。打鬼子的目的实现了，我心里甭提多高兴了，边走边哼着小调……

我会做手榴弹的消息传到八路军那里，他们派人找我联系购买手榴弹。我知道八路军是专门打鬼子的，当然要卖给他们。他们提出条件，要我亲自送去，这下可难坏了我。我家住在城东，八路军在城西郊，那么多手榴弹，怎么能瞒得住敌人岗哨的眼睛？思来想去，终于有了办法。我把手榴弹装在煤油桶里，焊上口，再涂上厚厚的一层臭油，担着进了城，到了岗哨前，我干脆坐下歇会儿。鬼子兵闻到臭味，十分恼怒：“什么地干活？臭得很，滚开的！”自然，我也巴不得赶快离开。我用这种办法给八路军送过许多次手榴弹。

有一天，来了两个不三不四的人，进屋东张西望，像是搜寻什么。其中一个开口问我：“听说你会造手榴弹，是吗？”“我是个庄稼人，哪会造那玩意儿！”我回答。“你少来这一套，我们要是不打听清楚，能来找你嘛！”另一个横眉竖眼地抢过去说。我看实在瞒不过去，就说：“做我做不了，有坏的修修倒还可以。”“那好，过两天我们送些来，你帮忙修修。”两个家伙见目的已达到，就匆匆忙忙地走了。

当天晚上，城里的铁匠白才富面色忧郁地来找我说：“老哥，你赶快收拾收拾逃走吧，明天鬼子要来抄你的家。”我连忙把剩下的手榴弹壳、各种材料和工具连夜用小推车送到花庄老白家藏起来。果不其然，第二天鬼子抄了我的家，虽然没有抓到我，却把我爱人打了一顿，把我四弟抓走了，等到乡亲们联名保他出来时候，人却成了残废。

事情还没完。过了几天，白才富又来找我，他说：“老哥，鬼子知道咱们挺不错，要我来叫你去给鬼子做手榴弹，不然拿我是问。”我说：“才富，咱是中国人，决不能给鬼子干活，帮助他们杀中国人。你回去和他们假装说我过几天去上班，趁这几天你赶紧准备准备，远走高飞吧，我是死活不去。”

白才富走后，我下决心去找抗日队伍。一天，走到由村，正赶上鬼子兵前来“扫荡”，全村 51 户人家，被鬼子杀了 55 口。乡亲们掩埋了亲人的尸体，决心和鬼子拼了。他们听说我会做手榴弹，就劝我留下，我也愿意。就这样，我在由村安了家。有一次，二弟进城买螺丝钉，路上被八路军查问，知道我们造手榴弹是为了打鬼子，他们十分高兴，马上要买，我们当即送去了 50 枚。

过了几天，团政委杨顺根、团长张先尧又让我们急送 50 枚，还送给我们二斗小米、一担煤表示感谢。十几天后，团部来信，要把我们送到后方兵工厂去，参加抗日队伍。这可把我们高兴坏了。我们决定，四弟留在家照顾父母，我带着二弟和我爱人，告别了父老乡亲，踏上了革命征途。想到即将参加革命队伍，我恨不得一下子飞到目的地辽县。

地雷 · 滚雷 · 延期雷

我们到了辽县下庄先遣支队供应处报到。那时，鬼子大举进攻华北、华中，八路军为深入敌后，常常出没在铁路沿线，破坏敌人的交通，阻击敌人的猖狂进攻。因此，单靠步枪、手榴弹远远不能适应战斗的需要。

一天，供应处处长问我：“老石，你除了手榴弹还会做什么武器？”我摊开双手笑了笑说："不瞒你说，就连这活也是摸出来的。"他又问我："你能不能做地雷?""地雷！地雷是什么东西?"处长告诉我，地雷和手榴弹相似，但用法不同。他说："咱们打鬼子无论是炸铁路，炸桥梁，有了地雷就好办。事先在鬼子经过的地方埋上几颗地雷，准叫小鬼子见阎王。"我对处长说："你画个样子，我回去琢磨琢磨。"

★ 生产制造的手榴弹（兵器工业档案馆供图）

回到厂子里，我按照处长提供的样子，捏了个泥雷，让翻砂工照样铸造了个五分厚的铁壳。那时我们的设备很简陋，化铁水要用六个人拉大风箱，但大家劲头十足，很快就把壳子制出来了。我们共同商量着装上药，安上雷管，一颗地雷做成了有 20 多斤重。我们把地雷埋在一块大石头下面，我结上绳子，然后跑到几十丈远的地方隐蔽起来，一拉绳，"轰"的一声，石头像"天女散花"一样满天飞舞。我们高兴得直拍手，处长也很满意地说："就这么干，前方正等着用呢！"

地雷送到前方，战士们高兴极了。他们把地雷埋在大路上，等着敌人的汽车。这时，来了一辆牛车，载着不少子弹，两个鬼子兵边赶车边哇哩哇哩地说话。战士们急着试试新武器，也等不得汽车了，一拽绳子，"轰隆"一声，连车带人全上了天。从此，我们做的地雷炸得鬼子胆战心惊、坐卧不安。

反"扫荡"时，为了保卫黄崖洞，首长提出把地雷改成滚雷。滚雷是顺着山坡滚下去的一种定时地雷，敌人从山下往山上进攻时，我们就把滚雷往下推，由于预先测好距离，算准了时间，滚雷一到鬼子跟前就炸，使鬼子躲没地方躲，藏没地方藏，比手榴弹的效果好。后来，我们还把拉雷改成电雷，让鬼子一听到"地雷"这两个字就打哆嗦。

在八牛的时候，鬼子又来"扫荡"了。他们被地雷治怕了，再也不敢横冲直撞，行动像狐狸，路上稍微有点可疑之处就要仔细看看。有一次，发现了我们埋的雷，七手八脚地挖了出来。他们非常得意，在埋雷的地方用汉字留下一张纸条，上面写道：“谢谢，收到了你们的一颗地雷。”

我们肺都气炸了，坐在一起开了个诸葛亮会，确定在地雷下面装上击针，敌人若挖地雷，底部弹簧带动击针，地雷会立即爆炸。不出所料，敌人又发现了我们埋的地雷，一群鬼子围上来，高兴得手舞足蹈，动手挖了起来，挖着挖着，只听“轰隆”一声，鬼子兵变成了碎肉饼。当时，我们就在远处山上看着，心里别提多解气了。打那以后，鬼子兵学精了，见了地雷也不挖，远远绕开走。我们发现后又到处制造假象，弄得小鬼子一步三回头，就像磨坊里的驴，团团乱转。

为了对付我们的地雷，鬼子抓了许多老百姓为他们开道。我们就及时改进了地雷，称出人重、马重、车重，控制好压力，做到炸车不炸人。

军工部部长刘鼎听说我们改进了地雷，特地来观看。他说：“咱们能不能做一种更精巧的地雷，把它埋在铁道下面，让它炸哪趟车就炸哪趟车，有点选择性，你们看怎么样？”这事把我们问住了，我们说：“俺们都是大老粗，您要的这东西不一定做得出来。”刘鼎笑了笑说：“老粗不怕，只要肯动脑筋，照样可以打得鬼子哇哇叫。”我一想，他说得对，鬼子越来越狡猾，没有新武器，光是老一套不成，我就说：“试试看吧。”

大家研究的结果认为，必须设法控制击针的距离，但试验多次未获成功。最后想出用滚珠控制的办法，即过一趟车往下掉一颗珠子，来补充击针距离，把珠子的数目和火车经过的次数相配合，真正做到了想炸哪趟就炸哪趟。鬼子的军需列车经过时，我们的地雷准时开花，炸得鬼子车毁人亡，缴获了大批军用物资。但他们一点儿办法也没有，只能干瞪眼。

麻尾弹 · 燃烧弹 · 烟幕弹

1941 年，日本鬼子疯狂地向我根据地进行“扫荡”，集中了大量兵力进攻黄崖洞兵工厂。

★ 石雷、铁雷（于学驷供图）

就在这紧急关头，我们的武器却暴露出很大的弱点，自造手榴弹有的扔到半空就炸了，发挥不了作用。副参谋长左权很着急，亲自找我们商量如何改进，并提出是否可以用麻绳代替木柄，这样扔得远，而且落地才炸。我们试验了多次，都卡了壳，白生铁套不动丝扣，就是没办法。

半个月后，左权又来了，他一见面就问我："老石，麻尾弹做成了没有？"我当时那个难受劲就甭提了，恨不得有个地缝钻进去。当天下午，左权在全厂职工大会上又提到麻尾弹，他说："一定要做成麻尾弹，战士们需要它，再困难也要完成。"

那天晚上，我怎么也睡不着，责问自己："连个麻尾弹也做不成，还算什么共产党员！"

我日思夜想麻尾弹的事，第七天夜里，突然想到了铜。能不能在铁里灌上层铜，这样丝扣不就能挑动了吗？但铜又怎么灌进去呢？只有改变外壳的形状，做个凸槽，对！就这么办。我顾不上此时已是三更半夜，立刻叫醒了木匠刘春安，做好了木样子，又找来翻砂工、车工、铜匠，当夜做好弹壳，装上药，安好雷管，一试成功了。大家比小学生得到满分还高兴，我的烦恼一扫而光，好像看到战士们用我们制造的麻尾弹狠狠地投向敌人，敌人一片片地倒下来……

麻尾弹做成以后，上级又要求我们在短期内做成燃烧弹。当时，我军正在对敌人进行游击战，燃烧弹十分有用。可是，我们这些人谁也不知道燃烧弹里面是些什么东西，怎么办？请教刘鼎，他告诉我们，燃烧弹的主要成分是硫黄。我们根据这唯一的线索，把黑火药和硫黄混合起来，这样引火快，燃烧力又大，经过多次试验，终于制成了燃烧弹。为了节省材料，降低成本，我们试着用麻纸代替燃烧弹的铁皮盒子，里里外外糊上几层麻纸，再用麻绳缠起来，既结实又耐用。

战士们十分喜欢燃烧弹。有时鬼子被包围在屋子里，死活不出来，只要扔进一个燃烧弹，他即使不被烧得焦头烂额，也能很快被呛得窜出来，乖乖地当俘虏。

1944 年，抗日战争形势发生了很大变化，八路军开始对日寇实行局部反攻。前线需要武器的数量和品种都迅速增加。有一次，前方来信要求我们做烟幕弹。

什么叫烟幕弹？燃烧弹不是就有许多烟吗？我们就送去一些燃烧弹。可过几天前线又来了信，还是需要烟幕弹，并且说烟幕弹光冒烟不爆炸，是进攻或者撤退时打掩护用的。

这可把我们难住了，问谁谁也不知道烟幕弹是个啥模样，只好自己想办法。我们试遍了能冒烟的东西，雄黄冒红烟、松香冒黑烟、臭油冒黑烟。我们配了些黑药，反复试了几回，确定了各种成分的比例，把配成的药装在手榴弹壳里，做成了土造烟幕弹。正在试验的时候，司令员跨马来了。他看后高兴地说："好，好，要的就是它。"他还拿出一枚日本造的烟幕弹当场试了一下，证明土造货比洋货效力还大。我们做的冒黑红色的烟，相隔三五步远什么也看不见，而日本造的冒灰烟，三五步远还是不顶事。

像我这样土生土长的工人，没念过几天书，也不懂得多少科学道理，凭着对日寇的满腔怒火和一股革命热情，从实践中学习，摸索着干，为夺取抗日战争的胜利，尽了自己的一分力量。

第二篇

建设记忆

新中国成立时，人民兵工已经具备了一定的规模，在我国工业门类中具有独特性。新中国成立后，人民兵工由战时生产体制向建设现代兵器工业过渡，将原由各大军区或地方政府领导和管理的兵工厂进行整合重组，组建了33个兵工厂，归口政务院重工业部管理。1953年5月15日，中苏两国签订《关于苏维埃社会主义共和国联盟政府援助中华人民共和国中央人民政府发展中国国民经济的协定》，1956年4月7日又签订补充协议，在156个援建项目中兵器工业有24项，兵器工业体系初步形成。在此基础上孕育了我国航空、航天、船舶、电子等新兴国防科技事业。朝鲜战争爆发后，兵器工业迅速向战时转变，根据作战需要部署了最大限度的增产计划，各兵工厂夜以继日赶制武器弹药，为抗美援朝战争胜利作出宝贵贡献。1956年，根据《1956—1967年科学技术发展远景规划纲要（修正草案）》，兵器工业大力推进火炮、枪械、坦克车辆、光学仪器等12年科学发展规划，抓紧研制“三打”等新型武器装备，取得显著成果。20世纪六七十年代，国家先后多次组织战备动员，兵器工业发挥核心骨干作用，生产了大量武器装备，为成功应对突发战事提供了有力保证。1965年11月，中央批准国民经济第三个五年计划纲要，三线建设拉开大幕。兵器工业历时10年，总投资40亿元，在重庆、豫西、鄂北、晋南等地建成67个生产科研单位，布局进一步改善。在人民兵工建设发展的艰苦进程中，兵工人以最坚决的态度和最顽强的意志捍卫国家政权和人民幸福，书写了新的不朽篇章。

新中国兵器工业的诞生

◎ 郑汉涛

新中国的兵器工业是由革命根据地兵工厂和接管国民党政府的兵工厂合并组成的。这个合并不是简单的一加一凑到一块儿，而是随着解放战争的推进、城市的解放、新中国的成立，以及新中国成立后一系列接收、调整等艰苦工作逐步完成的。我经历了这个过程，亲身参与了许多组建工作。

新中国兵器工业的基础

随着解放战争的胜利推进，以解放区的人民兵工为主体，我们陆续接管了国民党政府的兵工厂，并及时调整，重新组合，为中国兵器工业的建设做了重要准备。

各地区接管的情况不一样。那时，我在华北地区，随华北兵工局参加太原地区的接收工作。1948 年，石家庄解放后，成立了华北人民政府，在公营

郑汉涛，1915 年生，浙江慈溪人，抗战期间，历任八路军军工部工程处处长，晋冀豫边区工业局生产处处长，中央兵工总局副局长兼华北兵工局局长等职。新中国成立后，历任中央重工业部兵工办公室副主任，兵工总局副局长，二机部二局副局长，一机部第一计划财务司司长，三机部副部长，国防工业办公室秘书长、副主任等职。

★ 1983年，在兵工史讨论会上（左起来金烈、郑汉涛、刘鼎、张贻祥）（于学驷供图）

企业部设华北兵工局，杨成任局长，我和徐长勋、史克中任副局长。不久，转移到山西榆次，杨成被调走，由我接任局长，把晋冀鲁豫和晋察冀两支人民兵工队伍合并后，就地进行调整，按专业集中，合并成 8 个大厂。1949 年 1 月北平解放，接收了国民党政府第七十兵工厂。同年 4 月太原解放，华北兵工局机关进驻太原市，又接收了阎锡山的一批兵工厂。随后，华北的兵工厂陆续向长治、阳泉、太原集中，实际上是人民兵工厂和上万名职工从根据地调出来，“吃”掉了那些官僚资本办的厂子。当时，我们的人员素质和管理水平并不比国民党的厂子落后，因此，太原一解放，一两个月就完成了接管任务。至此，华北兵工主要集中到太原、长治以及阳泉和北京地区，共有 12 个比较大的兵工企业。

三大战役胜利后，战事缩小，生产任务锐减，为了培养干部，我们首先抓了青年职工的培训。他们一般文化水平较低，急需提高。华北兵工局宁愿不盖办公楼，拿出价值 1 亿斤小米的基金，在太原北郊兰村开办了第一所兵工职业学校，派邱耀宗、厉瑞康等同志组成筹备委员会，负责筹办。他们发扬老兵工艰苦奋斗的光荣传统，仅用了个把月，就使学校具备了开学的必要条件。把那些在解放战争年代作出贡献的年轻“老工人”送到学校，提高他们的文化和技术知识。在后来的兵器工业建设中，这里的毕业学员大都派上了大用场，发挥了专长，立了新功。第一任兵器工业总公司总经理来金烈就是其中的一员。这个学校于 1958 年升级为兵工高等学校。原华北兵工局的同志回忆往事，无不称赞这个决策的正确。

其他地区人民兵工的组建与华北地区大体相同，据我了解的情况是：

晋绥解放区于 1948 年年底，调整了人民兵工，改称西北军区后勤部兵工部，部长蒋崇璟、政委谷佑箴、副部长杨开林。兵工部随军进军西北，由于这一地区工业基础薄弱，除保留了随军修械的力量外，大部分转为民用工业了。其中一些兵工领导骨干转移到西南地区，新中国成立时，西北地区已无兵器工业。

华东地区自济南解放后，拥有 37 座兵工厂，2 万多职工。在调整中，集中在淄博地区有 4 个工厂，其他转为民用工业。在第三野战军南下时，派出部分人员随军南下，进军南京、上海和东南沿海等地区，成为接收和管理国民党官僚企业的一支骨干力量。

平津战役胜利后，四野挥师南下，东北军区军工部抽调大批干部随军赴中南地区，接管了湖北、湖南、广东和广西地区的兵工厂，又经调整，把兵器工业集中到湖南辰溪、株洲和湘潭地区，归属中南军政委员会经委的军工局管理，朱毅兼任局长，王元一、吴运铎任副局长。

西南是国民党兵工厂集中的地区，主要分布在重庆、泸州和昆明三地，是在新中国成立后接管的。西南军政委员会工业部下设兵工局归口管理，由工业部副部长兼任局长。这个地区摊子比较大，旧社会基础比较深，民主改革和整顿工作量大，接管人员严重不足。反映到兵工办公室，我们立即从华北兵工局抽调干部、工人，组成工作团入川支援。还从山东兵工总厂成建制地抽调一批老兵工参加工作团。团长吴忠林，副团长牛季良。这个团有好几百人，每厂派出几十人帮助工作。之后，大部分同志留厂工作，来金烈就是那时从华北兵工局抽调去的，留在 456 厂，当过车间主任、供销科长和生产副厂长。山东去的有些同志水土不服，生活不习惯，就转到湖南 282 厂去了。

东北的人民兵工原属东北军区军工部管辖，有 9 个办事处和 12 个直属厂。辽沈战役后，接管了国民党第九十兵工厂及其分厂。经过调整，组成 20

多个大厂，有 4 万多人，生产能力比较强。1950 年 4 月，按照中央军委指示，转交东北人民政府，在工业部设军工局，乐少华副部长兼任局长。

到 1950 年 4 月，兵器工业按地区初步调整完成。兵工企业由解放区的 294 座和接管国民党的 68 座调整后组合为 45 座，其余的按中央指示支援了航空等兄弟工业部门。45 座兵工厂形成东北、华北（兼管山东）、中南、西南四大片，拥有职工近 10 万人，设备近 3 万台，成为新中国兵器工业建设的骨干力量。

向全国集中统一管理过渡

中华人民共和国的诞生，标志着解放战争的基本结束，人民军队从战争状态转向国防建设，人民兵工也随之从战时向国防工业建设时期转变。现代兵工的建设，若仍由地区分散管理，显然已不适应，需要有一个全国性的管理机构。中央人民政府重工业部成立后，负责归口管理兵器工业，由刘鼎分工主管，但未设工作机构，不管大事、小事都要他和秘书处理，根本照顾不过来。为此，于 1950 年 4 月，经中央财经委员会同意，在重工业部下设兵工办公室，刘鼎兼任主任，我担任副主任，并主持日常工作。兵工办公室是一个过渡性机构，主要任务是对上归口，对下协调各地区的调整与改组工作。干部和经费都依托于华北兵工局，我就是一身二任，既是兵工办公室副主任，又是华北兵工局局长。我当时使用了两个名字，华北兵工局用汉涛，兵工办公室使用郑汉涛。兵工办公室的经费由华北兵工局支付，财务签字用郑汉涛，批准签字用汉涛，自己既是申请人，又是批准人，今天回忆起来就是一笑话，可当年还真解决了问题。

兵工办公室设在东四魏家胡同，按秘书、计划、技术、质量检验、财务、总务 6 个组设立（后改为处），干部不多，但很精干。成立之后，对全国兵器工业开展了全面的调查研究。刘鼎跑的面比较多，有东北、华东和西南，我率队调查了其他地区。

在调查的基础上，我们进行分析研究，拟订了兵器工业的建设方案。1950 年 7 月以总后勤部部长杨立三和刘鼎的名义，向中央上报了《关于兵工建设总方针的报告》。这个报告比较全面地提出了兵器工业的建设方案，主要是实行集中统一的管理，建立中国兵器的制式系列，组建兵器科研机构，开展新型兵器的研究设计，对企业进行技术改造等。可以说，这是新中国第一个关于兵工建设的总体方案。

1950 年 10 月 6 日，兵工办公室在北京召开第一届全国兵工会议，各地区兵工局长与会，讨论兵工建设的实施步骤、措施和方法。会前，我们兵工办领导同志已得知中央正抓紧部署有关抗美援朝各项准备工作，包括秘密赴苏联会谈。10 月 19 日，中国人民志愿军跨过鸭绿江，我们会议立即转为紧急战备生产动员。刘鼎作了动员报告，他代表兵工办要求兵工企业迅速转入战时体制，决定终止正在进行的工厂转行和职工转业，并扩充了力量，全力以赴投入战时生产，供应前线。会议到 11 月 4 日结束。会后，东北地区靠近前线的辽宁省兵工企业进行紧急调整，采取分迁的形式，把部分生产能力迁往靠近苏联的嫩江和黑龙江地区。这次搬迁由国家提供一点投资，刘鼎曾说："兵工第一次有了正式投资啦！"

抗美援朝战争初期，中国人民志愿军的武器装备还是解放战争时期的装备，加上我们紧急生产的武器弹药，赢得了第一、二、三次战役胜利。1951 年初春，增添了苏联武器，有苏式 122 毫米榴弹炮、76.2 毫米野炮、57 毫米战防炮和小口径高射炮等。但数量都不多，弹药的补给成为问题，122 毫米榴弹的药筒缺少加工设备，配用的引信结构复杂，都不能生产。我们很为前线着急，总想搞出点有用的东西支援前线。为了对付敌人的坦克，我亲自安排了反坦克武器的研究和生产：组织东北 724 厂搞反坦克火箭；组织西南 497 厂搞 57 毫米、75 毫米无坐力炮；组织太原 743 厂试制生产无坐力炮弹；组织山东 732 厂搞反坦克地雷等。

中央非常关心兵工生产。为了加强领导，中央军委于 1951 年 1 月 4 日成立兵工委员会，由中央军委常务副主席周恩来亲自挂帅兼任主任，代总参

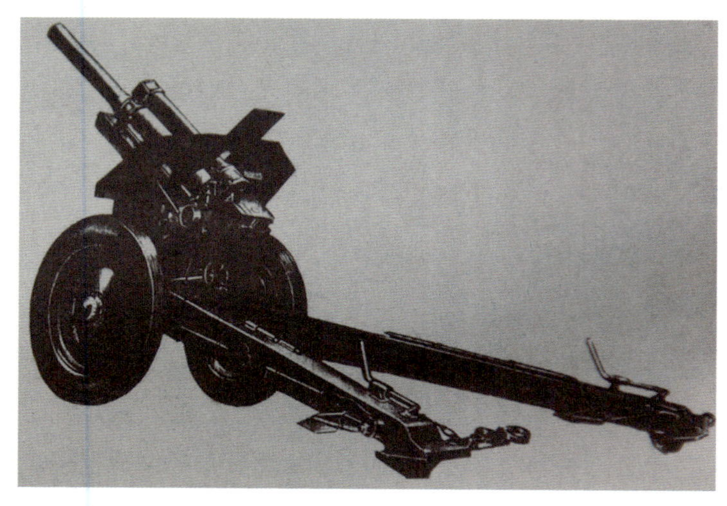

★ 20世纪50年代生产的122毫米榴弹炮（于学驷供图）

谋长聂荣臻和国家财委副主任李富春兼任副主任，成员有各军、兵种和重工业部的主要领导，统一领导和协调地区的兵工支前生产。到了4月，中央决定将重工业部的兵工办公室改组，成立兵工总局，这是兵器工业全国性的实体领导和管理机构的开始。刘鼎兼任局长，钱志道和我任副局长。兵工总局的职能比兵工办扩展了许多，开始行使管理全国兵器工业的职权。干部以兵工办的原班子为基础，又从华北和西南兵工局以及山东兵工总厂选调了一些业务和技术骨干，力量加强了，机构充实了。还把东北兵工局聘请的几位苏联专家请到总局。魏家胡同的办公室已不适用，于是占用了547厂位于雍和宫大街51号的老厂址，把厂房因陋就简地改造成办公室。

兵工总局成立之后，一方面着手兵器工业的统一管理的业务建设；另一方面也是重要的方面，组织支前生产。这时，我志愿军赴朝参战取得了重大胜利，美帝国主义妄图挽回败局，更加疯狂地组织反扑，战斗更加激烈。前方对武器（主要是弹药）的需求，不仅数量要多，而且需要大威力弹药。当时兵器工业的技术水平和设备条件仅能生产轻型武器和弹药，不具备大口径后膛炮弹的生产条件。战争初期，曾采取对旧弹进行整修的办法，复装了仿美105毫米榴弹炮的炮弹。弹体是日制的弹丸，药筒是部队收集美制的、经过改型和整修配上自制的引信，用于美式105毫米榴弹炮，解了燃眉之急。

为扩大生产，我们从西南地区抽调了几台水压机，集中到东北724厂，赶制生产了仿美105毫米榴弹。由于能力小、原材料缺乏、产量不大，不能满足前方的需要，这成了总部与志愿军首长十分关心的问题。我记得在1952年下半年，彭德怀从朝鲜回来，主持召开了军委会议，聂荣臻以及各总部、军兵种和装备部的领导出席，刘鼎和我也参加了，张连奎作为军队的人员也在座。会议主要研究弹药问题，彭德怀对我们的弹药生产供应不足和质量不稳定很不满意，狠狠地将了我们一军。会议还分析了美国大选中若把战争贩子艾森豪威尔选为下届总统，朝鲜战争便有两个可能，一是谈判，拖下去；二是大打。要求我们做大打的准备，千方百计扩大弹药生产。这次会议对我们震动很大，会后我们立即召集弹药工厂厂长开会，进行部署与安排，各厂结合技术改造，尽快地扩大了弹药的生产能力。

1952年8月，根据中央人民政府委员会第十七次会议通过的《关于调整中央人民政府机构的决议》，成立了二机部，领导和管理整个国防工业。调中南军区第二参谋长赵尔陆任部长，副部长有张霖之、万毅、刘鼎三位同志。下设兵器工业管理局（称第二局），局长由刘鼎兼任，不久由张连奎接任，我和王彬、佟磊等任副局长。第二局的成立，标志着新中国的兵器工业实现了全国的集中领导和管理。与此同时，各大行政区的兵器工业管理机构便宣布撤销。

为大规模建设做准备

在抗美援朝战争中，美军投入了大量新型武器装备，对比之下，中国人民志愿军的武器装备在性能质量上、品种数量上，都存在相当大的差距，远远不能适应现代战争的需要。为了取得战争的最后胜利，为了巩固国防的需要，中央军委兵工委员会高瞻远瞩，早在1951年就根据朝鲜战争的经验，制定了提早建设兵器工业的决策，并派总参谋长徐向前率中国兵工代表团赴苏联商谈技术援助。谈了四五个月，苏联才同意提供十几种陆军装备的技术资料。

1951 年 10 月，苏联提供的第一批 8 种轻武器技术资料到达中苏口岸，我代表中方赴满洲里接收了这批技术资料。我是第一次同苏方合作，清点接收，双方关系是十分融洽的。随后，苏方派了乌达洛夫等 5 人小组来华，由我陪同对中国兵器工业进行综合调查，再一次同苏方合作。这次调查历时 3 个月，既了解了兵器工业情况，也向苏方人员学习了兵工经验。在此基础上，我组织兵工总局有关人员综合了苏联提供的技术资料、5 人专家组的建议以及总参谋部的要求，进行分析研究，起草了《兵器工业建设方案》。这个方案包括中国制式武器装备的生产规划、调整和改造现有工厂、组织新建一批缺门短项的工厂等三个大纲性文件。中央军委兵工委员会以这个方案为基础，于 1952 年 5 月 21 日作出了《关于兵工问题的决定》。它包括《兵工工厂调整计划纲要》《兵工五年建设大纲》等内容。这个决定经李富春亲自修改、周恩来审定后，报毛泽东、刘少奇、朱德、彭德怀等领导审阅同意，用中共中央名义批准。可以说，这个决定是周恩来亲自为新中国兵器工业建设绘制的宏伟蓝图。这是一个高起点的自力更生的发展纲领，为兵器工业大规模的建设拉开了序幕。

赴苏谈判

◎ 钱志道

我在国防工业部门任职期间，从 1951 年至 1958 年，曾四次有幸代表兵器工业和国防工业参加代表团赴苏联谈判。现将其中有关兵器工业的两次谈判情况回忆如下。

首次赴苏

1951 年年初，中央军委兵工委员会在周恩来亲自关怀领导下，根据朝鲜战争的经验，提出了兵工提早建设的方针。同年 6 月，中央派总参谋长徐向前率领军事代表团赴苏联谈判，争取苏联对我国国防建设给予援助。代表团定名为中华人民共和国中央人民政府兵工代表团。我是代表团成员，记得还有空军副司令王秉璋、重工业部副部长刘鼎、炮兵参谋长贾陶、中国驻苏使

钱志道，1910 年生，浙江绍兴人，抗战期间于 1938 年抵达延安，历任中央军委军工局工程师、军工局三厂厂长兼工程主任，军工局一厂化学总工程师等职，是陕甘宁边区基本化学工业的开拓者。1946 年，赴东北建设解放区军事工业，先后担任鸡西办事处总工程师、东北军区军工部总工程师、军工部党委委员。新中国成立后，历任中央重工业部兵工总局副局长，二机部技术司司长、部长助理，国务院科学规划委员会机械组副组长、航空组副组长、国防组成员、原子能组成员，一机部部长助理兼第一局（导弹局）局长，三机部部长助理和总工程师，中国科学技术大学副校长、研究生院副院长等职。

★ 中华人民共和国中央人民政府兵工代表团在莫斯科的合影，团长徐向前，成员刘鼎、钱志道等（于学供图）

馆商务参赞柴泽民、武官吉合等六七个同志参加，并由苏联驻中国使馆武官、中央军委顾问科道夫陪同。这次谈判是苏军参谋部邀请的，苏方首席代表是参谋长什捷缅科。谈判主要围绕三个内容：一是关于我国军事系统的建制问题；二是我军装备的体制问题；三是对抗美援朝的武器供应问题。

在军队建制上，苏方十分重视军队的编制问题，强调合理编制在现代战争中具有重要作用，并结合苏联卫国战争的经验，说明健全后勤组织及编制步兵、炮兵、坦克、骑兵团的必要性。同时根据朝鲜战场和中国的情况提供了对我国军事系统管理体制的意见，以及有关组织管理方面的规章制度，对此，我们大部分采纳了。如在总参、总政、总后三总部的基础上，又成立了训练总监部、武装力量监察部、总财务部、总军械部和总干部部，称为军委八大总部。

那时我军的武器装备仍沿用战争年代缴获的杂牌货，我们自己也制造了一些武器和大量弹药。这些“万国牌”的武器已不适应我军正规化建设的要求。中央军委兵工委员会认为，我国的兵器工业争取苏联援助，技术上起点高一层，同时实现与苏联统一制式，并能迅速在三五年之内发展起来。这就是当时执行的“一边倒”方针。对于制式问题，谈判进行了很长时间，气氛很紧张。苏方决定特许供给我们武器弹药的技术和飞机、坦克修配技术资料。

但在谈判具体品种时，他们很不痛快，一拖再拖，致使徐向前以拒绝参观、看戏来抵制苏方的拖延态度。苏方提供的武器均为苏联在第二次世界大战中使用的轻武器，型制较老，性能也不佳，如连珠枪在朝鲜战场上打几发就拉不开闩了，战士们叫它“脚蹬枪”，但我们问及苏联20世纪50年代的武器装备时，他们却避而不谈。经过努力，最后达成协议——苏联首批提供8种轻武器图样和技术资料。这些资料为我国的武器制式化奠定了基础。

关于朝鲜战场的武器供应问题也谈得不很顺利。首先，我们向苏联递交了购买60个师武器装备的订货单，等了很长一段时间苏联才给答复。什捷缅科不客气地说，如果按计划单实施，苏联还得在西伯利亚再开辟一条铁路，言外之意就是我们的计划过大了，并提出由于苏联的运输能力有限，当年只能解决16个师的装备，其余44个师按每年运送三分之一计算，到1954年完成。后来，苏方又通知我们，原定当年提供16个师的装备订货减为10个师，至此双方达成协议。这次谈成的支援物资，都是中苏对半出钱，大概有几十个亿，直到20世纪60年代，我们才把自己所负担的那部分全部还清。

这次谈判历时半年多，待我们回国时，苏联已派由乌达洛夫等5人组成的综合调查组抵华，我在沈阳初次认识这5位专家。在中国兵工总局的组织下，由我和郑汉涛陪同调查组对我国的兵工系统进行了广泛的考察。专家们对我国兵器工业建设的全面规划和兵工生产问题提出了数百条建议，最后回到北京提了总方案，调查组在华工作了3个多月。

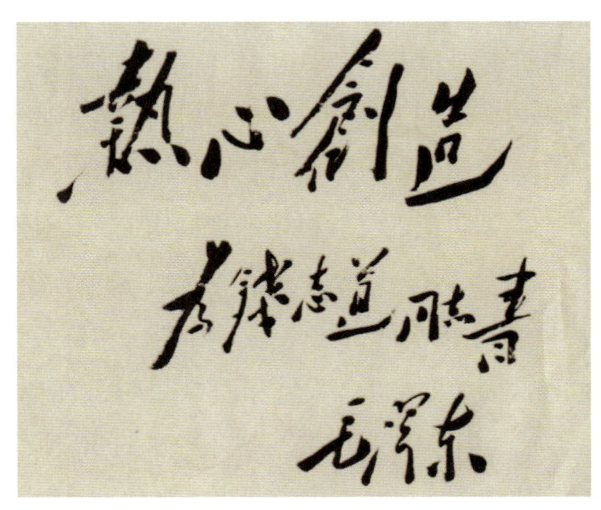

★ 1944年，五一劳动节，钱志道被授予特等劳动英雄称号。毛泽东亲笔给钱志道的题词是“热心创造”（兵器工业档案馆供图）

第二次赴苏

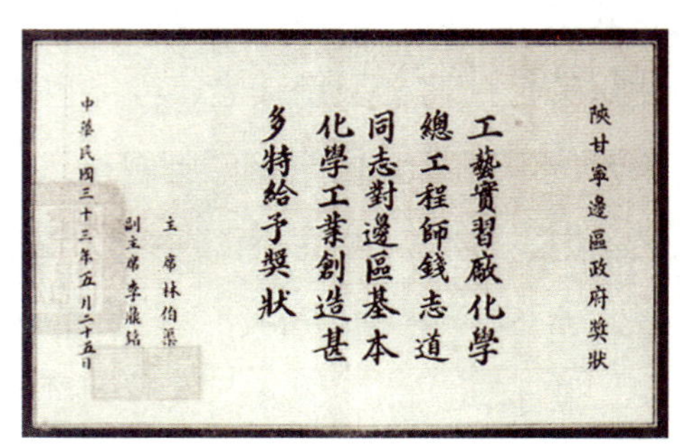

★ 陕甘宁边区政府授予钱志道的奖状（于学驷供图）

1952 年 8 月，周恩来率领我国政府代表团赴苏联谈判。这个代表团比较大，随行 150 余人，中央各部门都有代表参加。重工业部去了航空局的陈平、电信局的王士光、机械局的沈鸿及坦克局的史克中，我代表兵工总局参加。不久，周恩来回国，大部分代表也都回来了，留下李富春和二三十个人参加谈判。

这次谈判主要是提请苏联为我国的工业建设援建一批成套项目，苏联政府责成计划人民委员会出面组织各工业人民委员会同我方有关部门对口谈判。我们兵器工业是同苏联弹药工业人民委员会和武器工业人民委员会会谈。谈判中苏联仍持谨慎和保留态度，进展相当慢。代表们无事可干。苏方就组织我们参观、看戏，还让计委各委员给我们介绍经验。直到斯大林逝世后，谈判才进入实质性阶段。这次谈了 11 个月，中间郑汉涛也去了，我还两次回国请示几个重大问题。由赵尔陆代我向彭德怀汇报情况，除同意商谈项目外，还提出要增加大口径火炮厂，后因苏方不同意而搁置下来。谈判结果和我们的预案不大一致，苏方提了不少好的建议，但也有不足，在具体工厂规模上，苏方根据自己的经验提供的规模均偏大，使得有些产品过分集中，如要 804 厂囊括所有弹药底火，产量高达 21 亿个，经协商作了调整。

1953 年 5 月 15 日，在莫斯科，中苏签订《关于苏维埃社会主义共和国联盟政府援助中华人民共和国中央人民政府发展中国国民经济的协定》，共有 91 项，连同 1952 年中苏签订援建的 50 项，合称 141 项，有关兵器工业的项目主要解决了武器配套问题，填补了坦克和发动机、高射武器、水中武器、机载武器、航空瞄准设备和防毒面具等空白，使我国兵器工业初步形成体系。

自力更生发展弹药工业

◎王 立

从中华人民共和国诞生之日起，我们弹药工业的广大干部、工程技术人员和工人，继承和发扬自力更生、艰苦创业的光荣传统，在一个简陋的基础上，从小到大、从低级到高级，逐步建立起了具有现代技术水平的弹药工业，研制和生产了一代又一代的新型弹药，为保证抗美援朝战争和历次自卫反击战的胜利，为保卫我国社会主义革命和建设的顺利进行，作出了卓越的贡献。

千方百计，全力支援志愿军作战

弹药工业是兵器工业的一个重要部分。新中国成立前只有一个微薄的基础：一是国民党政府遗留下来的残缺不全的兵工厂；二是解放区的人民兵工。这些工厂由于设备简陋、工艺落后、材料缺乏，仅能生产复装枪弹和少许全新枪弹、手榴弹、迫击炮弹及少量的中小口径后膛炮弹等，且型制繁杂、性能不一、水平不高，俗称“万国牌”。

王立，1917年生，江苏常熟人，1936年参加革命，历任陕北温家沟兵工厂工务科长，沈阳52厂副厂长，东北军工部军工局技术处处长，二机部二局副局长、技术司司长，第一、三机械部五局副局长，五机部副部长兼总工程师等职。

★ 王立副部长（前排左二）在听取汇报工作（于学驷供图）

1950年，正当弹药工业由战时向和平时期转变之际，抗美援朝战争开始。这场战争不同于国内革命战争，武器弹药的来源没有蒋介石那样的“运输大队长”，唯一出路就是靠自己生产供应。抗美援朝初期，中国人民志愿军部队使用的枪械和火炮大都是解放战争中缴获的旧杂式装备，弹药的补给成为当务之急。以周恩来为首的中央军委兵工委员会及时作出决定，兵器工业要尽最大可能保证我军现有武器能获得必要的弹药补充；尽可能研究制造一些适合作战需要的新武器弹药。弹药工业首当其冲地投入支前生产，一般枪弹、手榴弹、迫击炮弹产量日增，野炮、山炮和小口径榴弹炮的弹药主要靠整修复装日式旧弹药，基本上适应了前方的需要。

我当时在东北军工局主管技术工作，负责组织技术人员解决大口径炮弹和反坦克弹药的生产技术问题。当时志愿军用的主炮——美式105毫米榴弹炮，有炮无弹。以51兵工厂为主，利用日式105榴弹头、40式底火等，配用美式旧药筒，重新匹配、改制，组成全弹，调整射表，就送往前线使用，解了燃眉之急。在这个基础上，又以52兵工厂为主，仿制美式榴弹获得成功，有力地支援了前方，并开始了我国制造大口径炮弹的历史。

在朝鲜战场上，美军动用了大量坦克和装甲车辆，采用了所谓“刺猬战术”。由于志愿军无反坦克武器，只能用手榴弹、燃烧瓶、爆破筒、炸药包袭击坦克，伤亡很大。兵器工业急前线之所急，调集力量研究新型反坦克武器弹药。52兵工厂组成的以吕去病为首的火箭弹研究小组，在缺乏技术资料和

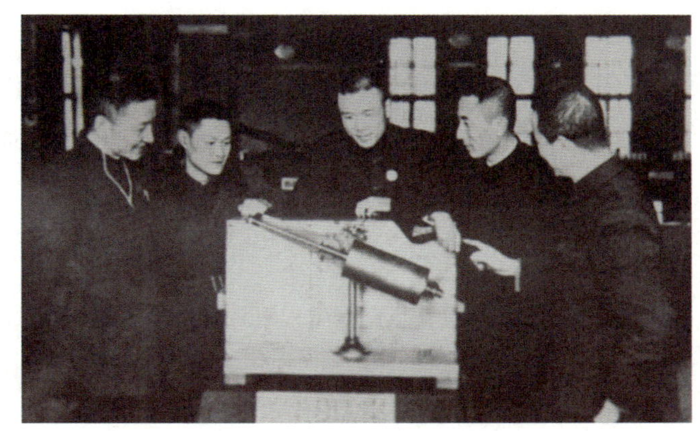

★ 20世纪50年代初火箭弹研制组成员，左起：吕去病、谢光选、徐兰如、房子华、方俊奎（于学驷供图）

关键原材料的情况下，反复设计，不断试验，连续奋战90天，终于试制成功了135型90毫米反坦克火箭弹，接着又试制成功了241型火箭弹。在送往前线的头一个月内，就击毁美军坦克282辆，粉碎了美军的“秋季攻势”。与此同时，晋西机器厂试制成功了57毫米无坐力炮弹，53兵工厂试制成功了反坦克地雷，山东机器厂试制成功了反坦克手榴弹。这些新型弹药的问世，不仅增强了志愿军反坦克的手段，而且还促进了新中国弹药工业的迅速发展。

自力更生，走自行设计的道路

在《1956—1967年科学技术发展远景规划纲要（修正草案）》的指引下，从1958年起，我国弹药工业开展了自行设计研究工作。20世纪60年代初，国际形势日益变化，“冷战”加剧，“热战”升级。苏联政府单方面撕毁协议，终止技术援助，撤走在华专家。此举虽然给我国弹药工业的发展带来了一定困难，但坏事变成了好事，大大激励起弹药工业广大技术人员发奋图强的信心，他们决心依靠自己的力量，自行研制，并承担了全部的技术工作，攻克了遗留的关键技术，开发了大批的新型弹药。

弹药工业的科技人员排除了“大跃进”中“左”的干扰，克服自然灾害造成的暂时困难，脚踏实地、刻苦钻研，到60年代中期，相继研制成功了一批弹药。在华山机械制造厂以杨荫桐为首的设计组，在晋西机器厂以白泽晋为首的设计组，分别研制成功的63式107型和63式130型涡轮火箭弹，射程分别为8公里和10公里，前可马驮，后为车载，各具特点，成为我国第一代野战火箭武器，填补了我国常规兵器的一项空白，荣获了全国科学大会奖。

仿制的战术导弹也取得了长足的进展。以东方机械厂为主承担的霹雳2号空空导弹，经过大力协同，在60年代中期试制成功，开创了我国红外线制导技术的新领域。为战略导弹配套的战斗部、引信、火工品和固体火箭发动机等，也相继突破关键技术，满足了我国导弹和航天事业发展的需要。

这个时期，弹药工业制造技术有了突破性的进展。枪弹生产的联动化和自动化极大地提高了生产效率，产量成倍增长。大口径枪弹和小口径炮弹采用冷挤压新工艺，为弹体毛坯净化闯出了一条新路，不仅减轻了劳动强度，提高了劳动生产率，更重要的是提高了材料利用率。另外，炮弹药筒以钢代铜，经过反复研究试验，突破了技术难关，实现了药筒钢壳化。

60年代末期的珍宝岛事件后，中央决定大力发展反坦克武器和弹药。广大科技人员和工人排除“文化大革命”的干扰，一方面挖掘已有装备的技术潜力，提高战术技术性能，如改进的单兵反坦克40火箭弹，射程比原来提高了两倍以上；另一方面大力开发新型反坦克弹药。在这方面我们采取

★ 20世纪50年代生产的40毫米反坦克火箭筒（兵器工业档案馆供图）

了“两条腿走路”的方法，一是老炮配新弹，华安机械厂研制的新型微旋破甲弹使破甲能力大大提高了，从而使现役的火炮获得了新的生命力，该弹曾荣获全国科学大会奖。各种口径无坐力炮的弹药，也都以新型取代旧型，大大提高了威力。二是开发新的火炮和弹药。例如，100 毫米滑膛炮的脱壳穿甲弹，具有高膛压、高初速，增强了反坦克的能力。此外，还开发了钨芯穿甲弹、新型碎甲弹等。除火炮弹药外，我们还研制了多种手段的反坦克弹药，如空投反坦克子母弹等。与此同时，大力开展了反坦克导弹的研究工作，红箭-73 反坦克导弹的研制成功，给弹药家族增添了一个重要成员。

应该说，60 年代后期反坦克弹药的研制，对推动我国弹药生产能力的提高和技术的进步，起了很大作用。这批弹药的研制成功，不仅极大地提高了我军反坦克作战的能力，而且使弹药科学技术更上了一层楼。

广开思路，向更高目标迈进

党的十一届三中全会以来，贯彻改革、开放、搞活的方针，给弹药工业的发展开创了广阔的前景。兵器工业把科学研究放在一切工作的首位，在自力更生的基础上，积极消化吸收国外先进技术，大力加强科学实验，促进了弹药科学技术的进步，从而缩短了与国际先进水平的差距。在炮弹方面，我们采用了新材料、新结构，如环形尾翼、底凹弹体、枣核形弹体以及可燃药筒等，一改过去炮弹的老形态，使弹道性能有了很大改善，这在技术上是一个新的突破。华安机器厂研制的 152 毫米加农炮杀伤爆破榴弹，采用底凹结构，配尼龙闭气环，射程较原型炮弹提高了 50%。全钨脱壳穿甲弹系列，技术先进，大大提高了作战性能。这些新型弹药对改善武器系统的战术技术性能起了重要作用。在反坦克导弹方面，我们开始研制第二代产品，由 203 所赵家铮等人主持研制的红箭 -8 型反坦克导弹命中精度很高。同时，野战火箭弹的研制也取得了可喜的成果。晋西机器厂等单位在马怀义的主持下，研制成功的 81 式 122 毫米火箭炮杀伤爆破榴弹，射程大，威力也大大提高。

早期开始设计的 40 公里野战火箭，几经反复，到 20 世纪 80 年代，由郑胜吾等人攻下了最后的关键技术，定型投产。这两种野战火箭弹的技术性能达到了国际先进水平，双双荣获国家科技进步一等奖。这批弹药的研制成功，加速了我军武器装备更新换代的进程，为国防现代化建设作出了积极贡献。它也标志着我国弹药科学技术又上了一个新台阶，在某些领域已跻身于世界先进行列。

纵观弹药工业发展，我们从复装枪弹和手榴弹、地雷开始，到研制成功火箭弹和导弹，走过了曲折的道路，付出了巨大的艰辛，成绩是来之不易的。特别是从 1958 年以来，自力更生发展新型弹药，先后研制成功了 200 多个型号，其中 9 项获国家发明奖，14 项获国家科技进步奖，40 项获全国科学大会奖。这些成果都是弹药工业系统广大干部、技术人员和工人的智慧和血汗铸成的。

应当看到，我国弹药工业的科学技术水平，同国际先进水平还有相当的差距，国防现代化建设又对弹药工业提出了更高的要求，任重道远。我们这些为弹药工业发展奋斗了一生的老同志，寄希望于更年青一代的弹药专家和广大干部、科技人员。只要他们继续发扬自力更生、艰苦奋斗的优良传统，立志为弹药行业的发展作出贡献，就一定会青出于蓝而胜于蓝。

823 会战结硕果

◎ 陈锐霆

在 1965 年 3 月至 1975 年 11 月的 10 年里，我担任五机部副部长时，所经历的大事要事很多，其中珍宝岛事件后的紧急战备，是那个阶段兵器工业的一件大事要事，特别是周恩来、叶剑英老一辈党中央、中央军委的领导同志对兵器工业战备的关注和重要指示，至今令我难忘。

1969 年 3 月，苏联边防军多次入侵我国的珍宝岛，3 月 15 日在飞机掩护下，一次竟使用了坦克 20 余辆、装甲车 30 余辆、步兵 200 多人。我边防部队被迫进行了自卫反击，打退了苏军的多次进攻，保卫了我国的神圣领土。在这场规模不大的战斗中，暴露了我军反坦克武器严重落后的问题。苏军入侵使用的 T-62 型坦克是较先进的，而我边防部队使用的反坦克武器却是 20 世纪 50 年代仿制苏美的 40 火箭筒，57 毫米、75 毫米无坐力炮，76.2 毫米野炮与 85 毫米加农炮。前三种武器配用的破甲弹和后两种配用的穿甲弹都不能击穿 T-62 型坦克的前装甲。因此，苏军在战斗中虽然只使用了少量坦克，却给我边防守岛部队造成很大威胁。苏联军事理论与实践一向都以坦克为地面的主要突击力量，进攻时以密集坦克实施突击。边境百万苏军中配置

陈锐霆，1906 年生，山东即墨人，1941 年任国民党团长时，在皖北战场率部起义，加入新四军，历任新四军、山东军区参谋处长，华东军区炮兵司令员，军委炮兵参谋长、副司令员等职。

★ 陈锐霆（中）参观 J-201 反坦克导弹试验（于学驷供图）

了成千上万辆坦克，随时有向我边防部队发起密集坦克突袭的可能，严重威胁着我国的安全。

珍宝岛自卫反击战后，部队广大指战员强烈要求改进反坦克武器的紧急呼声震动了兵卫战线的科研、生产人员，也更加引起了各级领导，特别是高层领导的关注和重视。接着，在中国共产党第九次全国代表大会期间，毛泽东发出“要准备打仗”“要研究对付敌人的乌龟壳”的号召。指战员的呼声，战备的突出需要，毛泽东、中央军委、各级领导的关注和号召，对反坦克武器科研生产工作产生了巨大压力和推动力。

研制打“乌龟壳”的重担，理所当然地落到兵器工业科研队伍的肩上。这时兵器工业科研队伍已有了相当规模，它是由兵器工业本身和军队科学研究院、所，于 1965 年按国务院“部院合并、厂所挂钩”的方针合并起来的，到 1965 年年底，五机部机械科学研究院拥有 18 个研究所、50 多个厂属设计所。但合并后不久，“文化大革命”开始，科研体制再次大变动。那是 1967 年年初，中央军委为适应国内外的形势，决定把国防工业科研机构集中归国防科委领导，办成若干个大研究院。五机部的机械科学研究院改为中国人民解放军第十一研究院。

1969 年 4 月，国防工业领导体制改变，中央军委设置了常规兵器工业领导小组，由总后勤部部长邱会作任组长，五机部、第二十研究院（第十一研究院的改称）统归总后勤部领导，五机部的军管亦改由总后勤部派出。这种变动，标志着“部院合并、厂所挂钩”的体制解体，科研与生产再次分离。同时，也标志着五机部对常规兵器科研已没有直接领导责任。但五机部所属的各企业毕竟是火炮、弹药、坦克、车辆等兵器的制造者、提供者。反坦克

★ 20 世纪 60 年代研制的 130 毫米火箭炮（于学驷供图）

武器的严重落后，打不了敌人的坦克，影响战斗，甚至使我国国防受到集群坦克的严重威胁，作为兵工战士，特别是领导人员，自然感到心情沉重。幸而我们的上级领导和与兵器有关的军兵种的领导基本了解兵器工业科研生产历程和科研体制变动频繁的情况，对五机部在“文化大革命”中领导失控的处境十分理解和同情，并没有因此责怪和埋怨我们。相反，在毛泽东的“要准备打仗”“要研究对付敌人的乌龟壳”的号召下，国家计委、国防工办、国防科委、常规兵器工业领导小组和军兵种领导同志直接参与领导，大力帮助，共同为研制反坦克武器这一突击的战备任务而努力，令我们感到鼓舞！

1969 年 8 月 23 日，以国务院名义在北京民族饭店召开了反坦克武器专业会议。会议由国家计委、国防工办、国防科委、常规兵器工业领导小组、军兵种有关领导同志、五机部军管会主任和业务组负责人组成会议领导小组，会务工作由五机部负责。凡与反坦克武器科研、生产有关的军兵种、科研院所、学校，国务院冶金、化工、轻工、物资部门，以及五机部机关、有关工厂军管和技术负责人都参加了会议。会议还邀请了参与珍宝岛自卫反击战的几位战斗英雄，讲述他们亲身经历打坦克的情况。同时，在装甲兵北京射击场布置了 3 个月来研制出的反坦克武器新成果汇报表演。会议的第三天，8 月 25 日，周恩来亲莅现场观看了表演，听取了汇报，接见了全体与会人员和战斗英雄，并作了重要讲话。他首先感谢参与珍宝岛自卫反击战的英雄们打击了入侵者，保卫了祖国的神圣领土，接着说：“毛主席在中共九大发出要准备打仗的伟大号召，加速了国防工业的发展。根据毛主席的指示，国防工业的科研实行使用、科研、生产、教育四结合，由使用部门领头来推动。今天的表演是国防工业的一部分，由总后领头，抓常规武器，准备打近战、打夜战，防止突然袭击，打集群坦克。敌人是唯武器论者，而我们认为人是战争的第一要素，没有人任何武器都不中用。有广大人民的拥护和毛主席领导的人民政府、国家，只要一提倡就有很多武器研制出来，今天仅仅是一个初步开端，更大的生产、科研成果还在后头。使用部门一带头有了效果，从中共九大到现在 3 个多月就看出了成绩。这是初步开端，希望在进入 70 年代的时候，有更大的发展。希望国防工业部门在毛主席和中央军委的领导下，总参、总后、军兵种都来抓与自己有关的国防工业，不论是常规武器，还是空军、海军、尖端武器，特别是电子工业要更快地搞上去。你们今天在座的，责任重大、任重道远。我们要准备打仗，一年不来，二年不来，三年要准备它来，只要来，就要把它埋葬在人民战争的火海里。”周恩来的讲话极大地鼓舞了与会人员，为反坦克武器的科研、生产和团结协作增添了巨大的动力。

当时，外受苏美霸权主义的严重威胁，内受“文化大革命”影响，在实行军管的形势下，只有依靠解放军总参、总后和各军兵种领导发展国防工业，战备科研、生产才有可能进行。如果没有这个稳定力量来支持和领导，即使是战备急需的项目也难以有秩序、有组织、有计划地正常进行。

这次会议动员了各方面的力量，经过认真研究，确定了重点项目 20 个。其中有近战的，也有远射程的；有地面的，也有空投的；有新研制的，也有改进型的。会议确定重点项目后，由军队使用部门、科研机构、五机部机关组成 823 会战指挥部，筹划与安排项目及组织实施。因所有项目都要在五机部所属企业研制落实，会战指挥部的办公室就设在五机部。我当时是五机部业务组的负责人，负责领导办公室的日常工作。

在“文化大革命”时期，生产、科研处在停顿状态。好在我们兵工是一支以坚持红色精神的老兵工为骨干的好队伍。珍宝岛自卫反击战中暴露出我们反坦克武器打不了苏联 T-62 坦克的信息传到企业后，大家都为之不安，所有担负反坦克研制的科研和生产任务的企事业单位和职工都急国防之所急，奋力拼搏。在不太长的时间内就研制成功新40火箭筒、62毫米单兵反坦克火箭、100毫米滑膛反坦克炮、120毫米滑膛坦克炮；仿制出105毫米无坐力炮；穿甲、破甲弹有了新的突破，特别是自行设计的85微旋破甲弹研制成功，取代了钝头穿甲弹，为现役大量85毫米加农炮赋予了新的生命。还有夜视夜瞄器材，经研制都有了较大提高。同时，对坦克车辆（除120滑膛炮外）在火控、防护能力方面，在复合钢板和屏蔽手段上，也开展了探索研制试验。

★ 70式130自行火箭炮
（于学驷供图）

在此期间，我部有两位同志对反坦克武器的改进有突出贡献，至今令人难忘。一位是282厂的同志，可惜记不清名字了，当他听到该厂生产的40毫米火箭筒打不了苏联T-62坦克的主要原因是火箭弹滑掉了时，他就不分昼夜琢磨，很快就研制出防滑帽，解决了大量40毫米火箭筒弹的防滑问题。另一位是部机关干部贾庆祯同志，运用援外工作之机，引进了反坦克导弹样品，并积极设法很快运回，为红箭-73反坦克导弹的研制提供了借鉴，争取了时间。他们的可贵之处还在于他们都是积极主动自觉干出来的。

珍宝岛自卫反击战和紧急战备搞科研，使我们加深了技术先进是兵工最本质的要求的认识。兵器是战争较量胜败的物质技术基础，军队指战员渴望得到技术先进的能压倒敌人的兵器，起码要和敌人兵器打个平手，落后就

★ 红箭-73反坦克导弹，1972年开始研制，1979年设计定型（于学驷供图）

要挨打。在珍宝岛自卫反击战中，由于我们兵器落后，部队吃了苦头，兵工战线的广大职工感到很不好受。在中央的领导下，军队领头，广泛深入地发动群众，实行社会主义大协作、“四结合”，群策群力，搞紧急战备科研，初步解决了一些应急反坦克武器问题。但毕竟是临渴掘井、仓促应战，加上那时我们的科研队伍技术素质不高，国际技术信息不灵，还有“文化大革命”的干扰破坏，所以虽出了不少成果（包括反坦克导弹在内），但与技术发达国家的同类产品相比还有不小的差距，消灭这个差距，是我们军工最紧要的头等任务。

为适应“大打”的要求，在上述紧急科研要求的同时，中央军委、总参提出要紧急生产400个整师的全部装备任务，以备战争时期扩编和战争消耗的补充，限期完成。我们是大国，执行人民战争的军事路线，战时要的兵器数量大、品种多、时限急，对这一点我们在思想上是有准备的，但一下子要这么大的数量，而且时间要求这么紧，的确没有想到。当时，又处在“文化大革命”时期，保质保量完成年度既定计划还没有保证，更不要奢望加码扩大生产了！当时，现装备中有些型号太落后的品种，如122毫米榴弹炮工艺水平、战斗性能都很差，工厂和部队都要求改型，作为储备品种不合适。

临时增加计划外特大特急的战备生产涉及国民经济的各个方面，特别是兵工特需的金属和非金属特殊材料，需要国家计委、物资、冶金、化工、轻工、电力铁路交通等部门的专门安排。为了保证战备，他们都能热情大力支持，但处在“文化大革命”时期，一项工作的提出，往往需和各地区、各部门反复商量，甚至要领导找领导，才能落实。

从这次紧急战备生产的经验看，计划外的大量军品生产，限制条件很多，不易实现。为了应急时有可靠的保证，国家、军队一定要有适量的成品和特需材料的储备，靠临时生产是来不及的。现在还多了一个战时民转军的转换周期，储备问题就显得更加重要了！

经过这次战备，兵器工业的生产、基建和国家对军工成品、材料的储备，都呈现出“平时嫌多，战时嫌少”的特点，而且多和少是没有明确标准的。要解决这个矛盾，多盖工厂不行，加班加点增产也不行，唯有用科技提高生产力才是可靠的。记得我向叶剑英汇报1973年的生产计划时，所有产品都是短线，唯有子弹是长线，有22亿的生产能力，只订货17亿，闲置5亿的生产能力。这是因为我们创造了一种高度自动化的14道工序合一的子弹机，被罗马尼亚装备部长誉为“世界第一”。由此可见，科学技术是第一生产力。

1971年9月，主持中央军委日常工作的叶剑英对反坦克武器科研、生产，在一年之内先后亲自抓了三次。

第一次是1972年7月，因在反坦克武器的品种系列、装备体制上，各使用管理部门之间、使用与科研生产部门之间，存在某些认识不一，加上科研单位、兵工企业受“文化大革命”的影响，研制出来的新品种有的迟迟未能定型生产，影响战备。1972年7月，总参根据叶剑英指示，由总参军训部主持，在北京组织了全军反坦克武器汇报展览和实弹射击，有炮兵8种现装的武器和7种科研新产品、装甲兵120毫米滑膛坦克炮、工程兵快速布雷火箭发射车等项目参加，还在沧州空军机场参观了空军反坦克子母炸弹的空投表演。五机部研制上述新项目的工厂技术人员参加了表演。叶剑英观看表演，并接见了表演人员。8月28日，在叶剑英的主持下，李先念、余秋里以及部分军委办公会议成员听取了反坦克武器科研、生产、装备使用等部门的汇报。

通过这次展览和汇报，检查总结了823会战以来科研、生产的成果，从表演中可以形象地看出，我地面战斗兵种和空军已有或初步有了自己的反坦克手段，在穿甲爆破威力方面也有了较大进步。会后不久，总参遵照叶剑英指示，召集国防工办、五机部、炮兵和有关部门的领导开会，讨论了炮兵反坦克装备体制建议，确定把反坦克导弹列入装备体制，加紧研制。

1972年11月24日和1973年7月22日，叶剑英两次亲自主持会议听取五机部的汇报。叶剑英听取了两次汇报，并作了重要指示。在第一次汇报中，他首先鼓励五机部要有信心，要努力把常规武器赶上去，接着他提出一个新问题，反坦克要多搞地雷，科研部门与生产部门要结合起来搞，大、小三线都要搞地雷。首先是反坦克的问题。现在比数量，以坦克对坦克，我们不行。怎样对付敌人的坦克，主要靠地雷，之后是40火箭筒这些装备。不仅我们军队要搞，广大民兵也要搞，科研和生产都要重视这个问题。

在第二次汇报中，他再次强调了反坦克要靠地雷，单靠炮是不够的。在我们汇报中他多次指出，打仗还是人民战争，大量的要靠人民武装。从整个世界来看，要发动战争不那么容易。我们要着眼于快打、早打、大打，要从最困难的情况出发。生产、科研都要这样准备，不能再拖了！打起仗来如果还没有准备好，就成为罪人了！现在我们要着重把反坦克武器抓紧抓好。

在第二次汇报结束后，他又系统地讲了两个问题。第一，不要为任务生产，要为战争生产。我们现在说的战争，一是现代战争，二是人民战争。讲时代是现代战争，讲性质是人民战争，主要靠人，生产就要着眼于这个地方。打起仗来一两千万兵力是不够用的，主要靠民兵。三是持久战争，敌人要速决，我们要持久。毛主席讲要拖，抗日战争如此，现在仍然是如此。持久战就是要拖时间，怎样才能拖呢？毛主席讲：第一要有饭吃，第二要有子弹。有饭吃、有武器，就能拖。不要只看正规军队，也要看老百姓，大、小三线要有个分工。四是立体战争，天上有飞机、地上有坦克、海上有军舰。毛主席指示：“深挖洞，广积粮，不称霸。”天上、海上、地面，还有地下。在地下怎么打？深挖洞。此外，正义战争，得道多助，要援外，也要外援，有来有往。所以，要根据不同的敌情、地形情况研究用什么武器。要发挥中央、地方两个积极性，既有统一计划，也要有分工，要使大、小三线都能够在整个战争中起主要作用。在计划上和战时使用上要形成重点，生产没有重点，就没有计划。生产反坦克武器，不是平均生产，要有重点；不仅要有质量要求、品种要求，还要有时间要求。我们的工作要抓紧，要学大庆、搞会战，以战争的姿态生产，限期完成。要质量好，要配套。敌人的进攻方式为先是飞机，然后是坦克，最后是散兵。这个方式是固定的，我们主要对付敌人的有生力量。他最后还指示说，科研领导体制要恢复科研、生产相结合，要有一个管定型的专门机构。

李先念在听取汇报时指出，人民战争要靠老百姓、靠民兵，不能只靠军队。新 40 火箭筒一时还不能大量生产时，改 40 火箭筒要继续大量生产，不能丢。对反坦克武器的生产、科研定型不能拖，军工要抢时间，打起仗来没有东西怎么办？军工定型进度要快，定型条件不能太苛刻。

中共中央、国务院、中央军委领导同志，特别是叶剑英全面、系统地一再抓反坦克武器的科研、生产工作，及时解决了许多重大实际问题，如装备体制、研制领导体制等，体现了高层对常规武器、对战备的重视，从现代人民战争的角度，为常规武器的科研、生产指明了方向，并从领导思想、工作实际方面提出了严格要求和具体指导，给予我们极大的支持和鼓舞。

通过这几年战备科研、生产实践，我对兵器工业肩负的使命有了切身的感受。兵器工业好坏，直接影响战争的胜负、国家的安危，的确如周恩来指示的那样“责任重大，任重道远”。叶剑英曾对兵器工业领导语重心长地讲过：“打起仗来还没有准备好，就成为罪人了！”这是告诫，也是诚恳的关怀。时间虽然已经过去很久了，但至今言犹在耳。

建设西南三线基地

◎ 朱　光

20 世纪 50 年代，我国面临以美帝国主义为首的西方国家的经济封锁和军事威胁，60 年代初，苏联政府又撕毁协议，撤退专家，中止援助，中苏关系恶化，越南战争逐步升级，蒋介石蠢蠢欲动，印度不断挑衅，国家的安全形势非常严峻。为了做到有备无患，中共中央于 1964 年 5 月在北京召开中央工作会议，提出一、二、三线战略布局并作出了建设大三线的重大决策。7 月，五机部部长邱创成向部党组成员传达了中央的方针和指示精神，指出中央把京广线以东地区划为一线，这是做准备大打，必要时作战略转移的地区；以西划为二线，是准备引敌深入的地区；西南的云、贵、川划为三线，是战略大后方，必须确保的地区。中央决定以重庆为中心，建设一套比较完整的常规兵器生产基地，并决定建设攀枝花钢铁基地供应钢铁，还要在西南建设电子、航天、航空以及能源、交通等重工业基地，以形成较完整的工业体系。要求在 3 年内完成，这是一项十分重要而又艰巨的任务。

不久，中央任命徐驰为攀枝花钢铁基地建设总指挥，任命我为重庆地区

朱光，1914 年生，山东聊城人，抗日战争和解放战争期间，历任八路军总部炮兵团副营长、延安炮校校务处处长、东北民主联军炮兵团长、炮二师师长等职。新中国成立后，历任志愿军炮兵指挥所参谋长、三兵团炮兵司令、军委炮兵参谋长、三机部五局局长、五机部副部长兼西南三线建设委员会常委等职。

常规兵器基地建设指挥部总指挥。我很快按通知到西南局报到，在重庆见到了中共西南局书记李井泉和副书记阎秀峰，各部委的人也都到了，开了第一次会议。1965 年 2 月 26 日中共中央、国务院发出了《关于西南建设体制问题的决定》，决定成立中共西南建设委员会，同时成立了重庆地区常规兵器配套建设指挥部，由我、鲁大东、李景昭、刘南生、李敏等同志为指挥部成员。搞三线建设，各部门是全力以赴的。国家计委第一副主任程子华专管此项工作，被任命为三线建委第一副主任，各部都有一位副部长抓三线建设。开始，我对中央建设三线的重要性、紧迫性的认识不足，随后才逐渐提高了认识。

★ 朱光（《聊城晚报》供图）

当时 1965 年计划会议已经开过，建设资金已分配完了，国家控制的机动费用很少，各部都要求中央拨给专款。国家计委主任李富春说，投资只能各部自己设法解决。于是，我们部把原来的基建计划重新审查，能减的就减、能压的就压，筹划到 3000 多万元，数额实在不多，只好少花钱多办事了。西南局拨给了一批 1958 年建的，已经下马的土高炉、土化肥厂，既可免交土地费，减少部分“三通一平”（指路通、水通、电通和场地平整）的工作量，又可使施工人员进厂就有食宿的地方，节省了一大笔钱。同时，又用了大量民工和地方材料，又节省了不少钱。搞“干打垒”盖房子，也省了钱。从老厂调用了一部分闲置设备和生产线上富余的设备，并自制了一些非标准设备，又节约了不少钱。但由于施工进度快，钱仍不够用。最后，国防工办负责解决了超出部分的投资。所以，1965 年这一年花钱不多，办事却不少。

1965 年春夏之交，贺龙、董必武视察了三线建设，在重庆听汇报。我汇报了常规兵器基地的规划和布局以及建设情况，领导们都表示同意。最后，在审查各厂的具体位置时，领导们对綦江桐梓地区的几个进洞的炮厂很感兴趣，说这是长征时经过的地方。对位于合川的 167 厂厂址位置看了很长时间，说离重庆有点近了，敌机如轰炸重庆，它在敌机的回旋圈内。我作了解释后，贺龙仍不同意，要另选厂址。散会后，我对程子华说，四川虽大，能选的厂址不多，时间也来不及了。在地图上看离重庆不太远，实地走起来可不近，地形也不错。程子华看我有些为难，说："明天休息，你陪我去看看，回来我再向贺总说说。"第二天，我们到现场勘察厂区，这里四面是山，南面和西面的山较高，敌机不但在高空炸不准，在低空飞行也有困难。后来，程子华说服了贺龙，不用另选厂址了。

我是三线建设委员会的常委，于是让我参加听取各部汇报的会议。第二天，一机部副部长白坚汇报德阳重型机械厂的建设问题，谈到该厂有个重炮车间，白坚讲不清楚。贺龙问我，我说我也不清楚，那不是我管的。贺龙说："咦！你不管，你不是炮兵参谋长吗！你们生产的炮你用，他们生产的炮你就不用吗？马上去了解一下，看有什么问题需要解决。"其实，我已不是炮兵参谋长了，但让我去就去吧。回来后，我向贺龙汇报说："原来设计预算不准，尚须 1200 万元。"贺龙说："钱，我不管，你去找总理。"后来，周恩来给增拨了 1200 万元。在当时，国家拿出这么多的钱来加强一个厂的重炮车间的建设，足见国家对军工建设的重视。

1965 年年初，彭德怀被任命为三线建委副主任。1965 年秋末冬初之际，阴雨连绵，我在华蓥山得到通知，说彭德怀要去 338 厂视察。他听完汇报后视察了厂区，对 338 厂的工作给予了高度评价，认为很好。彭德怀说他

★ 四川华蓥山地区的炮兵观测仪器厂（于学驷供图）

访问过东德，东德的国防部长斯托夫送给他一架望远镜，可以拿来仿制发给部队用。

1965 年下半年，重庆常规兵器基地的建设全面展开，当时的布置是这样的：沿重庆至贵阳铁路沿线地区，主要安排了几个炮厂，选有山洞的，运输依靠铁路；沿华蓥山一条线，有十几个厂，主要是光学厂，还有迫击炮厂、火工品厂、引信厂，这些厂运输量较小，并且襄渝铁路已开工，所以运输问题不大；从江津到隆昌沿成渝铁路布置了运输量大的炮弹、枪械、药筒等工厂；沿长江布置了火药厂、炸药厂以便解决大量生产用水和水路运输，距成渝铁路也不远，亦可利用铁路运输。总的分布达到了中小型为主，既分散又方便运输的目的。今天看来还是基本合理的。

同年底，邓小平、李富春、薄一波等中央领导同志视察了三线。各部作了汇报，三线建委的人都参加了。我汇报了兵器工业建设的情况，在汇报中，邓小平问我："你们究竟有多大生产能力？"我说："三线项目建成后，加上原来的老厂，年产量可装备 200 个步兵师。"他说，"太大了，不打仗用不了那么多"，指着西南局的同志说："你们给他们安排民品。"

1966 年年初，根据西南建委 1 月开会的通知，我如期回到西南。程子华对我说："这次会有两个内容，一是传达上海会议内容；二是研究 4 月份建委开大会的问题，总结一年来的建设工作，介绍经验。会议结束后，各部要为下次大会准备材料。"

五机部认为西南三线建设的经验不错，决定把企业领导干部会议改为党委扩大会议，并移到重庆召开。这次会的主要内容是介绍三线建设经验，以推进兵器工业全面发展，增强战争观念，树立为战争服务、为军队服务的思想。我代表部党委作了《关于重庆兵工基地建设的总结报告》。这时，华蓥山地区各厂已基本建成，大约用了一年时间。167 厂在当年 12 月 23 日就拿出了合格产品，实现了"五个当年"，即当年设计、当年施工、当年建成、当年投产、当年出产品。实际上只用了 3 个季度。这个厂是从一线地区搬迁来的，人员、设备都是原班人马，但速度之快是空前的，各项工作组织得很严密。重庆市委组织了验收，授予该厂“五个当年”的红旗，以资鼓励。

随后，我们的工作重点就转到了重庆以西的几个厂，主要有2个炮弹厂、3个药厂、2个枪厂和1个枪弹厂。有了前期的工作经验，进展比较顺利。这些厂中，除个别厂外，生活供应都比较方便，县里的支持也大，情况很好。

1966年7月，我去三线基地检查了一遍，一些工厂竣工了，已转入试车、试制阶段；另一些工厂也都在紧张的施工中，即将完成。我回成都后向三线建委作了汇报，根据我在三线一年多的实践，有以下几点体会：

一是实行现场党委统一领导，充分调动各方面的积极性。各项工作只有在党的统一领导下才能取得更好的成绩。西南局、四川省委、重庆市委乃至各县县委，都把完成中央交给的三线建设任务作为首要任务来抓。建设单位、设计部门、施工单位和地方有关单位，在地方党委领导下，建立现场党委，实行统一领导，组织现场指挥，统一安排，各方通力协作，共同完成任务。例如，实现“五个当年”的167厂，设备由南京运来。重庆市委根据货船到达时间，预先安排了装卸队伍、运输车辆、查看运行道路情况，对难通过地段进行改造。船一到码头，立即运往工厂安装。建筑需要大量碎石，当地没有，从外运进一时来不及。怎么办？地方党委积极动员家家户户、男女老少动手打碎石，很快就解决了问题。甲乙双方的干部、工人、技术人员以及地方上的有关人员，在工地上同吃、同住、同劳动。如广安县委书记石永寿，他大部分时间在华蓥山各建设工地。兵器工业的建设项目20多个，需要从全国各地调集大量人员，所需的物资量也很大，工作复杂，但能迅速完成任务，又没有发生较大事故，只有在党委统一领导下，打一场建设上的人民战争，才能出现这样的奇迹。

二是集中力量打歼灭战。首先是集中使用人力，3年完成那么多项目，全面铺开是不行的，我们采取了集中力量先完成一个项目，对于第二个项目只以少数人进行准备（包括消化资料、研究施工办法、“三通一平”、宿舍等准备），逐步铺开、逐个完成的办法。对于第三个项目则以更少的人力进行必要的筹备。这就是“打一、备二、看三”的办法。第一个项目土建完成了，就把施工力量转入第二个项目；第一个项目安装任务完成了，也转入第二个项目。依次往下转，就不会拖延工期，也不会出现松松垮垮的现象。其次是集中使用物力，材料先满足第一个项目，开工前备足料，开工后继续源源不断地补充供应，只许材料等人，不许人等材料，保证不出现停工待料现象。竣工时材料如有富余，除留点必需的维修材料外，余料随施工队伍统统转入第二个项目，依次类推。这样做既能保证施工用料，又能节约材料。做到人力、物力集中使用，以加快施工进度，提高建设效率。

三是运用“三快一慢”的战术。“三快”是指勘察定点、初步设计、施工图等一系列准备工作要快；“三通一平”、安排临时生活措施要快；施工材料进入现场要快。“一慢”是指正式施工队伍进入现场要慢。因为上述工作没做好前，施工队伍进入现场也无法展开工作，就会造成窝工，不如不进。工地如战场，要想取得战斗的胜利，就必须做好战前准备工作。

四是实行“三老带三新”，即老基地带新基地、老厂带新厂、老工人带新工人。三线的新厂实行老厂包新厂的办法，规定为“五包”，即包思想、包人员、包设备、包投产、包家属。从厂长、书记、总工程师到中层干部，从技术人员到各工序的技术工人，老厂组成成套班子支援新厂。明确要求人员素质要过硬，不合格的由老厂负责调换。这样成套包建，人员相互熟悉，容

★ 老河口火箭炮厂（于学驷供图）

易协调工作。包设备要求配套，标准设备由国家分配，非标准设备由老厂设计制造或负责找协作单位制造。在毛泽东“三线建设要抓紧”的号召下，老厂职工的工作热情很高，都以艰苦为荣，以参加三线建设而感到自豪。

五是工农兼顾，厂社结合，共同发展。例如，工厂在山顶建高位水池，除工厂用水外，天旱时，还能给农田提供灌溉用水；工厂每天能给农村提供几千斤自然肥料和泔水，等于一个小化肥厂；工厂帮助农民学习技术，办机械、办水利。双河镇原有一个提灌站，机器不好用，农民不会修，放置了8年，工厂帮忙修好了，使山上几百亩旱田变成水田，农民高兴得手舞足蹈。同时，文化宣传、广播等提高了农民的政治文化水平。此外，工厂还吸收附近农民当轮换工，既增加了农民收入，又密切了工农关系，他们爱厂如家。当地民工修路、平整场地，进而开山劈石，做基垒坝，又好、又省、又快。而在建筑队伍开工后，则靠民工生产预制件，农村年轻姑娘手巧，绑扎钢筋既快又好。由此可见，三线建设实际打了一场基本建设的人民战争。

三线建设带动了攀枝花钢铁基地、六盘水煤炭基地、成昆铁路的建设，保证了钢材的供应、能源的保障、运输的畅通。整个西南大三线建设，对我们国家的安全、对西南地区经济的发展起到了巨大的促进作用。

向中央领导汇报“巨龙牌”拖拉机

◎ 李殿隆

1958年6月17日，北京547厂27马力“巨龙牌”拖拉机试制成功。18日，我们向中共北京市委报喜。彭真、刘仁等市委领导同志看后报告了毛泽东。毛泽东和中央政治局领导同志得知后很高兴，要视察这台快速制成的拖拉机。

6月20日下午3时，547厂制造的拖拉机和北京汽车附件厂制造的“井冈山牌”小轿车、北京农业机械厂制造的万能底盘拖拉机一起开到中南海中央政治局会议楼草坪广场。刘少奇、周恩来、朱德、陈云和邓小平，以及在京的中央政治局委员、书记处书记都兴致勃勃地参观了，并详细询问了工厂情况及产品性能和特点（毛泽东因公外出）。随后，我们将拖拉机沿中南海南岸开至毛主席住宅院中等待视察。下午7时，毛泽东接见了我们，我向他简要汇报了工厂隶属兵工系统、试制拖拉机的经过及其性能、特点；最后我说：“拖拉机所以能这样快速制成是毛主席伟大号召的鼓舞，

李殿隆，1925年生，河北深县人，1938年参加革命工作，历任中共冀中十一地委宣传部干事，中共冀中区党委（河北省委）宣传部干事、副科长，中共河北省委宣传部宣传处副处长、处长，847厂副厂长、代厂长，547厂长兼218厂厂长，52总厂党委副书记，五机部六局负责人、一局副局长，兵器工业部枪械火炮局局长等职。

★ 原北京 547 厂厂长李殿隆（前排右二）在会议现场（于学驷供图）

是破除迷信、解放思想的结果，是兵工厂做好两手准备、实行军民结合方针的初步成果。”毛泽东看后、听后很高兴，说：“很好啊。谢谢你们，谢谢工人同志们！”毛泽东的接见与视察是对 547 厂的鞭策，也是对兵工行业的关怀和鼓励。

6 月 21 日，全国各报纸都在头版头条位置，登载了我厂制成拖拉机的新闻和我在拖拉机旁向毛泽东汇报的照片；莫斯科宽银幕电影制片厂还拍摄了我厂向北京市委报喜的场面。随后，报纸被职工抢购一空，有人还多买几份寄给亲友；此外，在工厂大门口贴出了许多诗歌、快板、歌谣、喜报，诸如：“六月里来好风光，报喜来到怀仁堂，中央首长同声赞，毛主席亲临看端详”“干劲冲九天，困难踩脚下，巨龙出世了，毛主席笑哈哈”，全厂充满了喜庆的气氛。

“巨龙牌”拖拉机是按照英国富克森型仿造的，样机是在农场找到的一台在用的旧机。那时工厂还没有专利知识，仿造出的产品从内到外都是富克森的翻版。拖拉机的图纸是工厂总工程师、生产副厂长秦兴泉于 1958 年 4 月去南京 307 厂取来的。从图纸取来到试制成功共用两个月；如除去工艺准备、工装制造、铸锻毛坯等时间，从机械加工到试车合格只用了 28 天。这确实是惊人的速度，何况 547 厂原本是兵器工业中一个比较简陋的专业工厂，从侵华日军建厂（北支工厂）到国民党接收（七十兵工厂）直到新中国成立后，只生产过手枪、马步枪、40 火箭筒、75 无后坐力炮等较简单的兵器，从设备条件到技术状况都不具备生产拖拉机那样大型的综合产品的能力。不具备生产条件又无生产经验的工厂能用很短时间试制成拖拉机，难怪一位英国记者不相信。他抱着极大的怀疑态度，持英国大使馆介绍信到工厂来查看虚实。工厂检验科长王俊桢接待了他，他要拖拉机变挡、倒行、转最小的圈、走“8”字，又查看了拖拉机在农机学院测试的记录资料，最后不得不相信，说了声“OK”。

主人翁的觉醒，阶级的责任。1958 年，工厂职工百分之八十以上是新中国成立前的工人，曾先后在侵华日军和国民党的统治下，不但受到残酷的经济剥削，而且受着深重的政治压迫。工厂没有食堂、宿舍，物价飞涨，靠混合面、窝窝头、咸菜度日。政治上受厂警室、稽查组的监视迫害，入厂要签“卖身契”、取铺保，进出厂门要搜身，动辄扣薪、关押、吊打、开除，工人身受其害，血泪斑斑。新中国成立后，工人们由受人蔑视的“臭工人”，一跃成为工厂的主人，成为受人尊敬的国家领导阶级。工厂先后兴建了宿舍、食堂、澡堂、俱乐部、子弟学校，为工人保健兴建了疗养所、奶牛场、猪场、体育运动场。此外，还建立了工人自己的组织——工会，建立了职工代表会议制度，使职工可以充分享有自己的权利。经历新旧社会翻天覆地的巨变，工人们从内心信任党、拥护党、感谢党。物质变精神，精神变物质。工人政治上有了地位，生活上有了保障，做了主人翁，就想在社会主义建设中大显身手，这就是拖拉机能快速制成的物质基础与政治因素。

干部以身作则，上下一条心。干部参加劳动开始形成制度：每个干部每年要下车间劳动一个月。我是个外行厂长，拜二车间 7 级车工马万明为师，向他学习车工技术，像新工人一样接受技安、保密等初级教育。原来工厂只有维修铸工，没有铸工车间，不能适应生产民用产品的需要。我在清砂工段和工人们一块劳动，从而决定上水力清砂，上壳模铸造，并提出“主攻铸工，万紫千红”的口号，推动了铸工车间的发展。那时，看不出谁是领导，谁是工人，实现了共同劳动，从而大大密切了干群关系，调动了职工的积极性，为开展大生产创造了条件。

试制拖拉机时，明确分工，厂部的技术人员、管理人员到车间去，与车间的领导干部、技术人员、工人组成三结合的试制网，边拆装实样、边编制工艺、边设计工装、边改造设备，和工人同甘共苦。这是党的群众路线在工业生产中的体现，是“三结合”的雏形。

在拖拉机试制的过程中，后方服务前方：材料送上门，昼夜发料，随要随到；工具室、辅料室、磨刀站、车库、油库等均24小时全天服务；托儿所、幼儿园24小时内均可随时接送孩子；职工医院的医生背着药箱在车间巡逻。这大大转变了工厂的官僚主义作风，鼓舞了工人的自觉性和积极性，从而促进了生产。

破除迷信，攻克技术关。高压油泵是拖拉机的精密部件，它关系拖拉机试制的命运。这个部件本来局里规定由外厂协作，但由于试制期一再提前，只好自力更生。本厂职工没有做过，甚至没有见过高压油泵，既无图纸、又无工艺，只得按实物加工。有人说：“听说作高压油泵的屋子，墙要涂漆，要木地板，工人身着白衫，脚穿拖鞋。我们条件不行。”技术科有个同志还闹了笑话，告诉工人说：“喷油嘴的油眼只有几道！”于是，车间主任、技术组长、工人等用50倍放大镜找油眼，仍然找不到！认为这样小的油眼，只有用电火花加工，但厂里没有电火花设备，不好办。此外，柱塞油泵体的精度要求也很高，柱塞要达到12级的光洁度！当时曾把工长和工人吓了一跳。老工人于敬业、革新能手郑恩洪、工长芦景山等11位同志组成诸葛亮小组，拆开实物看，才真相大白，根本就没有几道的油眼，最小头是1毫米，油针顶着看不到，油眼的“神秘”终于被揭穿了。经过明确关键，外出学习，拆装实物，解剖废油嘴，自制工具，改进胎具，失败了再试验，我们终于克服了重重困难，试制成功了。经过农机学院鉴定，高压油泵性能合乎标准，喷油雾化优于富克森。从此，全厂第一面打破迷信的红旗插到了高压油泵小组。

像试制高压油泵一样，试制发动机、后桥、轮盘等都遇到了很多困难。

但大家的智慧无穷尽、干劲特别高，经过群众性的技术革新，关键技术被一个个攻破了。例如，工厂没有螺旋伞齿机床，郭宴臣根据插车可以插正斜齿轮的道理，刻苦钻研，经过三次失败，第四次终于试验成功，以卧式铣床铣出了斜形齿轮。研磨密封圈，精度要求高，磨床任务又紧张，马殿奎就寻找废旧料，一夜之间制成了一部小型研磨机。钳工关多欢自找废旧料制作了 16 套打眼画线胎具……真正是人人献计策，个个显奇才，天天有贡献，事事有创举。

无私奉献，苦干实干。锻工是辛苦的，夜班锻工更辛苦，但锻工杨文彬小组和赵壁小组争上夜班。例如，锻工纪家昆在工厂业余休养所休养，所里规定每晚 10 点前必须回所休息，但他几乎天天超过时间，最后索性住到车间厂房里，不回所去了。

许多职工废寝忘食，把铺盖搬到车间，当厂领导动员大家回家休息时，许多人出了东门又从南门回来！ 3 天 5 天连夜干的情况相当普遍。工程师王宜孝在工厂测功台上测发动机马力，手拿扳手紧固定螺栓时睡着了，醒来时手中还握着扳手！全国三八红旗手、女车工崔淑珍的孩子生病在家，仍然坚持生产……

连续突击，废寝忘食，但没人说累，更无人叫苦！他们为无私奉献而自豪、为追求理想而骄傲、为征服难关而高兴。那时没有奖金、没有加班费，靠的是使命感和事业心、靠的是要建设社会主义强国的献身精神。

团结奋斗，大力协作。“巨龙牌”拖拉机是两个“三结合”的产物，即厂内领导干部、技术人员与工人“三结合”和厂外院校、协作厂和本厂“三结合”。厂外协作件 139 种，涉及京、津、沪、沈等六个城市 18 个工厂。

尊重科学，与院校挂钩，使工厂试制得以顺利进行。由于工厂没有生产过拖拉机，面对发动机和总成试车中发生的许多问题，如坠云里雾里。北京农业机械学院把有机玻璃的柴油发动机教具拉到工厂，向有关人员对照讲解，详细讲解动作是如何进行的，哪里是燃烧室等。在航空学院加工齿轮时，为了计算一个齿轮的角度，我们深夜曾四次唤醒过正在熟睡的同学。有的同学提出放弃暑假休息，帮助工厂做齿轮。航空学院的 302、303 教研室和北京农业机械学院高压油泵、发动机教研室的许多同志，与工厂职工一起废寝忘食地进行试验。

1958 年，547 厂试成 30 多种新产品，除拖拉机外，还有 C620 车床、机械泵、扩散泵、真空抽气机以及 1059、3069 尖端产品的指挥车、电缆车、拖车等地面设备。值得特别指出的是，北京重机厂 6000 吨水压机的上梁、中梁、底座等三大件，每件重几十吨，四个轴孔公差要求严格。547 厂没有大型龙门刨床，也没有大型镗床，但以老兵工李世永为首的技术人员和工人，硬是用“蚂蚁啃骨头”的方法加工成功，令人心悦诚服。老兵工的高贵品质、优良传统、强烈的使命与责任感，是值得我们认真学习和永远铭记的。

钻研、创新、奉献是我一生的追求

◎ 尉凤英

我是 1953 年考入东北机器制造厂当工人的，回忆自己半个多世纪生涯，我由一个贫苦出身的小青年，在毛泽东思想的哺育下，在党的培养和教育下，成长为一名工人阶级的先进分子，曾经受到毛泽东 13 次接见。

1953 年，我 20 岁，入厂刚 5 个月，就完成了第一项技术革新——自动卡具的革新，使产量一下提高了 80%，此后，先后完成了“双头双刀”“自动送料器”“六角车床”“半自动开关”“自动送料退料杆”等 107 项技术革新，其中重大技术革新 58 项。凭着这种对技术革新的痴迷劲儿，一个技校毕业的女工，从 1953 年到 1965 年用 434 天完成了第一个五年计划的工作量；用 120 天又完成了第二个五年计划的工作量。1965 年，我被中央授予“毛主席的好工人”称号，这使我感到十分光荣和骄傲。

我不止一次地将当年与毛泽东、周恩来等老一辈革命家的合影拿出来看，内心充满了无限怀念之情。在后来的岁月里无论在什么情况下，我始终告诫自己，决不能辜负他们的教诲，决不能给党和人民丢脸。新中国成立 60 多年，全国上下按照党中央的战略部署，都在为实现“十二五”规划目标努

尉凤英，1933 年生，辽宁抚顺人，1953 年进入沈阳东北机器制造厂当工人，后任工人工程师。曾担任沈阳 139 厂副厂长、工会主席等职。

力奋斗，作为经历过第一个五年规划的老工人、老党员、老劳模，深感在改革开放的今天，要实现“十二五”规划，很有必要将毛泽东思想哺育下的那种精神、那种品格、那种士气、那种传统继承下来，使之发扬光大。

回忆第一个五年规划时的情形，我的第一点体会是：当一个新时代的好工人，就要有一种刻苦钻研、大胆革新的精神，抱着始终对技术痴迷的态度。当时，我们简直是入了迷。在车间里想、在宿舍里想，甚至在吃饭时一手端着饭碗，一手用筷子蘸着菜汤在饭桌上画起图来。当时钻研技术的风气非常浓，我曾利用猪腿和火车拐轴的原理，成功改造机床的自动送料器；利用簸箕簸黄豆的原理和筛沙子的原理研制成功了自动分料器。在和老师傅、工程技术人员的共同努力下，1953 年至 1965 年 13 年里共完成技术革新 107 项，其中实现重大技术革新 58 项。用 434 天完成了第一个五年规划的工作量，并获得了积极分子以及市、省、全国劳动模范称号。现在的各方面条件要比 20 世纪五六十年代强多了，但是我觉得我们精神状态也要与时俱进，要实现“十二五”规划，首先要振奋精神。

第二点体会是，当一个新时代的好工人，要为企业的发展和国家建设忘我奋斗，要有无私奉献、工作至上的精神。就拿我们女同志经历的恋爱、结婚、生孩子的“三关”来说，我与爱人老卢是经过四年的恋爱才结婚的，但是我俩在四年里却很少在一起散步、谈心、看电影。有一次，我们决定去看

★ 尉凤英在 724 厂车间工作（兵器工业档案馆供图）

电影，偏巧我在攻克的一项技术难关又遇到了新的问题，结果我把与老卢看电影的事抛到了脑后。当焦急中的老卢找到我时，我正在制作技术革新模型，结果老卢也跟着我忙活起来。那时，我住在职工宿舍，我知道大家都是没黑没白地工作，所以不忍心因为我敲门而影响工友的睡眠，有时便蹲在宿舍的门口睡着了。提到结婚，我和老卢把结婚的日子选在 1958 年 1 月 1 日，目的是以此迎接第二个五年规划的到来。结婚当天凌晨，我刚刚下了夜班，只与来祝贺的车间领导和工友们拍了一张集体照作为结婚照。当时就是有这种拼劲，心里想的就是工作，几乎没有自己。在毛泽东思想的教育下，我们许多劳模都能够摆正个人与集体、个人和党、个人与国家的关系，无论是为党、为国家、为企业做了多少工作，在内心深处经常想的是为党和人民做得太少了，而党和人民给自己的荣誉却是太多了。

第三点体会是，当一个新时代的好工人、共产党员、劳动模范，要始终有无私奉献的精神。继续保持勤奋好学、孜孜不倦的学习作风，这是我当工人、干部，当劳模，乃至做领导，都始终坚持的一个基本要求。那时候我们常讲的是一个人美不美，不在于穿什么、戴什么，而在于他想的是什么、做的是什么，那时人美不是在穿戴上，而是美在心灵、美在品格。生活上要求低标准，工作上要求高标准、严要求。工作上时刻要以公字为准则，要向红心美萝卜那样，从心里往外红，不能像水萝卜，里边是白的，外边是红的。

当年，我们年轻的姐妹，无论是技术攻关，还是加班、夜战，没有一个人问给不给钱的。那时就是一心干革命，在那种精神的影响下，大家看重的仍然是政治上、精神上的“收入”。因为我们这代人，当年在党和人民培养下，追求的是理想，奋斗的是事业，争作的是贡献。

当前，全国上下都在为实现第十二个五年规划而努力工作，我作为老工人阶级的一员，作为在辽宁这块土地成长起来的老工人、老劳模，也产生了一种老当益壮、跃跃欲试的感觉，尽管年龄不饶人，但是我还要想方设法地为实现十二五规划力所能及地做些工作，以此报答毛主席，报答党和人民对我的关怀、培养和教育！

企业管理的重大创新

◎ 王　工

1960 年 7 月 9 日，中共黑龙江省委以《关于巩固发展“两参一改三结合”、全面提高企业管理水平》为题向中央的报告中，有这样一段说明：在技术革新、技术革命运动中，生产迅速发展，对企业管理工作提出了许多新问题，为了解决这些问题，使生产关系和上层建筑与生产力的发展更相适应，各省各企业都采取了一些措施，并取得了一些经验。其中尤以首创“两参一改”经验的庆华工具厂的经验较为突出和完整。它们坚持以不断巩固、提高和发展“两参一改三结合”的制度为中心环节，全面提高企业管理水平。

在庆华工具厂首创的“两参一改”的影响和带动下，建华机械厂、华安机械厂结合本企业情况，很快地在学习庆华经验的基础上又有了新的发展，这就形成了兵器工业系统的“三华”经验。

王工，1929 年生，辽宁金县人，1947 年参加工作，历任东北军政大学学员，兵器工业部 475 厂工人、宣传干事、车间主任、总工程师、厂长、党委书记，兵器工业部火炸药局局长，机械电子工业部中国机械工业企业管理协会局级调研员等职。

“两参一改三结合”的主要内容

兵器工业在黑龙江的三个工厂——庆华工具厂、建华机械厂和华安机械厂（以下简称“三华”）在1957年整风运动的基础上，逐步创造出“工人参加管理，干部参加劳动，改革不合理的规章制度以及实行领导干部、工程技术人员、工人相结合”的工作方法，简称“两参一改三结合”的“三华”经验。在20世纪50年代末，这个新鲜事物的出现不是偶然的，它随着我国社会主义建设的不断深入，是党的群众路线在企业管理上的创造性发展，是时代的产物。

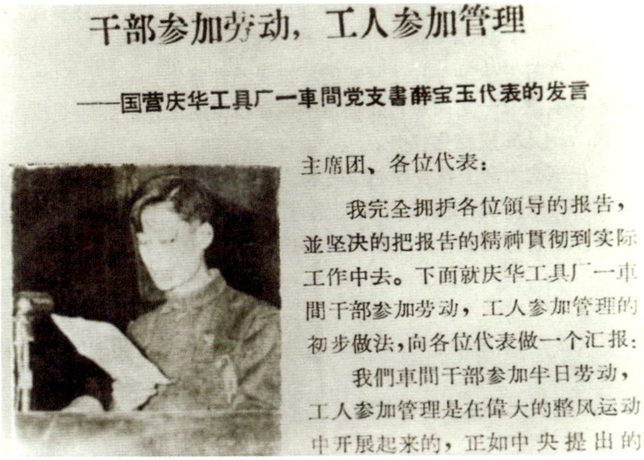

干部参加劳动，工人参加管理

——国营庆华工具厂一車間党支書薛宝玉代表的发言

主席团、各位代表：

我完全拥护各位领导的报告，並坚决的把报告的精神貫徹到实际工作中去。下面就庆华工具厂一車間干部参加劳动，工人参加管理的初步做法，向各位代表做一个汇报：

我們車間干部参加半日劳动，工人参加管理是在偉大的整风运动中开展起来的，正如中央提出的

★ 1958年4月3日，庆华工具厂一车间党支部书记薛宝玉在黑龙江省工业交通先进生产者代表会议上发言（于学驷供图）

工人参加管理。从1958年年初开始，庆华工具厂、建华机械厂等单位的工人开始参加生产小组的各项管理工作，他们不仅参加了小组的日常生产管理，还参加了计划、技术、成本等方面的管理，后来进一步发展到小组自己编制生产、劳动、成本计划（车间平衡批准），修改工艺和各项定额（车间审核批准），核算经济效果，编制双革规划等，小组管理工作越做越细。在经济核算方面，庆华工具厂生产小组不仅能掌握产品的数量、质量、材料、工具和工资五大指标，而且通过定额成本核算，能够按产品单件计算成本，按定额进行日核算、周分析、月总结。庆华工具厂有的工人定额员用7分钟编出了小组月劳动计划，有的工人核算用4分钟编出了小组成本计划，一机部

五局检查组为了解工人参加管理的水平，以编制小组计划为题，对该厂吴光明小组进行测验，结果他们仅用 40 分钟就准确地编出了小组的月计划。随着工人管理员业务水平的不断提高，不少生产小组积累了一套丰富的管理经验，建立健全了一套比较完整的管理制度，“三华”各生产班组普遍建立了四个簿（交接班记录簿、合理化建议登记簿、技术安全教育登记簿、会议记录簿）、五本账（材料收发账、工具收发账、产品提检账、产品收发账、工时记录账）、八个表（月份产品生产日历进度表、小组经济核算动态表、工序产量工时记录表、个人工作记录表、设备维护评比及台时登记表、月份职工考勤表、周产品盘存表、职工工资计算表）和五个会议（班前会、班后会、周末经济活动分析会、月初编制计划会、月终总结评比会）、十个制度（工艺管理制、产品质量责任制、在制品管理制、交接班制、材料管理制、工具管理制、设备管理制、考勤制、技术安全责任制、治安保密制）。

干部参加生产劳动。“三华”首先是领导干部参加班组生产劳动，后来又在部分车间中开始试行了工人与干部轮换的办法（车间干部定期地分期分批到生产班组参加劳动，由生产班组长与工人管理员分批到车间代替他们进行工作，原职原薪不变），作为干部参加劳动，工人参加管理的一种形式。科室干部实行“4·2·2”制（每日 4 小时工作，2 小时劳动，2 小时学习），使干部参加劳动进一步制度化、经常化，把业务工作、劳动和学习紧密结合起来，也使干部参加生产和领导生产进一步密切结合起来。通过这些办法，改进了领导作风和工作方法，改造了干部的思想，提高了干部的业务水平。这种做法也为培养工人干部、缩小脑力劳动和体力劳动的差别创造了有利的条件。

改革规章制度。从 1958 年 3 月“两参一改三结合”经验出现以后，规章制度的改革共有三次。第一次是在“两参”加“一改”经验刚出现的时候，主要是破除了根据“一长制”原则而建立起来的一套不合理的规章制度，建立了“两参一改三结合”的制度；第二次是 1959 年围绕整顿、巩固和提高“两参一改三结合”制度，根据专业管理和群众参加管理相结合、破与立相结合的原则，对规章制度进行了一次集中的整顿和建设；第三次是围绕着“四化”引起的新问题，适应大搞技术革命的要求，又进行了一次全面性的改革。

“三结合”。“三结合”的经验是由长春第一汽车制造厂创造，随后推广到“三华”并与“两参一改”经验相结合的。在“两参一改”不断巩固、提高和发展的过程中，特别是从大搞“四化”为中心的技术革命运动以来，“三结合”的形式和内容也有了很大的发展，几乎是处处“三结合”，事事“三结合”。不仅企业内部出现了各种“三结合”形式，而且在厂外也有工厂、大专院校、科研部门的“三结合”，工厂与设计部门、使用单位的“三结合”等。“三结合”的内容包括解决技术关键问题，进行质量检查，修订工艺规程，总结与推广先进经验，进行新产品设计和科学研究工作等。

“两参一改三结合”经验的形成

1958 年年初，“三华”正处在整风和大跃进的形势下，群众揭发了领导作风和企业管理上的许多问题，采取什么办法进行整改，是企业中存在的突出矛盾。在中共黑龙江省委的直接领导和具体帮助下，庆华工具厂首创干部参加劳动、工人参加管理和业务改革。关于领导干部参加劳动，1957 年 5 月中共中央就有指示，工厂开始实行了干部每周参加半日劳动的制度。但由于认识不够、方法不对，所以收效不大，参加劳动时断时续。庆华工具厂一车间的干部坚持了这一制度，而且逐步由干部参加辅助劳动，发展到参加主要劳动；由每周半天劳动增加到每日参加半天劳动。边参加生产，边领导生产，效果很好。然而在普遍推广的过程中，一些干部有思想顾虑，怕参加劳动多了打乱管理，怕出废品、出事故、工人笑话等；个别人还怕累嫌脏。车间和科室干部每天参加半日劳动，其中懂技术的干部，一般不固定岗位，哪里有技术关键问题，就到哪里参加劳动；不懂技术的干部，固定岗位、劳动锻炼、拜师学艺。干部参加劳动后，工人非常满意。领导与群众、管理人员与工人

省委关于巩固发展“两参一改三结合”、全面提高企业管理水平向中央的报告

中　　央：

在技术革新、技术革命运动中，生产迅速发展，对企业管理工作提出了许多新的问题。为解决这些问题，使生产关系和上层建筑与生产力的发展更相适应，我省各企业都采取了一些措施，并取得了一些经验。其中尤以首创“两参一改”经验的北安庆华工具厂的经验较为突出和完整。他们坚持以不断巩固、提高和发展两参一改三结合的制度为中心环节，全面提高了企业的管理水平，他们在坚持政治挂帅和大搞群众运动的方针下，把两参一改三结合的制度如同党委领

★ 黑龙江省委关于巩固发展“两参一改三结合”、全面提高企业管理水平向中央的报告（于学驷供图）

中央关于发展“两参一改三结合”制度提高企业管理工作的指示

各中央局，各省、市、自治区党委，中央各部委、各党组：

现将黑龙江省委“关于巩固发展两参一改三结合、提高企业管理水平”的报告和所附庆华工具厂的典型材料发给你们，并请你们转发给所属大中企业党委，组织干部认真阅读和研究。

几年来，我国社会主义工业企业的工作，在毛泽东思想指导下，批判了一长制，坚持执行了党的领导、群众路[illegible]政治挂帅与物质鼓励相结合的原则，并且根据这[illegible]原则建[illegible]

★ 中央关于发展“两参一改三结合”制度提高企业管理工作的指示（于学驷供图）

的关系进一步密切了。过去工人说干部是“官”，“溜溜达达，走马观花，解决问题，光用嘴巴”，“夹本本的太多了，晃晃荡荡不像话”。干部一参加劳动，工人的看法就大大改变了，工人有什么话都愿意和干部说，干部的话工人也愿意听了。干部参加劳动，不仅没有打乱管理工作，而且有效地克服了管理工作中的官僚主义和主观主义。干部一深入生产，就能及时发现问题、解决问题，改变了过去单靠开会解决问题的做法。同时，干部参加劳动，不仅得到了锻炼而且学习了生产技术，为又红又专创造了有利条件。

在干部参加劳动之后，企业中存在大量浪费与管理混乱的现象。因此，建华机械厂实行了每个工人管一件事的办法，庆华工具厂章士良小组在每个工人管一件事的启示下，进行了工人参加管理的试点工作。开始实行工人参加管理的时候，主要担心干部不相信群众，怕搞乱了，工人怕管不好怕得罪人。班组内按照每个工人负责分管一件事的原则，一般的设有生产调度员、料具员、核算员、考勤员、设备维护员、技术员、合理化建议员、技术安全员、文明生产员，其中生产调度员由班组长兼任。通过实践，干部和工人很快消除了顾虑。工人参加管理后，工段一级组织撤销了，车间管理减少了中间层次，车间主任直接领导生产班组，使工作更加深入了。

在干部参加劳动和工人参加管理全面推广以后，企业又遇到一大障碍，即管理上存在不合理的规章制度阻碍生产。“三华”因势利导，本着有利于生

产和工作，有利于调动群众积极性的原则，采纳群众提出的合理意见，采取下放权力、合并组织机构、精简表报、简化手续等措施，使企业管理大为改观，为干部参加劳动、工人参加管理提供了有利的条件，形成了“两参一改”比较完整的企业管理改革经验。

“两参一改三结合”的意义

“两参一改三结合”经验是在全面建设社会主义的历史时期形成的，是在 1958 年毛泽东提出要把党和国家的工作重点转移到技术革命和社会主义建设上来的形势下形成的，因此具有一定的历史特征。1981 年 6 月 27 日，党的十一届六中全会通过的《关于建国以来党的若干历史问题的决议》中把“两参一改三结合”经验纳入了毛泽东思想。该决议指出：“强调工人是企业的主人，要实行干部参加劳动，工人参加管理，改革不合理的规章制度和技术人员、工人、干部三结合。”

综合起来，“两参一改三结合”有以下四点意义：一是进一步改善了干群关系。在社会主义国家里，当所有制问题解决以后，在生产关系中最重要的问题，就是在生产过程中人与人之间的关系，特别是领导和群众的关系。干部遵照中央指示参加生产劳动以后，干群关系发生了根本性的变化，企业里“干部既管理又劳动，工人既生产又管理”，领导干部、管理人员与工人只有分工职责的不同，没有高低贵贱的差别，逐步形成了一种新型的同志式的干群关系。二是极大地调动了群众办好社会主义企业的积极性。企业管理工作一般都是由干部和专业管理人员去做，工人只是生产操作，从不参加具体专业管理，这种生产关系不仅影响工人关心企业的积极性，而且使企业管理失去了群众基础。“三华”工人通过参加管理，主人翁意识大大增强，爱厂如家，办好社会主义企业的积极性得到充分发挥。三是为生产的发展扫除了障碍。在实行干部参加劳动、工人参加管理的同时，以改革规章制度为内容的业务改革，为生产的进一步发展和管理工作的提高扫除了障碍，大大提高了生产效率，解放了生产力，从而使“三华”以及其他企业都能出色地完成各个时期的生产任务。四是各类人员的聪明才智得到较好的发挥。“两参一改三结合”是党的群众路线在企业管理上的运用，它最突出的作用是调动了企业各方面的积极性。其中，技术人员、工人、干部三结合，是发挥各类人员聪明才智的好形式。因而在企业里，无论是在宏观决策上还是在微观管理上，无论是在技术革新、产品开发上还是在企业经营上，都得到了应用。由于“三结合”把工人的生产实践经验、工程技术人员掌握的科技知识与业务专长、领导干部的决策水平合为一体，集思广益、扬长避短，因而调动了企业各方面的积极性。

毛主席发出建设小三线的指示

◎ 沈恩洪

地方军工是为了适应国际形势发展变化，适应战备工作的需要而发展起来的。20 世纪 60 年代初期，国际形势非常严峻，我国四面被军事包围，经济受到封锁，国家的安全、社会主义的建设受到了严重威胁。

在这种形势下，中共中央和毛泽东在 1964—1965 年对建设地方军工和建设三线问题，作过一系列的重要指示，要求全党全军和全国人民，在思想上和工作上准备应付最严重的局面，立足早打、大打、打核战争。要求以大行政区或省为单位，建立地方军事工业，能制造步枪、手榴弹、迫击炮及其弹药等轻武器，强调各省要有自己的根据地，要有游击战的思想准备。

根据上述精神，1964 年 8 月在北京召开了国防工业会议。当时参加会议的代表都认为中共中央和毛泽东关于建设地方军工的战略部署必须说办就办，越快越好，要抢在战争爆发之前做好准备。会议对地方军工的生产品种、建设原则、协作分工、实施步骤等问题都进行了仔细的讨论，并拟订了地方军

沈恩洪，1930 年生，辽宁沈阳人，1952 年参加工作，历任中央兵工局劳动工资处科员，二机部一局劳资处科员，一机部五局计划处科员，三机部五局计划处科员，五机部计划司副科长、七局生产组副科长，兵器部计划司年度计划处副处长、地方军工处副处长，国家机械委信息管理司副处长，中国北方工业（集团）总公司、中国兵器工业总公司发展规划部统计信息处副处长等职。

工第一批建设规划草案。会后，以总参谋长兼国务院国防工办主任罗瑞卿的名义向中央作了报告。中共中央于 10 月批准了这个规划，要求第一步规划在 3 年内实现，并指示各地区、各有关部门要紧密配合、大力协同、分秒必争，千万不要拖拖沓沓，贻误时机。

为了搞好归口管理，1964 年 10 月，国务院批准五机部成立地方军工局（以下简称五机部七局），其主要职责是在国务院国防工办和国家计委的具体组织下，负责地方军工和军工动员的生产、建设业务归口管理工作。七局开始组建时，由张世翼、郑涛任副局长，刘贵福和张奎元任局总工程师，下设四处一室，即计划处、技术一处、技术二处、动员处和办公室。七局刚成立，我就由计划司调到计划处搞地方军工的规划和年度生产、建设计划的综合工作，参加了许多具体计划工作，也跟随部、局、处领导参加了一些重要会议。今天回忆起来许多事情仍历历在目。

记得 1964 年 12 月在北京召开有 6 个行政区、大军区和 26 个省、自治区、直辖市人民政府主管部门和国务院有关部门参加的全国地方军工计划会议。会议由国务院国防工办副主任赵尔陆亲自主持，五机部由副部长杨绍曾带领有关人员参加。中心议题是研究和商定各大行政区的地方军工项目、产品种类和区内布局以及 1965 年计划开工的项目与产品试制、生产计划。这次会后，轰轰烈烈的地方军工建设和生产的帷幕正式拉开了。

★ 地方军工厂 130 毫米加农炮子母弹生产线（于学驷供图）

1964年10月，毛泽东在中共广东省委《关于国防工业和三线战备工作的请示报告》上批示：一、二线的省，讨论一下自己的三线问题，向中央提出报告。1965年6月，中共中央批准了各省小三线建设规划。规划中除军品生产外，还包括了为地方军工配套的冶金、机械、化工、电力、林业、煤炭、交通、通信、仓库、医疗卫生等为主要内容的建设，规划中的地方军工建设项目，由原规划的154项调整为202项，总投资达9.4亿元。

在地方军工建设、生产过程中，根据形势的发展需要，进行过多次调整，到1985年年底，地方军工的企事业单位，已发展到229个，职工队伍达25万余人，拥有金属切削机床3万余台。

在地方军工规划的实施中，各大行政区、大军区、省军区、各省、国务院各有关部委，都先后成立了小三线建设领导机构，负责勘察厂址、审查设计、组织设备和物资供应、组织专业技术力量的调配培训和指挥当地民工进行施工。各级都由领导亲自抓。全国各行各业都把支援地方军工和三线建设作为加强战备，支援国防工业建设的光荣任务来完成，全国呈现出全党办军工，各行各业支援三线建设的生动局面。

为了做好选厂定点工作，六大行政区还分别组织了联合选厂定点小组。五机部曾选调技术领导干部和技术骨干47名，在副部长杨绍曾领导下，分成6个技术指导小组，分别到各大行政区协助勘察地形、选择厂址，编制建设规划。

在施工中，各地都采取了现场办公的做法，统一领导和指挥建设。如河北建设先锋机械厂时，曾组成有省军区、省计委、经委、财政厅、机械厅、劳动局等15个厅局负责人的现场指挥部。省委书记李颉伯任总指挥，省计委副主任王子兴、经委副主任田再培、省军区副司令员杨有山、省国防工办王江涛任副总指挥，指挥部现场就地解决问题，保定地委组织曲阳、阜平两县32个公社5000多名社员组成建厂民工团，阜平县副县长张树庭、曲阳县副县长石寿鹏任民工团正副指挥，民工按军事化编成营、连、排、班进行施工，限期完工。整个工地形成了领导干部、工厂职工和公社社员一起日以继夜的总体大会战。在建厂的同时，还组织民兵修建了从定县通往曲阳、阜平的公路支线 98 公里，工厂专用公路 50 公里。该厂的建设，从 1964 年 9 月 26 日开始动工，奋战 56 天，全面完成了土建工程，共建成各种建筑物 149 幢，总面积为 1.57 万平方米，创造了地方军工建设速度最快、周期最短的一个典型，受到中共中央的表扬，认为河北省建设地方军工厂的办法，是一个革命的多快好省的主要依靠自己的办法，值得各地参考和仿效。

在地方军工厂的建设中，贯彻了“靠山、分散、隐蔽”和“小规模、新工艺、专业化协作”的方针，各厂因地制宜，充分利用自然地形，依山就势，把企业建成不同标高、不同朝向，不同高度、长度、宽度的厂房，有的入乡随俗，把职工宿舍建成为民房式不规则的村落，把整个工厂建设在隐蔽的山区农村之中。

河北省在军工厂建设中，贯彻“不占高产田、少占可耕地，不迁居民，便利居民”的原则，受到了当地农民的拥护和称赞。在建厂时，为加强工农联盟搞好团结，曾制定了建厂“三大纪律，八项注意”。三大纪律是：统购物资不买不卖，爱护庄稼不踏农田，农林瓜果不摸不摘。八项注意是：建厂占地，开荒偿还；治山造林，人人有责；农机水电，帮助修缮；泔水粪便，送给社队；农忙季节，积极支援；敬老爱幼，尊重习惯；借物送还，损坏赔偿；文教卫生，面向社员。工厂和当地县区社队联合组成山区建设办公室，负责领导工厂附近生产队的农业生产，厂内成立农林科，曾组织一百多人的山区建设专业队，支援农业生产和绿化山区；组织工厂职工参加业余劳动，同生产队在山坡上开荒，在河滩上垫土，共造田 131 亩，偿还了建厂的占地，无偿交给生产队；为了支援农业抗旱夺丰收，组织职工 1000 多人次，累计出工 6700 多个，浇地 550 亩，种麦 105 亩，秋收 104 亩，深翻土地 278 亩；帮助 6 个生产队架设电线，为 500 多户农民安装上电灯，这些都使社员更加热爱工厂，自觉为工厂巡逻放哨，保卫工厂安全。

在地方军工的建设中，企业发扬老兵工艰苦创业的传统，贯彻自力更生、勤俭办企业的方针和生产从精、生活从简的原则，为加快建设进度，降

★ 湖南9656厂生产的12.7毫米高射机枪及设计主持人朱德林（于学驷供图）

低工程造价，动员广大职工和家属参加建厂劳动。如广西在建设建华机械厂时，组织仅有的百余名职工和家属，上山竖线杆，开山修路，挖土方平地基，铺设管道，用不到半年时间就完成了三通（路、水、电）一平工程，共挖土方50000多立方米，搬运河沙3000多立方米，搬运片石8000多立方米，修公路16公里，架电线15公里，盖了700多平方米宿舍，为国家节约投资11.2万元。在职工宿舍的建设中，各地都学"大庆"入乡随俗，就地取材搞"干打垒"式宿舍，如黑龙江省在建厂初期曾建了"板加泥"和"拉和辫"式宿舍，山东省用石头建了"干插缝"式宿舍，陕西省建了"窑洞"式宿舍，新疆建了半地下半地上的"地窖子"式宿舍。

在地方军工的建设中，各部、各地都尽力支援，出现了不少好的做法。五机部七局为各省提供军品生产的典型工艺设计资料、产品图纸技术资料和工艺资料、有关国家现行军工专用材料的技术标准资料；指定有关专业的直属企业作为地方军工企业的对口厂；选派兵工专业关键工序的技术工人；接待与承担地方军工企业人员的参观实习和专业技术培训工作；组织支援关键工艺装置和专用设备等。仅1965—1969年，五机部直属企业为地方军工厂支援输送专业工程技术干部1874人，关键工序技术工人9996人，代培训工程技术人员和技术工人16287人次。国务院有关部委也指定了相应的业务部门，专门负责地方军工和小三线建设的业务归口工作。

各省都在省市所属企业中选调一批思想好、身体好、技术好的生产技术工人、管理干部和职工到地方军工工作。有的省选择一批技术基础较好、实力较强的民用企业，作为地方军工的班底厂，山区的新厂建成后，有的“连人带马”搬进山区，有的分迁出部分工人、干部和生产设备到地方军工。如山东省曾选择了德州机床厂、济南重型机械厂、青岛农业机械厂、汽轮机厂、自行车厂等，作为5个地方军工的班底厂。陕西省在建设中，组织省内企业，每年为地方军工安排生产军工工艺装置800至1000种，专用非标准设备400至500台。

华东地区结合贯彻沿海城市企业内迁，在组织地方军工规划建设中，曾决定上海市、江苏省除完成各自的地方军工建设任务外，还要选择部分省市企业，包建江西和安徽省的部分地方军工。江苏省决定由南京、常州、苏州和徐州市负责包建安徽省4个地方军工，曾抽调干部和技术工人2000人，在新厂正式投产后于1970年4月移交给安徽省。上海市包建了江西省12个地方军工和7个配套厂。上海自行车三厂、彭浦机器厂、重型机器厂、锅炉厂、无线电三厂、大隆机器厂、第七纺织机械厂、机电一局、高桥化工厂、吴泾化工厂、量具刃具厂都承担了承包任务。这些包建厂在地方军工建设期间，抽调人员和设备，组建产品试制线直到进行产品试制。新厂基本建成后，“连人带马”全部搬往山区新厂，投入生产，缩短了产品试制周期。

1965年开工建设的地方军工，到1967年年底已基本建成投产57个。自基本建成投产以来，经历过几次紧急战备生产的考验：为对越自卫反击战作出了贡献，为装备民兵、地方武装以及部分供应野战部队作出了成绩，同时对各地的经济建设也作出了不可磨灭的功绩。

1969年3月2日，苏联军队悍然入侵我国珍宝岛，挑起武装冲突，形势一度紧张。为加强战备，为边防部队赶制反坦克武器及弹药，当时河北、上海、山东、湖南等有关企业，加紧试制生产火箭筒及火箭弹；江西省地方军工厂加紧试制生产了高射武器弹药，供应了部队。1973年，根据战备要求，经过规划和上级批准，在部分手榴弹厂扩建了地雷生产线，解决了部队和民兵打坦克的需要。1974 年，为了解决大口径反坦克弹药的不足，在国家计委、国务院国防工办、五机部和有关省政府主管部门的组织下，在河南、湖南、贵州、陕西等地方军工，组成 85 毫米微旋破甲弹装药总装生产线，其弹体、引信、火工品由三机部、五机部直属企业的有关厂协作，解决了大口径反坦克弹的不足问题。

1979 年 2 月 17 日，我国边防部队在广西、云南边境被迫进行了对越自卫反击战。地方军工立即投入了战备生产。湖北省的地方军工急战备之所急，积极承担开辟道路的火箭爆破器的试制生产，与工程兵紧密配合，共同研制出车载式开辟道路火箭爆破扫雷装置、柔性爆破筒、班用火箭爆破器以及快速开挖野战工事等爆破器材，供应边防部队，为前线的胜利提供了保障。

改革开放以来，地方军工也开始产品结构的调整，发展民品生产，从 1981 年开始，积极参加了军贸生产，仅 1981—1985 年就为国家创汇 9 亿多美元。根据中共中央、国务院、中央军委关于“军民结合，平战结合，军品优先，以民养军”的方针和建立军民结合型新体制的要求，地方军工战线的广大职工以新的精神面貌，进行拼搏奋勇攀登，决心继续发扬老兵工光荣传统，自力更生、艰苦创业，进一步搞好生产结构和产品结构的调整，增加企业应变能力，以适应国民经济生产、建设、发展的需要。

兵器动员生产工作

◎ 张恩波

20 世纪 50 年代初期我在南京 307 厂任动员计划科长，于 1964 年调第五机械工业部计划司动员处，到 1988 年离休时止，在兵器动员战线上工作近 40 年，回想起这段工作，印象是很深刻的。

新中国成立后，随着解放战争的结束，开始转向和平建设，年轻的共和国需要有强大的国防工业，但在平时又不需要，也不可能大规模地建设兵工厂和生产大量的兵器，兵器工业平时“吃不饱”、战时“吃不了”的矛盾一开始就表露出来了，兵器动员工作就是为解决这个矛盾而提出来的。

1952 年 5 月 21 日，在周恩来的主持下，中央兵工委员会作出了《关于兵工问题的决定》。该决定指出：“现有工厂必须按照专业化及照顾军需与民用生产相结合原则加以调整。”为了兵工与民用生产在战时与平时有计划地结合，重工业部在兵工企业调整之后组织兵工总局、机器局及化工局，编制兵工生产的全国动员计划。动员工作开始列入议事日程。

为了借鉴外国的经验，1955 年 10 月以国家计委副主任顾卓新为团长、

张恩波，1927 年生，河北威县人，1946 年参加工作，历任冀南军区后勤部军工厂学徒，冀南军区财办 82 炮弹厂通讯员，太行山军工部第十三军工厂材料员，华北军工局一大厂二分厂统计员，南京 307 厂经济计划科科长，五机部、兵器部计划司副处长，国家机械委、机械电子工业部兵器发展司正处级调研员等职。

王平为副团长的考察团，赴苏联考察学习国民经济战备动员工作。二机部计划司派乔治参加了考察。回国后，考察团向中央提出了在中国展开动员工作的报告，并得到中共中央、国务院的批准。从此，在有关部门和大型工业企业中相继设立了动员机构，逐步开展了动员工作。

1956 年 2 月，二机部提出了《军工动员的建设方案》。该方案提出："一部分民用企业要实行动员体制，和平时期必须进行小部分军品生产，使工人有机会掌握军品生产技术。"毛泽东肯定了这个方案，并明确指出："要注意学会军用和民用两套生产技术，军工企业要学会民品的生产技术，民用企业要学会军品生产技术。"1956 年 4 月 25 日，毛泽东在最高国务会议上论述"十大关系"时提出：在生产上也要注意军民两用，注意学会军用和民用的两套生产技术，要有两套生产设备，平时为民用生产，一旦有事，就可把民用生产转化为军用生产。兵器动员工作就是在"军民结合，平战结合，寓军于民"的方针指导下发展起来的。

从此，动员工作从两个方面展开：一是国防工业内部的动员。1955 年 4 月，二机部计划司成立了动员计划处，乔治任处长，这是国防工业部门成立的第一个动员机构。此后，军工企业相继建立了动员计划科（简称三科），普遍开展了查定生产能力，编制动员计划，制订战时扩产方案，建立物资储备，培养技术力量，绘制战时工艺平面布置图等工作。二是在民用工业企业进行了动员试点，1958 年在一机部沈阳风动工具厂建立了第一条军工生产线，生

★ 洛阳拖拉机厂生产的 59-2A 中型坦克（于学驷供图）

★ 四川建筑机械厂生产的 523 轮式装甲输送车（于学驷供图）

产半自动步枪。为了使兵器动员工作有计划、有步骤地开展，在准备和试点的基础上，国家计委于 1959 年组织有关部门编制了 1960—1962 年三年兵器动员规划。规定所有被动员的民用企业，要在三年内分期分批地进行军品试制和批量生产，以便掌握军品生产技术和经验。记得当时确定动员企业的原则是：“工艺相近、产品相似、经济合理、布局适当、设备通用、协作方便。”在规划中选择了有 5 吨以上的铸钢设备、10 吨模锻锤、800 至 2000 吨冲压水压机、3 米以上的大型立车以及中小件机械加工设备较多的重型机器厂、矿山机械厂、锅炉厂、机械厂作为生产坦克、牵引车辆的动员厂；选择有炼钢设备、200 吨以下的锻压水压机、6 至 10 米中心距的大型机床的矿山机械厂、通用机械厂、大型机床厂动员生产后膛炮；选择普通车床较多的中型、小型机床厂和通用机械厂动员生产结构简单的前膛炮；选择具有精密小件加工车床和铣床较多的机床厂、风动工具厂动员生产枪支。三年规划拟动员 104 个企业，承担的军品有坦克、装甲输送车、发动机、各种火炮、火箭炮、火箭筒、各种炮弹、引信、鱼雷、雷达等产品，要求从 1960 年开始试制的有 6 个厂，其中富拉尔基重型机器厂试制中型坦克，北京第一机床厂试制 122 毫米榴弹炮，上海石油机械配件厂试制机关枪，上海惠工机床厂、沈阳风动工具厂试制半自动步枪，无锡安全开关厂试制引信。规划安排 1961 年为试制准备材料和资金，为建立动员能力准备物资条件，为编制长期动员计划准备资料。1961 年共安排动员费 3600 万元，其中动员措施费 1500 万元，动员事业费 2100 万元；安排了动员产品试制和工艺准备用的钢材 300 吨。在制定三年动员规划时对民用工业企业转产军品的工艺结合情况、地区内协作配套情况、战时可能动员的最大生产能力都作了全面的分析，并逐项进行落实。这为 1962 年的动员大发展，以及后来的工作准备了条件。

回顾兵器动员工作的过程，可以非常明显地看出，动员工作的发展与国际、国内形势密切相关。从 20 世纪 50 年代起步直到 1978 年开始调整，其间有过三次大的发展，每次大发展都是适应了形势的需要、战备的需要。

第一次大发展是在 1962 年的备战整军时期，为了粉碎国民党军队窜犯东南沿海地区的企图，进行了大动员。1962年6月10日，中共中央发出准备粉碎国民党军队窜犯东南沿海地区的指示，要求全党、全军、全国人民提高警惕，从各方面做好准备。当时专业军工厂的生产能力，远远不能满足备战的要求。例如，手榴弹只能满足11%，迫击炮弹只能满足28%，其他也有不同程度的缺乏。为了满足备战需要，国家计委、总参谋部于1962年5月5日联合成立了战时人力、物力动员计划筹备小组。三机部于1962年6月11日成立了战备动员办公室，专门负责组织兵器的内部和外部动员工作。首先组织了木柄手榴弹和82毫米迫击炮弹的建线、试制和生产。木柄手榴弹当年的动员生产任务为300万枚，分布在北京、上海、湖南的19个民用企业；82毫米迫击炮半备弹当年建成能力440万发，生产任务100万发，分布在辽宁、黑龙江、湖北、湖南、江苏、上海等17个民用企业。1962年7月，国家又下达了第二批战备动员任务，有航空炸弹、深水炸弹、发烟罐、引信、地雷发火件、二硝基萘、82毫米迫击炮炮镜、75毫米无坐力炮炮镜、15倍望远镜、大倍率望远镜等共10个品种，分布在东北、中南、华北、华东四个大区的12个民用企业。1962年先后对9个部委所属的67个民用企业进行了动员生产。动员生产的产品有枪械、火炮、弹药、光学器材等7大类，25个品种。这次动员的速度是很快的，不到半年时间，就完成了从制定规划、选厂定点、组建生产线、试制准备、批量生产的全过程。生产了一批缺门短线产品，为

★ 富拉尔基第一重型机器厂生产的双管130毫米岸炮（于学驷供图）

战备作出了应有的贡献。这批动员厂就其生产规模而言，相当于第一个五年计划期间兵器专业工厂的生产水平；就其技术装备来看，更超过了那时的水平。后来，由于形势趋向缓和，对这批动员厂进行了调整，有上有下，到1964年年底，在11个部委范围内共有55个民用厂，承担了14类34个兵器产品。尤其是在这个时期内，组建了双管130毫米海岸炮和轮式装甲输送车生产线，填补了兵器生产空白，解决了专业军工“独生子”问题。国家计委、一机部、三机部于1963年8月联合召开了动员企业厂长座谈会，总结了民用工业企业动员情况，讨论了《民用工业的战时动员与平时准备的工作条例》，研究了今后开展动员工作的意见。为了对动员工作进行全面规划，经国务院、中央军委批准，以国家计委为主组织各自有关部门于1963年10月至1964年6月在华东、华北、西南、西北、东北、中南六个大区进行了调查研究，我参加了西南地区调研组。这次调查面是很广的，几乎对全国的国营工业企业普遍进行了调查，通过调查选定了300余个动员企业。

第二次大发展是在1965年的援越抗美斗争中，又增加了一批新的动员点和新的产品。1964年，美帝国主义利用其武器装备的优势，侵越战争不断升级，并不断派遣飞机入侵我国领空，形势急需提供大量高射武器和弹药。当时，只有两个高炮专业厂，其生产能力与需要相比差距很大。毛泽东在接见赴越参战的代表时说，要加强高射武器和光学配套产品的生产建设。1964年10月，五机部召开了“高光专案”会议，一方面部署增加4套37高射炮和炮弹以及光学仪器厂的建设任务。另一方面国家计委、五机部、一机部在民用工业企业中进行了以高射武器为主的动员生产线的建设。先后在北京起重机厂、太原矿山机器厂、上海建筑机械厂、洛阳矿山机械厂、齐齐哈尔第二机械厂各建了一条37毫米高射炮动员生产线。这5条动员生产线，从1966年建设至1968年年底，在3年中不仅建成了生产能力，还生产了452门炮，有的达到了设计能力，解决了战备急需。从1965年至1968年在全国15个省、市、自治区内共建设了43条动员生产线，其中高射武器及弹药24条，占56%；光学配套产品9条，占21%；火炸药6条，占14%，另外还建了130毫米舰炮、130毫米加农炮、6501仪器车、半自动步枪各一条。这个时期建的动员生产线是总结了1962年动员的经验，工作较细，通过调查研究，制定规划，选厂定点，编制计划，下达设计任务书，编制扩大初步设计，按规定进行试制鉴定，最后转入批量生产。因此，这批动员生产线质量较高，为当时和后来的战备作出了重要贡献。

第三次大发展是在1969年珍宝岛事件后，全国进入战备高潮。常规兵器工业领导小组在北京召开了常规兵器规划会议，分析了部队提出的装备需要，认为无论品种、数量或时间进度都不能满足，必须在民用工业进行大规模动员生产。这次大规划，涉及全国25个省、市、自治区，横跨18个部、委，共动员3000多个民用厂（含1962年、1965年动员的），先后组建了500多条兵器动员生产线，承担了百余种产品，有很多生产线在较短的时间内就形成了生产能力，生产出产品，装备了部队，增强了战备实力。这次动员的面广，产品项目多。

以上三个发展阶段，基本上反映了兵器动员生产线建设的特点和发展的过程。每当回想起那时的动员工作情况时，许多感人肺腑、动人心弦的事情就涌现在眼前。民用工业搞军工生产，本来就存在产品不熟、工艺不同、要求特殊等许多难题，加之又是紧急战备，任务重、时间紧，各地、各厂都可以摆出一大堆问题，但是大敌当前，显示了中华民族的凝聚力和不畏艰难的奋斗精神。把任务背了回去，群策群力想办法，产品不熟悉抓紧学，没有设备自己造，费用不够，地方和工厂自己想办法，没有一个叫苦的，紧张的时候干部、工人吃在车间、睡在车间，有的几天几夜不合眼。就是在这种精神指引下，各省、市、自治区领导和中央有关部委的领导都亲自动手抓，在各自的范围内，发动群众，搞大协作，“一厂一角，百厂成线”，许多复杂的兵器产品就这样生产出来了，很快送到了部队。通过规划、建线、生产等一系列的动员活动，从上到下，逐步建立了各级动员组织机构，除个别没有动员任务的外，全国各省、市、自治区都先后在计委、经委或机械厅（局）设立了动员办公室。单是各省、市、自治区专门从事动员工作的人员最多时达到

300多人，直接从事兵器动员生产的人员约20万人以上。他们对兵器动员生产的规划、选点建线、组织生产，直至生产线的封存、启封等整个动员工作的全过程都摸索了不少办法，积累了不少经验，今后一旦有事，需要进行动员生产时，就会快得多、容易得多。要十分重视、十分珍惜这批人才，让他们传递和继承下去。记得这也是在一次动员工作会议上不少人的一致看法。

兵器动员生产线建设三次大发展后，随着战备任务的完成，转入正常生产后，一般都有所调整、收缩，真正转入正常生产的多为专业工厂的缺门短线。多数情况下，每年只有几十条生产线能有生产任务。特别是进入20世纪70年代末80年代初，国际、国内形势发生了很大的变化，军品订货急剧减少，专业军工厂面临军转民的任务，动员生产线转向民品生产更是当务之急，之后兵器动员工作的主要任务就进入了调整、整顿、封存生产线的阶段。

回顾几十年的兵器动员工作时，我常常想到一个问题，兵器生产动员工作究竟有哪些成绩呢？生产了10多万门（具）火炮、火箭炮，近200万支（挺）枪，近2000辆坦克车辆，近300万发炮弹等，支援了战备、装备了部队、援助了第三世界国家、参加了军贸、创收了外汇，这些物质上的收获是人人都能看得见的。但是，有两个更重要的方面却不太引人注意。第一，通过动员，起到了“军促民、民促军”的作用，许多民用工业的先进工艺技术，大量用到了军品生产上，而民用工业则扩大了技术装备，增强了生产能力，许多名不见经传的小厂，通过动员生产，被发展成了国民经济的骨干生产厂，如鞍山起重机厂，原是一个只有400人、70多台设备、5000多平方米工房的小厂，只能生产一个规格品种的手动葫芦，后来发展成了能生产10万发40火箭弹和近万台多种规格品种的自动与装载起重机的工厂；又如，广州人民机器厂，由一个小厂发展成了全国生产方便面生产线的主要厂家。第二，通过实践，从上到下锻炼和培养出了一大批懂得兵器产品，善于组织动员生产的专业干部和工人，他们是国家的宝贵财富，不论战时和平时都是能够长期起作用的。这也是我长期从事兵器动员工作感受最深的一点。

第一次坦克大会战

◎ 于学驷

20 世纪 70 年代初期，经中央军委批准，由装甲兵牵头，五机部为主在全国范围内组织了一次坦克车辆科研会战，历时 5 年。因领导机关主官的调整，使本来再努力一下就可以到手的 5 种新一代坦克车辆被迫中止科研，浪费了大量的人力、物力。尽管它所取得的成果为后来坦克车辆科研、设计打下了基础，但这种因领导意志导致的科研项目夭折，其经验教训值得认真吸取。

新型坦克车辆会战的历史背景

1969 年 3 月 2 日，中苏边境爆发珍宝岛事件，两军交锋中暴露出我军反坦克武器薄弱的严重问题。同年 8 月 23 日国务院业务组在北京召开反坦克武器会议，研究发展反坦克武器的科研与生产问题。会议决定以五机部为主，炮兵、装甲兵、十一研究院参加组成反坦克武器会战指挥部及其办公室，加速反坦克武器的科研与生产。坦克是反坦克的重要手段，这次会议决定吸收

于学驷，1931 年生，山东青州人，曾在五机部科教组工作，兵器工业部兵工史编审办主任。

★ 参加二四会战的几位同志合影（右二为于学驷）（于学驷供图）

苏军 T-62 坦克的先进技术，重新研制代号为“121”的中型坦克。会战办公室内设一个小组专司其事，成员有我（代表五机部）和装甲兵的杜冠如、李西山。原装甲兵研究院院长麻志皓经常亲临科研第一线指导工作。121 中型坦克在火力、火控、机动性等方面，比 59 式中型坦克有较大提高，但总体性能与国外同类型坦克相比还有较大差距。这时，第一代轻型坦克、水陆坦克也正在研究改进。

装甲兵为适应未来战争的需要，向五机部提出研制第二代中型坦克、轻型坦克、水陆坦克、装甲输送车的要求。1970 年 11 月，装甲兵、五机部在北京召开第二代坦克车辆论证会议，五机部部分工厂、研究所，装甲兵研究所，北京工业学院等单位参加，会议由装甲兵副司令员钟人仿主持。与会技术人员将近几年的科研成果拿到会上，草拟了多种设计方案。火力方面，鉴于苏军中型坦克的坦克炮口径已经提到 115 毫米，西德正在研制 120 毫米坦克炮，经过初步计算，提出研制 120 毫米坦克炮的建议，为减少部队后方勤务工作，建议与炮兵同步发展。会议期间，五机部陈锐霆副部长约请装甲兵钟人仿副司令、炮兵钟辉副司令、总后装备部封永顺部长在五机部磋商，一致同意陆军武器增加 120 毫米火炮序列。现装备的轻型坦克、水陆坦克均采用 85 毫米线膛炮，火力较弱，麻志皓提议将 100 毫米坦克炮改制成短身管 100 毫米坦克炮，提高轻型坦克、水陆坦克火力，得到炮厂、坦克厂支持，随后在轻型坦克上做了模拟试验。建议研制车载反坦克导弹。机动性方面，拟研制多种坦克发动机。火控方面，研制坦克炮弹道计算机。光学仪器方面，研制微光夜视仪。新材料方面，研制多种新型装甲钢、炮钢和坦克用铝合金材料。车体方面，采用液压操纵、液力传动装置、空气液压悬挂（以下简称三液）等。会议决定用一年半时间，即 1971 年下半年研制出样车。会后，装甲兵将研制 5 种新型坦克车辆论证情况上报中央军委。中央军委于 1970 年 2 月 4 日批准这个报告，并决定由装甲兵牵头，国家计委、军委国防工办、五机部共同组成会战指挥部，钟人仿任组长，成员有陈锐霆、陈文祥（国家计委军工局局长）、乔治（军委国防工办副主任）、宋昆（第二十研究院政治委员）、麻志皓（装甲兵后勤部副部长），在装甲兵内设会战办公室（以下简称二四会办）具体组织和协调会战工作。装甲兵、五机部、第二十研究院任命麻志皓为主任，王怀庆、我和赵荣海为副主任。装甲兵先后从机关、院校抽调几十名精兵强将充实会战办公室，五机部从 617 厂借调宋军、孟宪源、张延均、李国俊等参加会战办公室的工作，一场轰轰烈烈的坦克车辆会战拉开帷幕。

一次空前规模的科研会战

会战指挥部于 1970 年 2 月 28 日至 3 月 2 日在北京召开落实研制任务会议（即 218 会议），商定成立 13 个会战组：即以 617 厂为主的中型坦克（代号 122）会战组，以 674 厂为主的轻型坦克（代号 132）会战组，以 256 厂为主的水陆坦克（代号 212）会战组，以 618 厂为主的履带式装甲车（代号 532）会战组，以第二十院坦克研究所为主的轮式装甲车（代号 522）会战组，以 616 厂、70 研究所为主的发动机会战组，以 447 厂为主的 120 毫米坦克炮会战组，以 247 厂为主的 100 毫米坦克炮、85 毫米坦克同心炮会战组，以 447 厂为主的双向稳定器会战组，以 298 厂等为主的光学仪器会战组，以 710 厂为主的坦克电台会战组，以湘潭电机厂为主的电气会战组。后又增加了以 52 研究所、鞍钢等为主的装甲材料会战组等。这次会战有 180

个研究所、工厂、院校参加，涉及中央各个工业部门和中国科学院，直接参加会战的人员近 3000 人。

参加会战的单位按照 218 会议确定的任务和进度，立即组织设计队伍，开展设计研究工作。122 会战组在一周内集中了 60 研究所、617 厂、北京工业学院、装甲兵研究所 183 人的设计班子，预计 4 月 15 日拿出设计方案提请二四会办审定；532 会战组，由 618 厂、装甲兵研究所、北京工业学院抽调 47 人组成设计班子，他们在研究设计方案的同时，发动全厂职工提设计意见，集中群众智慧设计出 5 个方案，提请上级审定。

4 月 19 日至 20 日二四会办在北京审议 122 中型坦克设计方案。装甲兵司令员陈宏亲临会场，在听取会战组汇报后说：“前几天余秋里同志在南口召集一、五、八机部部长、军管会主任开会，决定民用工业也要研制新坦克，一、八机部很积极，提出今年‘十一’前试制出 3 辆样车向国庆献礼，并向五机部挑战。二四会战不能按部就班了，也要提到今年‘十一’前出车，617 厂的代表有没有信心？”617 厂的代表说：“只要部里保证外协件，我们没有问题。”陈宏让我当场表态，我说：“任务刚刚布置下去，要提前 7 个月难度很大，回去向部领导汇报。”回部后，陈锐霆带我一起向邱创成汇报，邱创成说：“有这么回事，按陈司令的意见办，一机部、八机部也要成立一个会战办公室，准备让王本林去兼副主任，你要支持他们的工作，尽快从 60 研究所组织一个专业齐全的设计班子到洛阳拖拉机厂帮助工作。”4 月 21 日晚，会战指挥部召开会议，陈宏列席，正式提出把会战项目提前的建议，并表示装甲兵拟再抽调一批干部组织若干工作组到基层帮助抓落实。从设计到试制出一辆新式坦克，仅 5 个月时间，谈何容易！由于进度提前，许多新部件几乎没有改进试验的时间，要求一次试制成功是很困难的。领导已作出决定，只有严把设计关，严把零部件质量，把失误压缩到最低限度。毕竟是同时研制几种新型坦克车辆，把握性多大，谁心里也没有底。

参加会战的所有科技人员，以满腔热情谨慎地工作。256 厂把研制 212 水陆坦克的任务分成若干个三结合会战组，把技术人员、工人、领导干部紧紧地拧在一起，群策群力，全力以赴。617厂在“十一”前坚决拿下122中型坦克、向国庆献礼口号鼓舞下，群众性会战气氛十分浓厚，科研人员为能够参加新坦克会战而喜悦，广大工人为能参加试制新式坦克感到无比光荣自豪，各级领导干部为会战尽职尽责，科研室里灯火通明，试制车间“马不停蹄”，试验台上马达轰鸣，一派催人奋进的景象。会战给企业带来了生机和希望。447厂研制一门新炮，从设计到制造工装、冶炼钢锭，加工制作仅100多天时间，难度很大。郝继堂副厂长说，“我们再有困难，也不拖后腿”。果然，他们在与617厂商定的交炮时间内把火炮送到了617厂。第二天，郝继堂给我打电话讲：“炮按时送去了。”对此我表示感谢并祝贺。

所有会战组经过150个不眠之夜，历经艰难曲折，于1970年9月27日前后，除反坦克导弹外均按计划提前完成第一阶段任务。5种新型坦克车辆陆续运往北京。5个月来，许多同志熬红了眼，身体消瘦了，有的病倒了。532会战组邱工程师，在水龙头水库做水上试验时，车头下沉不幸牺

★ 122中型坦克样车（于学驷供图）

★ 132轻型坦克（于学驷供图）

★ “三机”122坦克样车（于学驷供图）

★ 532装甲输送车（于学驷供图）

牲。120 毫米榴弹会战组在大连做射击试验时发生膛炸，幸未伤人。半可燃药筒会战组在白城子靶场试验时发生事故，一名战士光荣牺牲，为突击性的会战付出了沉重的代价。

设计方案和会战部署的调整

1970 年 10 月 5 日，装甲兵在南口靶场举行了一次装甲车辆大型汇报表演，除 5 种新型坦克车外，还有 121 中型坦克、多种坦克配套车辆。中央军委办事组、国务院业务组、解放军三总部、各军兵种、国务院有关部委、北京军区的领导观看了表演。5 种新型坦克车辆是突击出来的，技术状况不够好，特别是液压系统漏油，预演时只有 532 装甲车能越野、爬坡，现场指挥部确定这几种新型坦克车辆只行驶通过检阅台。检阅开始，二四会办的领导都捏了一把汗，谢天谢地，几种新型坦克车辆顺利通过检阅台，获得一片掌声和赞誉。但二四会办的同志都明白，这 5 种新型坦克车辆只能是一个论证样车，下一步的工作还很多！当晚，军委办事组开会，对装甲兵的工作倍加赞赏，要求各军兵种向装甲兵学习，这对五机部的压力更大了。10 月 10 日，装甲兵在南口召开汇报表演总结大会，陈宏在这个 400 多人参加的大会上突然提出，二四会战项目 1971 年“七一”定型。会后我与麻志皓因此发生激烈的争论，不欢而散。当晚，陈宏给陈锐霆打电话，邀五机部主管坦克生产、科研的同志交换意见。第二天，陈锐霆通知生产组副局长李守文和我到京西宾馆会见陈宏，鉴于头一天我与陈宏、麻志皓的争执，特别嘱咐我耐心地听陈宏的意见。陈宏见我来了，说了几句客套话，总的意思希望五机部支持他“七一”前把装甲兵的技术装备全部搞出来。回来后邱创成、张连奎和陈锐霆听了我们的汇报，表示就按陈宏的意见办！

10 月 29 日至 11 月 5 日，会战指挥部在北京召开落实“七一”定型任务会议。会议领导小组开会时，我反映几个会战组提出如果“七一”要定型，五机部负责的 4 种新车的设计方案就必须作大的调整，三液的车全部下，改用比较成熟的技术，有的车部分下，区别对待。赵荣海支持我的意见，会议出现严重分歧。反映到陈宏那里，当晚陈宏、姚国民，还有几位副司令、副政委来到会场，召集二四会办领导和主要科技人员开会，听取大家对设计方案的意见，最后形成折中方案，三液车和机械传动的车同时研制，同时做定型试验。国务院、中央军委于 1970 年 11 月 27 日以（70）国发 92 号文件批准《6 种新型车辆定型车任务落实会议纪要》(后增加一种轮式与履带式合一装甲车，由二十研究院坦克研究所负责)，各会战组按照 92 号文件精神开始第二轮会战。

第二轮会战，仍是一项突击性任务，从下达任务到研制出能够做定型试验的新车只有 3 个月时间，无疑是一项更复杂、更繁重、更艰巨的工作，在这么短的时间内，几乎没有时间对第一轮样车进行分析、研究、改进，有的部件不得不使用第一轮样车的设计方案，质量与进度的矛盾十分突出。在这种情况下，五机部发出 557 号文件，强调定型车辆是提供国家做定型试验的产品，所采用的新材料、新技术、新部件一定要经过比较充分的试验才能移交部队做定型试验。各会战组按照部里的指示，一丝不苟，严把质量关。1971 年第一季度各型车相继完成试制工作，有的车还赶上了冬季试验。

1971 年春天，装甲兵组织了庞大的定型试验队对几种新车做定型试验。122 中型坦克、132 轻型坦克、212 水陆坦克于 7 月在苏州进行了夏季试验，此外，还在广州、桂林、湛江、酒泉、北京、白城子等地进行了不同车型的特定项目试验。定型试验中不断暴露出质量问题，边试边改，持续到 1972 年。132 轻型坦克按照试车大纲的要求，完成各项试验，674 厂写出申请设计定型报告，其他车做了部分试验，因整车重量超过设计指标等原因，需要调整战术技术指标或设计方案，回过头来做研究、设计工作。

南京坦克发展方向会议导致二四会战下马

1971 年，各型坦克车辆定型试验暴露出许多问题，如新研制的发动机在行车试验和台架试验中多次出现故障，火炮没有做使用寿命试验，微光夜视仪的视距没有达到设计要求，全车重量超过指标等。一些部件需要重新设计或进行考核试验，整车的战术技术指标需要进一步论证。所以，从 1972 年起，各会战组把工作重心放在部件攻关和设计方案补充论证上。至 1973 年下半年，部件攻关取得很大成绩，120 毫米坦克炮通过使用寿命试验，V8-135 发动机通过 350 摩托小时台架试验，892 单边带电台突破了技术关，几个车型总体设计方案补充论证业已完成等。由于使用部门与设计部门对部分战术技术指标有不同意见，久拖不决，整个会战进展缓慢。

1972 年以后，装甲兵和五机部领导机关人事变动较大，决策人员的调整，直接关系到会战的成败。我于 1973 年 9 月 4 日向装甲兵党委、五机部党的核心小组写了《请求尽快审查新型坦克设计方案的报告》，以求推动会战工作。装甲兵科研部门认真地研究了这个报告，向装甲兵首长呈送了《关于几个车型补充论证的汇报》，提出了下一步会战工作的安排。装甲兵新任主管领导批示“先搞装备发展论证，再搞几个车型论证，否则车型论证没有方向和依据”，于是把会战工作搁浅。装甲兵主管领导按照这个思路于 1974 年 11 月 29 日向装甲兵党委写了《关于装甲兵装备发展方向问题的报告》，对坦克发展方向提出了与开始搞会战时相悖的 4 条原则：一是“我们的坦克应按机动—火力—防护的原则进行设计和改进”，修正了二四会战确立的以火力为主的设计思想；二是“目前坦克火炮的口径，中型坦克 100 毫米，轻型坦克 85 毫米是适宜的”，否定了二四会战研制的 120 毫米和 100 毫米短身管坦克炮；三是“我国未来中型坦克的防护能力，以保持目前 59 式坦克的防护力为宜”，意味着要降低整车重量，否定了补充论证方案；四是“近三年内要狠抓现装备的齐装配套”，就是说把搞新型坦克、车辆的科研会战停下来。

装甲兵于 1975 年 5 月在南京以上述思路召开装备发展方向会议。对正在研制的 6 种新型坦克车辆，只保留了 532 履带式装甲车，其余停止研制；要求五机部研制 69 式中型坦克、131 轻型坦克、211 水陆坦克的改进型；按照以机动性为主的设计思想，要求五机部安排研制超轻型坦克。会后，由于五机部等单位对研制超轻型坦克有异议，装甲兵决定由装甲兵研究所为主研制。鉴于会战项目下马，装甲兵于1975年年初向中央军委报告，拟撤销二四会战指挥部及其办公室，中央军委于1975年1月20日批准了这个报告。至此，这次以研制新一代坦克车辆的会战宣告结束。

二四会战尽管存在领导操之过急的问题，但如果大家同心协力，坚持下来，不断改进，20世纪70年代后期第二代坦克车辆定型、投产是可以期待的。我认为南京会议断送了更新一代新技术装备的时机，是非常可惜的。而且，南京会议确定的设计理念，并没有经得起历史的考验。几年后，在进行第三代坦克论证时，火力优先的设计思路再次被确认。

会战成果

二四会战是在当年苏军大军压境的历史背景下发生的。我国坦克科技工作者按照国家部署投入战备，忘我劳动、无私奉献，历时五年，取得了丰硕的成果。一是研制了坦克和装甲车辆的两轮、三轮样车。132轻型坦克通过了设计定型试验，正式申请设计定型。122中型坦克、212水陆坦克、523装甲车都正式按照试验大纲进行了定型试验和改进。从1970年218会议至1971年4月仅14个月，6种新型装甲车辆研制出两轮样车，这是历史奇迹。二是培养和锻炼了一大批年富力强、富有创造精神的技术骨干。在整体进度难以推进的情况下，他们锲而不舍、不遗余力地改进和测试部件。120毫米火炮用榴弹、破甲弹已经批准设计定型。120毫米火炮及穿甲弹已经做定型试验。多种仪器、设备、电台、“三防装置”和反坦克导弹都取得了阶段性成果。三是建立了坦克科研全国网络。二四会战得到中国科学院有关研究所，冶金、化工、石油、轻工、机械以及国防工业各部门的大力帮助，建立起合作伙伴关系。四是科技管理决策者汲取了经验。装备的研发是对新技术的探索过程，设计方案进行必要的调整和修正是正常的。在“1029会议”上，陈宏、姚国民等装甲兵领导亲自下来听取意见，果断修正了设计方案，是非常难能可贵的。科研工作贵在坚持，朝令夕改是科研工作的大忌，这应当是一条历史经验和教训。

步枪发展的曲折历程

◎ 李伟如

步枪是轻武器大家族中最基本和最重要的成员，也是步兵的主战武器。因此，回顾与展望我国步枪的发展历程，对轻武器今后的发展是有益的。

第二次世界大战后，轻武器进入了一个新的发展活跃期。在此期间，各国步枪为了满足现代战争的需要，在战术性能上，都致力于增强火力，提高机动，追求突击性；在武器系统上，致力于点面（火力）结合，软硬（目标）结合，追求多功能；在装备体制上，追求系列化、通用化、标准化；在制造技术上，日益广泛地应用新材料、新工艺。战后频繁不断的局部战争以及随之而来的军火贸易，为步枪的发展提供了客观需要，新技术、新材料、新工艺的长足进步为步枪的发展提供了满足这些需求的物质基础。因此，战后时期，尤其是 20 世纪 60 年代以来，世界各主要国家研制的步枪品种越来越多，更新换代的周期越来越短，呈现出一种前所未有的活跃和竞争的局面。

第二次世界大战后的世界步枪，以美、苏、西欧为代表，基本是沿着自

李伟如，1934 年生，山东利津人，先后在军械部轻武器研究所、五机部第九研究所、兵器工业部 208 研究所从事军工科研工作，历任研究员、研究所所长，中国兵器总公司科技委员会副主任及专家委员会副主任等职。

★ 1987 年，208 所所长李伟如（前）在该所创办的“中国北方国际射击场”剪彩仪式上向张爱萍上将（二排右二）、国防科委政委伍绍祖（二排右一）及中外来宾致欢迎词（于学驷供图）

动化、小口径、枪族化、多功能几条主线向前发展的。新中国成立以后，我国的步枪发展也走过了与世界步枪发展大体相同的发展道路，即 53 式 7.62 毫米步骑枪（仿苏）—56 式 7.62 毫米半自动步枪及 56 式 7.62 毫米冲锋枪（仿苏）—63 式 7.62 毫米自动步枪（仿苏）—56 式 7.62 毫米半自动步枪（仿苏）—81 式 7.62 毫米自动步枪及枪族—小口径 5.8 毫米突击步枪及枪族。

40 年来，我国的步枪从无到有，从仿制到独立设计，从内装到外贸，都取得了巨大的成绩。但是，由于多方面的原因，发展的道路也是不平坦的。在这一发展过程中，正确与失误、前进与后退、螺旋式上升和“O”形运动错综复杂地交织在一起，为我们今后的管理与决策提供了丰富的经验。

其中特别值得回顾与总结的有三件事。

第一件事是，我国自行设计的第一支自动步枪——63 式 7.62 毫米自动步枪的诞生。我国轻武器装备由仿制进入独立设计的历史性转变是从 1958 年开始的。当时，总后军械部根据国家 12 年科学技术远景发展规划纲要，从总结我军抗美援朝作战与边防自卫反击作战的经验教训入手，分析研究国际轻武器发展的趋势，制定了我国第一个轻武器发展规划。原总后军械部科研局局长李开精心地组织了这一规划的制定工作，老专家李先荣和包括我在内的刚从军事工程学院毕业的一批年轻人，为规划的制定到各参战部队做了大量的调查研究工作，并对我国轻武器的发展提出了许多重大的建议。

★ 20世纪60年代研制的7.62毫米步枪（于学驹供图）

1960年，当时的总后军械部根据我军武器发展规划的安排，部署了研制步冲（步枪与冲锋枪）合一的自动步枪的项目。接着，由工业主管部门组织了包括建设机床厂、总后军械部、轻武器研究所、北京工业学院、南京军械学校、江西军区等单位参加的自动步枪设计组，在建设机床厂开始了我国第一代自动步枪的研制。由于领导重视，战术技术要求和重大方案均由主管部门和主管科研与装备的军委领导特别是张爱萍副总长的亲自过问、果断决策，并采取了使用、科研、生产三结合的方法，各单位目标一致、要求明确、团结协作、互相支持，使研制工作进展很快，短短3年时间就完成了设计定型，命名为63式7.62毫米自动步枪，并很快投入了批量生产，装备部队。

当然，由于该枪是我国由仿制进入独立研制的第一代产品，缺乏技术储备及预研基础，设计人员也是边干边学，加之产品的结构设计又受到工厂设备和工艺条件的束缚，因而限制了该枪某些性能的提高。

第二件事是，是63式自动步枪的停产和56式7.62毫米半自动步枪的回潮。63式自动步枪投产后，为了改进工艺，提高生产效率和材料利用率，在试验不够充分的情况下，由机加机匣改为冲铆机匣，加之“文化大革命”的干扰，质量控制不严，导致射击精度下降。因此，本来存在于使用部门中对步枪自动化的两种不同意见的正常争论，又开始活跃起来，最终导致了63式自动步枪的停产和56式半自动步枪的重新装备。从1956年开始装备56式半自动步枪到1976年第二次装备该枪，间隔了20年，走了一个“O”形。

战场上提出的军事需求是武器发展的原动力和指南针。1979 年，对越自卫反击战，使我军步兵装备经受了战场的严峻考验，半自动步枪所无法达到的火力密度，又呼唤着新的自动步枪的诞生。此后不久，从 20 世纪 70 年代初期有关厂、所就在竞相研制新的 7.62 毫米自动步枪。该枪族于 1985 年被授予国家科技进步一等奖。主要设计师王志军因此被评为对国家有特殊贡献的科技工作者。从 63 式自动步枪到 81 式自动步枪，与 56 式半自动步枪的回潮不同，它不再是简单的“O”形运动，而是完成了一个螺旋式上升的过程。

第三件事是，走过艰难历程的小口径步枪的诞生。现代世界步枪的小口径化，以美国的 M16 型 5.56 毫米自动步枪的出现为标志，始于 20 世纪 60 年代初期。当时，美国陆军还未考虑到班用机枪的小口径化。在此前后，我国的一些轻武器专家对小口径化的优越性及其前景已有较深的理解和认识。我和我的同事们比国外更早地预见到小口径枪弹的威力有扩展到班用机枪上的趋势，并向领导机关提出了建议，从而导致了 1971 年全国轻武器科研工作会议对研制我国的班用枪族和通用小口径枪弹项目的安排和部署。鉴于当时国内许多人对小口径化的趋势了解不多，包括程尔康教授，谷茂本、刘学昌研究员和我在内的一批热心分子，曾为推进我国班用武器的小口径化奔走呼号，如痴如狂。我曾于 1974 年专门编纂了“恩格斯关于减小步枪口径的八条论述”，广为印发，到处游说，意在借助恩格斯的话来引起有关部门和领导对我国步枪小口径化事业的重视和支持。现在看来，当时我们对步枪小口径化的认识并不算晚，实际做起来也滞后不多，研制工作如能顺利发展，将会逐渐缩小我们和世界先进水平的差距，至少不会掉得很远。但由于种种原因，我国在 1971 年就开始起步的第一代小口径自动步枪及其枪族，在经历了 16 年以后的 1987 年才走完了设计定型的漫长路程。

其中原因之一是我国是一个大国，步机枪装备和库存量都很大，口径的改变是个大问题。领导机关和高层次的决策者对我国步枪及班用枪族的小口径化不能不持慎重态度。因此，直到5.56毫米口径被北约国家确定为步枪制式口径及获悉苏军在阿富汗战场上装备和使用了5.45毫米小口径突击步枪并掌握了其主要性能之后，领导机关才下定发展和装备小口径系统的决心。

原因之二是在基本认定了步枪小口径化这个大趋势后，对于在小口径选型问题上发生的两次大的争论，特别是采用自行研制的小口径还是采用西方的5.56毫米或苏联的5.43毫米口径的争论，持续了几年才把具体口径确定下来，从而延误一些时间。

原因之三是在开展小口径步枪的研制工作中所采取的“遍地开花”（最多时，全国有七家在竞争）的办法，带来了一些问题。这种办法虽有多方案竞争之利，但却分散了力量、分散了资金，还有低水平重复之弊，从而拖长了研制周期。如果“遍地开花”代之以集中领导下的多方案，“低水平重复”代之以在择优基础上组织全行业力量攻关，可能会搞得更快些、更好些。

从我国步枪几十年的发展历程中可以看出，轻武器研制工作具有一些不同于其他武器装备研制的固有特点，认识这些特点对于我们今后正确决策可能是有益的。这些特点是，既小又大：东西虽小，但涉及面大；既少又多：研制费用少，装备费用多；既简又繁：技术相对简单，但要在很小的设计空间，满足众多的要求，解决多种矛盾比较复杂；既易又难：具体技术决策相对比较容易，但装备决策比较困难；按传统技术搞一支枪比较容易，应用新技术、新工艺、新材料搞一支枪比较困难，如果大批量生产，还涉及工厂的设备更新、技术改造就更难。

正是这些特点，对轻武器科研管理工作提出了若干的要求，这就是：对轻武器发展中的一些重大问题，如轻武器发展规划的审批，重大型号项目的确定，重点项目总体方案的把关，甚至像步枪外形这样一些在其他武器上看来无关紧要的问题，都要实行高层次决策。否则，容易久拖不决，贻误工作。

为了给高层次决策提供科学依据，必须加强轻武器的发展战略研究、装备系列论证和型号预研工作。在研制工作的组织管理上，既要充分调动各方面和各单位的积极性，搞多方案竞争；又要集中力量，发挥各家优势，统一组织预研和攻关，打基础，上水平。各搞一摊，自成系统，低水平重复的做法不应重演。

第三篇

改革记忆

党的十一届三中全会召开后，兵器工业结束了20多年的战备状态，步入军民结合新时期。面对国防建设和国民经济建设两个主战场，全行业适应历史性大转变，加快推进武器装备现代化，实施保军重大工程，探索发展军品外贸，积极进军民品领域，不断发展壮大。1977年12月，中央军委作出《关于加速我军武器装备现代化的决定》，遵照这一指示，兵器工业把加快新型兵器研制作为首要任务，重点改进现有装备，加速新型装备研制，使我军装备接近、赶上或超过20世纪70年代世界先进水平。1980年2月，国务院、中央军委批准五机部成立中国北方工业公司，负责兵器产品进出口业务，成为兵器工业对外贸易的主要平台。军贸和对外工程承包的开展，创收了大量外汇，为开展军品和民品科研提供了资金支持。1982年1月，国防工业确立了“军民结合、平战结合、军品优先、以民养军”的十六字方针。兵器工业开始重点发展16大类、700多种民品，产品结构发生初步变化，到1985年，民品产值占比达到33%。1991年，确立了振兴民品的“军民结合、以军为本、三大系列、车辆为主”的开发方针，民品进入快速发展阶段，到1999年，民品产值占比达到81.5%，在机械、光电、化工等领域培育形成一批支柱民品。1999年7月1日，兵器行业一分为二，组建兵器工业集团和兵器装备集团，实现了兵器工业从政府管理向行业管理继而向企业经营的重大转变。进入21世纪，兵器两集团打了一场以政策性破产与重组、债转股与债务重组、主辅分离与辅业改制为主要内容的改革脱困攻坚战，兵器行业实现了从求生存到求发展的转变。

军民结合开新篇

◎张　珍

1977年，我正在中央党校学习，一天晚上10点钟，军委邓小平副主席办公室通知我于第二天上午9点开会，我问："开什么会？"答复很简单，说来后就知道了。我到学校副校长胡耀邦那里去问，他告诉我："你的工作要调动，邓副主席会直接跟你谈。我虽然将分配到中央组织部工作，但邓副主席未与你谈话前，我无权先告诉你，但已决定你不回化工部工作，要到国防工业某部工作，明天邓副主席直接和你谈。"

第二天，我在邓小平办公室见到王震等十位领导同志，还有吕东、柴树藩。邓小平很简单地说："吕东同志你到三机部，张珍同志你到五机部，柴树藩同志你到六机部，马上到职上班。你们都是老同志，如何把飞机、常规武器、海军军舰搞好，如何把海、陆、空三军的装备搞上去，相信你们会作出成绩。今天军委、各部门的负责人都来人，你们可以直接联系。有现代化的装备，才能有强大的国防力量。"会议开得不长，我们三个人都未讲话，就算上任了！

张珍，1909年生，河北定县人，历任晋察冀边区工矿局长、军区工业部副部长、大连建新工业公司经理等职。新中国成立后，历任中央重工业部化工局局长，化工部、石油化学工业部副部长，化学工业部副部长，五机部部长等职。

★ 1981年1月，五机部部长张珍会见美国客人（于学驷供图）

我在化工部工作已二十五六年了，离开化工部还有些依依不舍。1977年12月初，我到了五机部，不了解情况，所以没有发言权，更没有制订工作计划的基础，因此决定先调查一些重点军工厂的情况，然后制定今后的工作规划。我依靠党组同志和调研室的同志，先到坦克厂、火炮厂、装甲车厂、火箭炮厂、导弹厂、轻重机枪厂、炮弹厂、火箭弹厂、步枪厂、子弹厂、火炸药厂等几十个厂调查。总的情况是大厂（1至3万人）、中等厂（三四千人至五六千人）任务都不足，军品订货的数量不足生产数量的四分之一。这还不算，要新建第二坦克厂，第三、第四火炮厂，理由是海炮须单建，其实陆炮、海炮都能一样生产。这些工厂要新建，需几亿元投资，实无必要。五机部直属厂约180多个，职工近75万人；省直属厂达270个，约30万人；大小三线固定资产达100多亿元，而每年总产值仅三四十亿元，军队订货较少，每年财政部补贴达几亿元。

1978年7月1日，我们向邓小平汇报了重点工厂（军工产品）订货不足的问题后，他立即对我们说："你们对这种情况，有什么打算？"我们说："各军工部的工厂都有这种情况，我们五机部是生产常规武器的，职工最多，大小三线约有百万人，每年军品订货仅占生产能力的四分之一，有四分之三的机床、生产线都在停产，是否可以转产民品，为国民经济服务，这是第一个意见；第二，停止第二坦克厂、第三和第四火炮厂建设，可节约几亿元投资。我们党组提出一个保军转民的口号和方针，即军民结合，平战结合，以军为主，以民养军，是否可行，也请指示。”邓小平说：“这四句话不错嘛！是不是把以军为主改为军品优先，就更好了。”自此，五机部就将这四句话作为邓小平代表中央对五机部的方针性指示，认真贯彻执行。

五机部党组按邓小平指示的方针，定出四项具体措施，即常规武器要狠抓科研，追上“两霸”（苏联和美国）；常规武器工厂要学会两套本领：保国防，上民品；出口军火，积累资金；培养德才兼备的接班人。

常规武器特别是坦克、重炮、火箭炮、导弹等重武器，要以“两霸”为目标，要赶上它们，然后再考虑“超”的先进技术，要在这些武器上装备“激光”“红外”和“微光”，提高瞄准目标的精确性。

★ 69式中型坦克（于学驷供图）

1979年，五机部在69-改型坦克上应用了“微光夜视”技术，大量出口，反映较好，推动了坦克的现代化进程。至于导弹，原先拟订引进霍特导弹，后来用我们自己定型的同类导弹，不仅装备了我们的军队，而且还出口国外。民品方面，首先在摩托车的生产上打开了局面，随后在微型汽车、卡车等方面都有了生产经验。军品出口在邓小平的批准和支持下，给国家创收了大量外汇。

五机部的领导通过收集大量的资料，了解到“两霸”和德、英、法等国家的常规装备已进行技术上的现代化改造，陆军的装备已不是由步兵、炮兵、装甲兵的分类组成，而是高度统一的合成军，炮兵和步兵都进行了装甲化和自行化，和空军组成一体，把电子、微光夜视、激光、红外等最新技术运用到侦察瞄准和轰炸上。海湾战争充分展示了技术的现代化，在几分钟之内，就可以置敌人于死地。1978 年，在东北地区 624 厂开始了这种现代化武器装备的研究试制，进行长时间的多次靶场试验；三机部出飞机，五机部试制了激光制导炸弹，试制了液化气的云雾弹，比 TNT 的爆炸威力大 3 至 5 倍，但成本很低。

1979 年年初，中央领导谈到军工产品时说：“军援问题要研究，不做军火商看来不行了，军工产品要出口。”同年 4 月至 5 月初，叶剑英在五机部关于军品出口情况的报告上作了重要批示：“过去提出过取消不做军火商，不做无偿援助武器的惯例，好像不见明文，此事请考虑”。聂荣臻批示：“我不反对出口一些军工产品，以出养进，但必须首先满足自己部队的装备。需要一定的储备，还要不断提高质量。”邓小平批示：“同意，张珍同志积极进行。”我们党组根据中央领导的批示坚决执行，为以后军品出口，提高我军装备水平作出了一定的贡献。

1979 年 10 月，五机部在长沙召开计划会议，由于军委减少大批军品订货，70% 的工厂没有任务。苟元书、来金烈回北京向党组汇报了这种严峻的情况，并在会后开展了大上民品的动员工作。当时上民品遇到四个问题：一是没有资金建设生产线。只能由工厂挤出一些厂房和设备。二是没有民品的技术资料，主要是想找有关部门（一机部、轻工部、化工部等）要些技术资料和样品进行测绘，自行车、三轮车、摩托车、照相机、轻骑摩托车、洗衣机、电冰箱、木钟等都是用样品进行测绘的，但又遭到生产民品部门的封锁。三是没有规划，计划司有少数同志一直反对搞规划，原因是国家没有明确决定生产线的调整。四是生产民品，国家不给材料。我在党组会议上提出：不管有什么困难，一方面我们自己找米下锅，即自己设法搞样品测绘生产；另一方面向国家计委、经委反映。1982 年 2 月，苟元书向计委、经委汇报了两天，最后他们决定，支持五机部上民品，卖军火收入外汇，可以我们自己去外国买材料。

我在党组会议上还提议：大上民品，党组成员要分头到各地区蹲点包片。苟元书到西南地区，李玉堂到中南地区，于一到东北地区，唐仲文到西北地区，华北地区由来金烈兼顾，因为来金烈主要在部里负责抓生产工作。

★ 长安微型汽车（于学驷供图）

苟元书于1980年2月到西南地区蹲点，他首先集中西南地区42个企业的领导干部在152厂传达中央关于重用科技干部的决定精神，并指出各企业要认真贯彻。随后，到重庆296厂等6个厂解决亏损问题。西南地区1980年亏损1.2亿元以上，296厂是亏损大户。经过一段工作后，各厂采取各种办法扭亏1亿元左右，当年西南局仅亏损2000万元。接着我将部里工作安排好后也到重庆蹲点，开展大上民品工作。

★ 长庆冰箱生产线（于学驷供图）

1980年，部里批准451厂用10万美元到日本本田公司买来20辆摩托车进行测绘，组织试生产。苟元书看到451厂的全

★ 华山照相机生产线（于学驷供图）

体职工大上摩托车，非常高兴，就抓住这个典型加以推广，对动员各厂大上民品工作起到了推动作用。1980 年 4 月初，在 451 厂召开大干快上摩托车的模范事例现场会，这次现场会对西南地区各企业大上民品起到了很大的推动作用。西南地区各厂的民品就是从那时搞起来的。几个重点厂产品年产量都很大，如重庆长安微型汽车 3 万辆，江陵微型发动机 3 万台，嘉陵的轻骑摩托车 30 万辆，296 厂的轻骑摩托车 30 万辆，256 厂越野载重大卡车千余辆。为上述产品的配套企业达 30 余个，所以西南地区的民品生产形势十分好。

此外，还有生产照相机的 4 个厂；生产自行车的 2 个厂；生产眼镜的 1 个厂；5087 厂生产采油钻探打捞设备；298 厂生产医疗器械及各种望远镜；356 厂生产自行车；216 厂生产电冰箱。

国防工业不但不能下放或取消，还必须抓紧、管好。世界并不平静，中国的国防必须加强。

打破禁锢走向国际市场

◎于 一

20 世纪 70 年代末 80 年代初，世界政治、经济、军事形势发生了重大变化，两大军事集团由对抗转变为对话，冷战趋于缓和，整个世界形势可能出现一个相对稳定时期，党中央预见到了这种形势。邓小平主持中央工作之后，在召集各部汇报工作时，提出以经济建设为中心的设想。1978 年 7 月 11—12 日，邓小平用两个半天听取了五机部的汇报，参加会议的有罗瑞卿、王震、杨勇、洪学智、周太和、郑汉涛等领导同志，五机部参加的有张珍、赵汾浦和我。在这次汇报会上，邓小平指出，根据国际形势分析，世界可能出现一个相对稳定时期，可能在十年内不打世界大战，要抓住这个时机，把经济建设搞上去，要以经济建设为中心，各行各业都要专心致志，一心一意搞好经济建设。军费不能增加，军事订货要减少，兵器工业要有这个思想准备。他还指出，兵器工业要拿出一半的力量生产民品。五机部按这一指示，形成了“军民结合，平战结合，军品优先，以民养军”的指导方针。在军品外贸工作上，邓小平指出，要将过去无偿援助的方式，改为军品外贸、军品项目出口换取硬通货的交换方式。

于一，1925 年生，山东掖县人，1944 年参加革命，新中国成立后，历任 672 厂厂长兼党委书记、5502 厂总指挥、626 厂革委会主任兼党委书记、黑龙江省国防办副主任、五机部副部长、兵器工业部部长等职。

★ 1984 年，兵器工业部部长于一会见巴基斯坦客人（于学驷供图）

这次汇报会后不久，党的十一届三中全会确定了以经济建设为中心，坚持四项基本原则，坚持改革开放，即一个中心，两个基本点的基本路线。在这条路线的指引下，全国的政治、经济等各方面发生了重大变化。中央提出了 20 年的奋斗目标，20 世纪 80 年代末使国民生产总值翻一番，达到温饱水平；90 年代末，再翻一番，达到小康水平。为贯彻这一方针，军队率先精简一百万人，随之军事订货锐减，使兵器工业面临一个从未有过的局面——军品订货大量减少，设备闲置，工人停工，甚至有的工厂出现了停产。订货方式也由原来的包购包销变成商品交易，科研经费大量减少，有些科研项目不能继续进行；大专院校毕业生分配困难，整个兵器行业全面亏损。

此时，中央要求各部实行承包责任制，五机部（1982 年改为兵器工业部）也实行了财政包干，从 1980 年至 1985 年每年上交 1.42 亿元，6 年不变。面对这一局面，五机部领导认真贯彻中央的指示，开展了多方面工作，回忆起来，历历在目。

分析形势，制定政策，建设外贸机构

为了贯彻中央指示，部党组分析兵器工业形势，认为在今后一个时期内，军工订货将是一个递减趋势，大批人员、设备将闲置起来，大量企业将处于严重亏损局面；军品生产还不可能马上变为民品生产，需要有一个认识、调整的过程，需要有大量资金的投入。特别在认识上，由于历史原因，生产民品被看作不务正业，有相当一批厂长心有余悸，处于一种举步不前的状态。

对军品外贸缺乏思想准备，从上到下不知怎样进行。没有经验，无可借鉴。长期以来是和社会主义国家打交道，军品出口是无偿援助，项目出口有的也是无偿援助，有的只是记账而已。无论军品或是军工项目，没有进行过商品交换。当时我们认识到，用现有条件积极开拓军品外贸是为民品生产积累资金的积极、可靠的一条途径。

军品外贸风险大、政治性强。当时世界各国的军事装备围绕两大军事集团分成两大体系，一是以美国为首的北约军事装备体系；二是以苏联为首的华约军事装备体系。第一、第二世界各资本主义国家基本上是北约军事装备体系，而广大第三世界国家多是华约军事装备体系。我国的军事装备体系是属华约军事装备体系的，决定了我们的市场主要在第三世界，当然也不放弃向第一、第二世界出口的可能性。世界上军火贩子、投机商很多，稍有不慎，会给国家带来无穷麻烦，影响双边或多边关系，也会影响国家形象。因此，军品外贸必须服从和服务于我国外交路线，因此在军粮城建设了仓库区、铁路专用线，负责华北地区军火出口。广州是祖国的南大门，每年两次交易

★ 1981年，北方车辆生产的63式履带装甲输送车走出国门，实现军品装备首次出口（北京北方车辆集团公司供图）

会在此举行，广州分公司的主要任务是出口五机部民用产品，如民用枪、光电仪器、民用火炸药，还负责各厂民用产品出口的商务谈判、签约等。

中央决定将深圳、珠海等 4 个特区对外开放，1980 年王震副总理带领各有关部长、副部长到深圳视察。当即确定，三、五、六、七机部在深圳设对外窗口，内联外引，开展业务。五机部在深圳购地 40 万平方米，设模具、塑料发泡、铝制品、油漆、眼镜等 8 个工厂及一个贸易大楼，并在玻璃厂、贸易中心投资，为开拓五机部产品直接出口准备了条件。从创办、建设到生产，吴钟昆、刘志远等同志做了很多工作。

设立湛江港专用码头和湛江分公司。湛江地处我国南端，过去是唯一的军火出口码头，主要承担无偿援助的军火出口任务。但没设专用码头、仓库和铁路专用线。四川、陕西等西南、西北地区的产品要从这里出口。所以，迅速进行湛江港的建设，势在必行。1981 年 4 月，我和徐向国、李复兴等同志在广州军区的帮助下，与湛江港务局共同商谈组建问题。协商结果是湛江指定一个码头作为军工产品的专用码头，指定一支部队作为军工产品专用装卸队，租用了码头仓库 5000 平方米，租用军队军火库为装卸周转库。与柳州铁路局商定铁路专用线接轨事宜。在各方面支持下，特别是广州军区后勤部的支持下，湛江港很快承担了出口装卸任务。五机部为保证装卸运输中的安全与机密，为提高装卸人员的素质，组织了军工产品常识讲演团，到各港口为工人讲课。

在抓组织机构建设的同时，我们还努力理顺上下、左右各方的关系。军工产品作为商品进入世界贸易市场，需要各方面的支持和帮助。国防工业办公室非常重视这项工作，每次重大交易，国防工业办公室副主任王辉和外事局的同志都亲自参加，协调军工各部之间的协作、产品配套，把出口军品纳入军运范畴。我们还与外交、外贸、铁路、交通、银行、公安等部门建立经常性的业务联系，提高办事效率，把谈判、签约、发运等工作的周期尽量缩短。

中国军火进入了国际市场

世界军火市场，对我们来说是一个盲区，不知从何而入。这是一个很大的市场，每年成交额四五百亿美元。可是，这个市场在哪里？怎样才能打进去？

为打进这个市场，部党组决定派李玉堂、孙长忠、王军等同志组成代表团前往欧洲，先行摸底，代表团以买方身份出现，通过大使馆介绍，初步和一些军火商人接触。对资本主义国家来说，10 亿人口的新中国是一个大市场，具有很大吸引力。一些军火商把一些先进的武器拿出来，让我们代表团参观。在西德，代表团参观了豹-2 坦克、威力比较大的穿甲弹和可燃药筒等。同时，一些军火商对中国坦克出口也很有兴趣，这正是我们代表团的真正目的。经过协商，我们以每辆 60 万美元的价格出口 300 辆。无疑，这对我们是很有价值的一笔贸易，后因种种原因这笔生意告吹。但同时做成了出口 1000 万发枪弹的小买卖，从天津港出口，以离岸价格结算。买卖虽小，但开了张，鼓舞了士气，证明了中国军火是可以进入世界市场的，只要我们谨慎小心地努力工作，是能有作为的。通过一些接触后，我们还了解到，这个市场是很复杂的，争夺也很激烈。首先是两霸的争夺，苏美都想扩大自己的势力范围，扩大军火出口，将其他国家在装备上纳入本军事集团武器体系，以达到控制该国的目的。大部分第三世界国家，既想加强本国的国防，自己又没有生产武器的能力；既想得到好的武器，又不愿受到控制。经过一段时间的工作，我们还了解到军火贸易大部分是在政府与政府之间进行，以贸易公司出面签约，一般不通过外交途径。其他一些国家，如英国、法国、意大利、巴西、瑞士等国都在这个市场上占有一席之地。在这个市场上，还有一个中间商集团，这个集团十分复杂，能量也很大，有的国家必须通过中间商才能成交，甚至中间商可以作为政府代表团成员，集团里鱼目混珠，是冒险家、投机商的乐园。因为他们掌握相当大的资源，还必须与之打交道，只是要谨慎小心，避免受骗。

通过此次调研，我们深深感觉到主动向用户介绍产品情况，加强推销工作十分重要。为此，我们采取以下多种方式展开宣传工作：

第一，口头介绍与提供产品说明书。产品要想进入市场，首先要使买方了解产品的性能、规格，有的还要提供化学成分、靶场数据等，这就要求推销人员具有广泛的军械常识和必要的使用技能。同时，还要提供精制的、质量高的产品说明书，让人一目了然，以补口述的不足。北方公司经理徐向国和处长吴钟昆同志组织了50多人，用了将近一年的时间，编制出了全套中英文对照、有图有文字说明的兵器产品说明书。宣传中，我们学习国外的做法，采用幻灯片和录像带介绍产品的动态情况，给外商以直观、具体的印象，起到了积极的作用。

第二，设立大型陈列室。在单项产品成交中，我们深入了解到各国在购买武器时，都在考虑本国的装备系列化和长期武器来源。首先是政治上的选择，其次才考虑武器质量、成套供应能力和价格。为了使购买国全面了解我们常规武器生产全貌和配套能力，有必要搞长期的、全面的产品陈列室，以吸引更多国家采用我国装备系列，为长远出口、成套出口创造条件。我们在车道沟大院改修5000平方米大型展室，包括坦克车辆馆、压制兵器馆、地炮馆、高射武器馆、反坦克武器馆和枪械、地雷、手榴弹、光学仪器馆（含夜视夜瞄、红外、激光、地对地、地对空等各种军械用的光学仪器）及各种弹药馆、引信火工品馆、防化学器材馆，还有部队后勤所必需的各项物资及交通工具也陈列展出。在与每个大型的和有实力的代表团开始谈判前，先请他们参观陈列馆，馆内设有录像放映室，可放映兵器生产、使用的全过程，亦可放映单项产品或解剖影片。这些工作对增强对方信心，促进成交起到了重要的作用。

第三，参观靶场实地试验与表演。军火贸易随着谈判的步步深入，买方对产品性能的了解也步步深入。当双方互有诚意，距离越来越小时，买方往往会要求参观靶场实地试验，想看看产品的战术技术要求与产品验收标准能否达到。参观较多的是坦克的障碍试验，昼夜行进间的射击试验，甚至他们还亲自驾驶操作。对各种火炮，客户一般要求进行强减装药、射击精度、勤务处理、穿甲厚度试验，最后双方直接在靶纸上签字，承认试验结果。

第四，必要时组织买方到部队参观。有的买方在全面了解后，合同签字前，还要求参观军队实际配置和使用情况。为了满足买方要求，总参开放了一支坦克部队，一支炮兵部队接待他们。按实战要求，进行战地演习，进一步考察武器在战斗中的威力。如 130 毫米加农炮按苏式原设计，我们改进了炮架，下部采用 60 式 122 毫米加农炮炮架，既保持了 130 毫米加农炮的弹道性能，又吸收了结构紧凑、勤务操作方便、重量减轻的优点，机动性也好得多，但买方认为靶场上炮车是静止试验，稳定性考验不出来，不放心。到部队参观后，了解到我军已全部装备这种改进后的火炮，稳定性很好，从而打消了他们的顾虑，很快签订了大批合同。对于坦克、装甲运兵车、火焰喷射器等产品，买方也都是到部队参观试验后，签订了合同。

第五，主动介绍我国自行设计的产品。新中国成立以来，我们的科研部门和军队协同研制了大量新技术产品，有相当一部分是经过实战考验并已装备列编，工厂也形成了生产能力。适时地宣传、介绍这些产品，引起购买者的兴趣，也是推销工作的主要方面。1981 年，一个国外代表团到齐齐哈尔。参观 130 毫米加农炮的靶场试验。我给他们介绍了 672 厂的各种特种弹，他们听了很感兴趣，要求在看 130 毫米加农炮靶场试验的同时，看特种弹的试验，当即签了订单。他们因没用过特种弹，心中没底，我就建议他们先订一小部分，实战检验后再决定是否列装。他们接受了我的建议，经过战场实践之后，效果非常好，第二次来京时，又要大量订货。

国防工业办公室王辉和我陪同国外代表团去重庆参观各种轻武器试验，参观结果不太满意，也没提多少订货。我和王辉商量，专机路过西安，在西安机场降落，暂时停留，参观西安 803 厂的火箭弹靶场试验，要工厂做好准备，下飞机后直接赴靶场。西安的准备工作做得非常充分，在靶场试验时，代表团要求不同距离的射击。我们告诉他们这是一种可以不用发射架的武器，在平地上照样发射和控制射距。他们亲眼看见了这前所未闻的武器试验，引起了他们的极大兴趣，特别是前线指挥官对不加发射架可以使用、杀伤威力大、操作简便、容易掌握等性能尤为满意。在回京途中，便谈妥了这笔生意，803 厂产量从年产几十万发增至百万发以上，之后还订了不少火箭燃烧弹，使这些工厂连续 4 年满负荷生产。

我国的军工产品进入世界市场，有很强的竞争力，震动很大。主要是因为：不带任何政治条件，不用担心利用军贸受到控制；品种比较齐全、配套，我国多年来形成了大而全的军工生产体系；产品质量可靠；价格有竞争力。这些都是我们的优势。利比亚政府很快派秘密代表团来访，他们提出的货单，我们全部满足要求，经过谈判，签订了一项 3 亿多美元的合同。我方严格按合同规定的条款，重质量、守信用地执行合同。对外影响极佳，对内大大鼓舞了士气，我们终于打开了世界军贸的市场。根据需要，我们分别在德国的汉堡、美国的纽约和洛杉矶、约旦的安曼等地建立了海外机构，使外贸工作很快展开。1981 年全年签订 38 亿美元合同，几年来出口军火价值 100 多亿美元，为国家创汇，为民品生产和引进高技术产品积累了资金。

民爆器材属于亦军亦民的产品，很有出口前景，可以产品出口，也可成套项目出口。我们首先进入港澳地区，由于历史原因，这个市场的民爆器材长期以来一直被英、美、日三大公司所垄断。为进入香港市场，北方公司与香港徐展堂先生共同成立了利达时公司，专门经营民爆器材，目的是先在这个市场上占领一席之地，宣传国产产品的特点，由深圳分公司组织大型演习，请香港厂商、新闻记者实地参观，提高买方对国产产品的信任感。组织港英当局管理人员、用户、厂商、施工人员到国内工厂参观，了解生产实力和保证质量的生产手段、理化分析设施，以增强买方对产品的信心。对有的配套部件，一时达不到国际标准的就采购国外产品配套供应，并租赁了库房、专用汽车、船只等一些运输服务设施。经过不懈的努力，国产产品终于挤进了香港，很快占有 40% 的市场，为进一步占领更多市场及东南亚市场创造了条件。TNT、发射药、导火索、导爆索等产品相继出口。

军品出口促进了企业的技术改造和新技术引进

随着外贸的增加，原有生产能力适应不了需要，于是我们将老厂进行技术改造。当时大口径炮弹、火箭弹需求量较大，我们就将江西 57 毫米高射炮弹厂改为大口径炮弹工厂。原有大弹老厂通过改造，提高了生产能力，1983 年生产能力达到了 300 万发，这对增强我国国防力量是非常重要的。主战坦克按外商要求，需进行 14 项改进，617 厂承担了这项任务，把主战坦克的性能大大提高一步。为适应买方新增抢救车的要求，我们将 674 厂改造为生产主战坦克的抢救车厂，使之达到批量生产的能力。40 公里火箭厂除 743 厂加速定型提高产量外，又在东北开辟了 423 厂、624 厂作为火箭弹生产基地。装甲运兵车生产厂除生产基本车型外，又增加救护车、指挥车，并配备全套无线电系统和空调设备。新的反坦克 302 导弹科研、试制和批量生产都加快了速度。特种弹品种的增加，130 毫米火炮和备件的增加都给工厂带来了改造任务，这对我国国防工业改进产品结构，储备生产能力，适应现代化战争起到了重要的作用。

为了增强我国军事装备外贸后劲，我们还进行了必要的技术引进。根据中央军委指示，我军装备的薄弱环节是坦克、反坦克武器、压制兵器、高效

★ 20 世纪 80 年代从国外引进的光学玻璃连熔生产线（于学驷供图）

能的高射武器，技术引进主要是针对这些薄弱环节。回忆起来，主要做了以下几件事：

一是引进先进技术，改造主战坦克。当时我军装备多数为59式坦克，通过中间商引进了美国的105坦克炮、钨心穿甲弹、坦克防火装置、发烟装置，这套改进系统编号为37工程。完成改装任务之后，形成了批量生产能力时，王任重、陈慕华、王丙乾、邹家华和我到部队观看了新坦克的表演。在防火系统上进行比较，老式坦克内装载的动物在射击后，全部死亡，并烧得乱七八糟；而改装后的坦克，在射击后，动物依然完好，狗身上的皮毛没有丝毫烧损。

二是引进大口径火炮，提高压制兵器的射程和威力。我国最大口径火炮为152毫米，最远射程是130毫米火炮的27公里，在152毫米火炮上花了10年时间把射程提高到30公里，而美国155毫米火炮的射程为38公里，杀伤力提高了一倍。中央军委很想引进美国这种火炮，由杨宪通、李洪昌等与美方经过两年多的谈判，并进行样品表演、部队试用、白城子靶场测试，最后由杨尚昆、张爱萍定案引进。火炮生产在127厂，榴弹生产在123厂，特种弹生产在672厂。经过两年的努力，陆续定型，并部分出口。这种炮的引进，对提高我军战斗力起到了重要作用。但弹药生产尚未形成足够生产能力，一旦大量需要将会措手不及。

三是引进红外夜视系统，提高夜战能力。我军作战特点是近战、夜战，但夜视系统技术性能落后。中央军委决定引进红外夜视仪的核心部件，由298厂试制和生产，提高我军夜间战斗能力。

四是引进光学玻璃连续熔炉生产线。光学玻璃一直是五机部的薄弱环节，生产工艺采用古典式，成品率为30%以下，不能连续生产。在我们引进了日本两条连续浇铸压型生产线及白金坩埚生产工艺后，成品率提高到90%以上，并且能生产直径60毫米以上的玻璃，为各光学仪器生产准备了重要的原料，同时可生产变色眼备片，光学坯料的总供应量占国内市场的70%以上。

此外，还有其他一些项目的引进，如小粒黑火药生产线等，都为加强国防力量，进一步搞好军品外贸提供了条件。

开拓军品外贸的工作是艰苦的，但看到国防的加强，兵器工业的发展，令人欣慰。

保军转民　二次创业

◎ 邹家华

今天是人民兵工创建六十周年纪念日。

人民兵工的六十年，是在中国共产党的领导下，从小到大、从弱到强、不断发展的六十年，是几代兵工战士自力更生、艰苦奋斗、开拓进取、无私奉献的六十年。在革命战争年代，人民兵工以民族的解放、国家的独立为己任，战胜各种艰难险阻，为我军提供了大量的武器装备，为革命的最后胜利作出了卓越的贡献。这一点正像王震副主席在给这次大会的题词中所说的“人民不会忘记你们”。新中国成立后，兵器工业继续发扬革命战争年代的优良传统，迅速建成了门类齐全、专业配套、布局合理的兵器科研、生产、教育体系，为国防现代化建设打下了坚实的基础。党的十一届三中全会后，兵器工业开始了以保军转民为中心内容的第二次创业，军民结合已取得了阶段性成果。

今后十年是兵器工业发展的关键时期，调整产业和产品结构，努力提高

邹家华，1926 年生，上海市人，早年在淮南参加新四军，新中国成立后赴苏联莫斯科包曼高等工业学院机械制造系学习。历任一机部机械研究所党委副书记、国务院国防工业办公室副主任、国防科工委副主任、兵器工业部部长、国家机械工业委员会主任、国务委员兼机械电子工业部部长、国务委员兼国家计划委员会主任、国务院副总理、全国矿产资源委员会主任、国务院信息化工作领导小组组长，第十四届中共中央政治局委员、第九届全国人大常委会副委员长。

★ 邹家华视察江南工业（兵器工业档案馆供图）

经济效益，是兵器工业的中心任务。为了应付各种可能发生的不测事件，兵器工业要进一步贯彻缩短战线、突出重点、狠抓科研、梯次更新的方针，有重点地跟踪世界兵器发展的先进水平，提高应急应变能力；要全面贯彻落实军民结合、平战结合、军品优先、以民养军的方针，积极、稳妥地调整产业和产品结构，建立一个结构合理、配套协调、经济效益好的军民结合新体制，提高平战转换能力；要进一步转变观念，面向国际国内两个市场，加强经营管理，提高竞争能力。当前，兵器工业最重要的工作，就是认真贯彻落实中央工作会议精神，解放思想、实事求是、群策群力，千方百计搞活大中型企业，为兵器工业的持续、稳定、协调发展，为国防现代化和国民经济建设作出新的贡献。

祝兵器工业在军民结合的道路上取得更大的成就！

辉煌的成就　光荣的历史

◎ 来金烈

1999 年 10 月 1 日，当我站在北京天安门城楼上，观看盛大的国庆 50 周年庆典时，为我们国家的繁荣昌盛感到由衷的高兴。特别是威武雄壮的阅兵式开始后，看到我们兵器工业研制生产的新型主战坦克、各类装甲车、大口径火炮、反坦克导弹、高射炮、冲锋枪等武器装备伴随着人民解放军雄赳赳地通过天安门广场，接受党和国家领导人检阅，受到各界人士的赞扬时，作为一名兵工战线的战士，心中感到无比自豪。

1931 年 10 月，在江西省官田中央军委兵工厂的建立，标志着人民兵工的诞生。人民兵工跟随人民军队经历了第二次国内战争、抗日战争和解放战争的考验，为民族独立、人民解放作出了杰出的贡献，建立了不朽的功勋。新中国成立后特别是抗美援朝战争胜利后，兵器工业坚持自力更生为主，争取外援为辅的方针，仅用了 10 年左右的时间，就建成了坦克、火炸药、各种火炮和炮弹、防化器材、光学仪器等 21 个新的大型骨干兵工企业。这些企业的建成投产，填补了我军在坦克车辆、大口径火炮、机载和舰载兵器、光学仪器、防化器材等装备的空白，使兵器生产技术提高到了一个新的水平。

来金烈，1928 年生，山西武乡人，1943 年参加革命，新中国成立后，历任 456 厂厂长、五机部生产调度局局长、五机部副部长、兵器工业部部长、国家机械委军工总监、北方工业（集团）总公司总经理等职。

★ 1984 年 4 月，兵器工业部副部长来金烈（右三）会见叙利亚军工代表团并签订援建项目协议（于学驷供图）

在国庆 10 周年的时候，人民兵工自己生产的坦克、装甲车、大口径火炮等武器首次通过了天安门广场，接受党和人民的检阅。经过新中国成立后 30 年的艰苦努力，我们基本建成了一个专业配套、门类齐全的兵器科研、生产、教育体系，为我军常规兵器的现代化打下了一个坚实的物质技术基础。在国庆 35 周年和国庆 40 周年，又研制了 27 项重大武器装备，不仅使我军常规兵器装备的水平上了一个新台阶，而且使兵器工业的自行研制能力有了较大的提高。

党的十一届三中全会以后，兵器工业由战备状态转入了和平时期的国防建设。随着国际形势的变化和全党工作重心的转移，遵照邓小平关于兵器工业至少要拿出一半的力量发展民品的指示，兵器工业认真贯彻落实执行党的基本路线和“军民结合、平战结合、军品优先、以民养军”的方针，坚持面向国防建设和国民经济建设两个主战场，积极调整产业结构、产品结构和生产线，全面深化改革，扩大对外开放，以保军促民为中心的第二次创业的各项工作已经全面展开，并取得了很大的成就，在保证国防科研和生产建设需要的同时，全行业大上民品，如微型汽车、摩托车在市场上就很有竞争力，有力地支援了国民经济建设。兵器工业贯彻落实军民结合方针所取得的成绩，党和人民不会忘记，共和国不会忘记。

回顾兵器工业几十年走过的道路，感想和体会很多，主要有以下几个方面：

为部队服务，为国防建设服务，是兵器工业的第一神圣使命。兵器工业是为部队和国防建设服务的。人民兵工永远是人民军队的坚强后盾，是不穿军装的子弟兵。在革命战争年代，兵器工业是我党、我军消灭敌人的重要物质基础。在社会主义现代化建设中，建设一个高水平、高素质的兵器工业，为部队提供精良的先进武器装备，是保卫国家安全、保障“四化”建设顺利进行的需要，也是兵器工业义不容辞的责任。因此，无论国际风云如何变幻，无论我们遇到什么困难，作为兵器工业的每一个领导干部、科技人员和工人都应该居安思危，始终把为部队服务、为国防建设服务作为自己神圣的“天职”。

在和平建设时期坚持“军民结合、平战结合、军品优先、以民养军”的方针，是兵器工业生存发展的必由之路。坚持军民结合、平战结合，是由兵器工业的特殊性决定的，也是由我国的基本国情决定的。随着国际、国内形势的发展与变化，兵器工业应继续进行产业结构和产品结构的调整，应有所为有所不为，增强应急应变能力、平战转换能力和市场竞争能力。历史已经充分证明：坚持军民结合、平战结合的战略方针，在不断调整中建立和完善军民结合的新体制，是保证兵器工业在任何情况下都能得到不断发展的唯一正确的道路。

坚持科教兴国、科研先行，推动技术进步，是兵器工业发展的关键。兵器工业的发展是在兵器科学技术发展的基础上不断发展的。新中国成立以后，国家投入巨大的人力、物力和财力，建立了一批专业配套的科研、设计、试验机构，并引进了一批成套的先进技术和设备，缩短了我国兵器工业与世界先进水平的差距。特别是党的十一届三中全会以来，按照中央军委关于“缩短战线、突出重点、加强科研、梯次更新”的方针，兵器工业把科研摆在一切工作的首位，经过 20 多年的艰苦努力，研制成功了一系列兵器新产品和新工艺、新技术、新材料，不但使我军的主要兵器装备，特别是重型兵器装备和轻武器做到了更新换代，提高了我军武器装备水平，而且使兵器工业的自主研制能力、管理水平也有了很大的提高。实践证明，只要充分发挥科学技术作为第一生产力的作用，依靠科技进步求发展，兵器工业就一定会取得新的发展。

大力开展对外贸易，努力跻身于国际市场，是保障兵器工业健康发展的重要途径。党的十一届三中全会以后，兵器工业开始进入国际市场，与世界各国广泛开展经济技术合作和交流，获得了较好的经济效益和社会效益。积极开展对外贸易，即充分发挥了兵器工业已形成的物质技术优势，增强了自我积累、自我发展的能力，也为国民经济建设作出了贡献。开展对外贸易，不但使军品生产能力得到了动态储备，增强了兵器工业的平战转换能力，而且也使兵器工业在激烈的国际竞争中经受了考验。在国际范围内开展广泛的经济技术合作与交流、根据国际市场的需要对兵器工业的生产技术和设备进行改造，加快了产品更新换代的步伐，促进了兵器工业科学技术的进步，为和平时期兵器工业的稳定、协调发展，为提高兵器装备的战术技术水平提供了重要的物质技术保证。

加强法治建设，是兵器工业健康发展的重要保障。随着我国市场经济不断发展，对法治建设提出了更高的要求。市场经济越发展，法治建设越完备。全国人大及其常委会相继制定了治理国家的一系列法律，并付诸实施，保障依法治国方略的落实。兵器工业要健康发展，就应加强法治建设，用法律、法规规范全系统的各项工作和行为，做到各项工作有法可依、有章可循、依法经营。

自力更生、艰苦奋斗、开拓进取、无私奉献的优良传统，是兵器工业宝贵的精神财富。正如江泽民概括的，人民兵工从无到有、从小到大、从低到高的发展史，是一部“自力更生、艰苦奋斗、开拓进取、无私奉献”的创业史、发展史。经过革命战争的洗礼、社会主义革命和建设的实践，兵工行业锻炼了一支具有严明的组织纪律、顽强的工作作风、无私的奉献精神等光荣传统的职工队伍。依靠这支队伍，我们战胜了一个又一个的困难，渡过了一个又一个的难关，取得了一个又一个的胜利。今天，尽管各种环境和条件都发生了很大的改变，但是，人民兵工的优良传统和作风已成为传家宝，我们相信会一代一代发扬光大。因此，努力培养和造就一支具有高度觉悟、勇于为兵器工业献身的职工队伍，是兵器工业战胜困难、不断发展壮大的根本保证。

我作为一名兵工战士，为兵器工业的蓬勃发展感到格外自豪。我坚信，随着我国改革开放的不断深入和社会主义市场经济的逐步建立，在党中央、国务院、中央军委的正确领导下，兵器工业必将在一个新的发展时期，取得更加辉煌的成绩。

弘扬人民兵工光荣传统
开创兵器工业保军转民新局面

◎ 张俊九

人民兵工在党中央的正确领导下，在全国人民的关心支持下，为中华民族的独立和解放、为社会主义祖国的繁荣和富强作出了不可磨灭的贡献。人民兵工有着光辉的历史，我们应当缅怀老一代兵工战士的丰功伟绩，加速兵器工业保军转民第二次创业进程。今天，我们在这里隆重集会，纪念党的人民兵工事业创建 65 周年。

人民兵工在中国共产党的领导下，从无到有、从小到大，迅速发展壮大。回顾历史，我们深深地体会到，有一种坚持的精神，一种优良的光荣传统始终贯穿在人民兵工事业发展的全过程，它始终激励我们奋勇向前。这就是由老一代兵工战士创立的，江泽民在人民兵工创建 60 周年时题赠兵器工业的 16 字精神——自力更生、艰苦奋斗、开拓进取、无私奉献。

无论在第一次国内革命战争时期、抗日战争时期，还是在解放战争时

张俊九，1940 年生，安徽阜南人，曾任兵器部 617 厂厂长，中国北方工业（集团）总公司副总经理，中国兵器工业总公司副总经理、总经理、党组书记，国防科学技术工业委员会副主任，全国总工会党组书记、副主席、书记处第一书记，中央精神文明建设指导委员会委员，第十、十一届全国政协常委，十四届中央候补委员，十五届中央委员。

★ 张俊九视察228厂
（兵器工业档案馆供图）

期，人民兵工的这种创业精神代代相传、一脉相承。它使我们克服了无数难以想象的艰难险阻，创造了令世人赞叹的奇迹。

新中国成立后，人民兵工继续坚持这一创业精神，继续发扬优良的光荣传统。尤其是在苏联政府背信弃义、撕毁合同、撤走专家以后，更是进一步激发了人民兵工自力更生、艰苦奋斗的创业精神。在此后的 20 年左右时间里，我们主要依靠自己的力量，成功地进行了大、小三线建设，基本建成了门类齐全、专业配套、独立完整的现代化兵器工业体系。我们还主要依靠自己的力量，自行设计、研制了一批又一批现代化武器装备，胜利完成了艰巨的兵器工业第一次创业任务。

改革开放以来，在兵器工业实行保军转民第二次创业的 18 年时间里，人民兵工仍然坚持发扬革命的创业精神，克服了民品发展方向不明、既缺资金又缺技术的重大困难，在市场经济的潮流中从零起步，使兵器工业（含地方军工）的民品发展从“无行无业”逐步形成了当今“三大系列，以车为主”的格局，民品总产值已占 80%，成就令人瞩目。

革命精神塑造了革命者，光荣传统哺育了一代代兵工战士。65 年来，在人民兵工行列里先后涌现了甄荣典、赵占魁、吴运铎、倪志福等一批批先进人物，造就了一支敢打硬仗、善打硬仗的兵工队伍。

人民兵工的发展史雄辩地证明："自力更生、艰苦奋斗、开拓进取、无私奉献"的创业精神与光荣传统，是兵器工业的传家宝，也是兵器工业的企业精神，它有着丰富而深刻的内涵：它既是中华民族自尊、自信、自强的民族精神的集中体现，又是中华民族传统美德的内在反映；它既表明了人民兵工的共产主义远大理想与建设有中国特色社会主义的坚定信念，又充分体现了人民兵工忠于党、忠于祖国、忠于人民的精神面貌。尽管这种创业精神与光荣传统在各个历史时期有着不同的内容，但它永远是我们精神文明建设的宝贵财富，永远是我们物质文明建设的强大动力。

当前，我们所从事的建立军民结合的新体制的伟大事业，是时代赋予当代兵工的重任，较之第一次创业，其任务更加艰巨，也更加复杂。因为我们所走的军转民的道路是前人从未走过的道路；我们所遇到的困难，也是新中国成立以来从未有过的困难。面对这样一种形势，如果没有一种巨大的精神力量加以鞭策和鼓舞，我们就不会有大的发展。

"九五"期间兵器工业的基本任务是：坚持建设有中国特色的社会主义理论和党的基本路线为指针，按照实现两个根本性转变的要素继续狠抓思想观念的转变，全面落实"军民结合，以军为本，以车为主，全面发展"的发展战略，着力抓好军品的调整与新武器的研制，抓好"两车"振兴与支柱民品的规模经营和技术开发，抓好困难企业的解困与稳定，力争到 20 世纪末全行业的发展再上新台阶。

面对如此繁重的任务，我们必须紧紧依靠党的领导，必须大力弘扬人民兵工的光荣传统，让这一光荣传统在二次创业中发扬光大，成为推动二次创业的强大思想动力。

弘扬人民兵工的光荣传统，首先要提倡勇于创新。没有创造性的民族，是没有希望的民族；没有创新精神的队伍，是一事无成的队伍。因此，面对崭新的创业，我们必须勇于创新、锐意改革、大胆探索、敢闯敢试，必须摒弃因循守旧、故步自封、无所作为的思想。

弘扬人民兵工的光荣传统，必须善于学习，学政治、学科学，特别要学习我们尚不完全熟悉的社会主义市场经济，转变思想观念、转换经营机制，使兵器工业逐步适应市场经济的要求，能在市场经济中游刃有余。

弘扬人民兵工的光荣传统，必须坚定不移地继承和发扬自力更生、艰苦奋斗的精神。兵器工业要发展就必须充分发挥主观能动性，坚决摒弃“等、靠、要”的依赖思想。在积极引进国外先进技术的同时，千万不要忘记我们的根本目的在于发展自己，提高自力更生、自我发展的能力。因此，我们必须走自己发展的道路，只有这样我们才可能在激烈的市场竞争中立于不败之地。

党的十四届六中全会指出，在全民族树立艰苦奋斗精神，是实现社会主义现代化的重要思想保证。兵器工业的第二次创业任务艰巨、困难很大，这就要求我们要有长期艰苦奋斗的思想准备，要发扬老兵工的光荣传统，吃大苦、耐大劳，励精图治、知难而进、厉行节约，坚决反对大手大脚、铺张浪费的“败家子”作风。

弘扬人民兵工光荣传统，还要大力加强精神文明建设，着力建设一支忠于党、忠于人民、忠于社会主义，爱岗敬业，有理想、有道德、有文化、守纪律的人民兵工队伍。要在全体职工中倡导讲政治、讲正气、讲学习、讲大局、讲奉献，自觉抵制各种消极因素的影响。

“兵器工业是工人阶级贡献革命的伟大事业”。尽管我们当前面临着许多暂时的困难，但是，我们相信，拥有“自力更生、艰苦奋斗、开拓进取、无私奉献”的创业精神和光荣传统的兵器工业，一定能够依靠自己的不懈努力战胜前进道路上的各种困难，使兵器工业以一个崭新的面貌面向未来！

推进集团公司跨世纪改革发展

◎ 马之庚

回顾一年多来，中国兵器工业集团公司的筹组，我认为当前集团公司面临的主要职责和任务是：坚持以军为本的宗旨，积极研制、生产我军打赢高技术条件下局部战争所需要的武器装备特别是“撒手锏”装备，保好军；贯彻军民结合的方针，充分利用军工高技术优势和富余资源大力发展民品，转好民；以“三个有利于”为标准，深化改革，扩大开放，转换机制，加强管理，建立现代企业制度，抓好企业的扭亏增盈和解困。

面临的挑战和考验

完成党中央、国务院、中央军委赋予集团公司的职责和使命，任务艰巨，机遇良好。

说任务艰巨，是面对复杂多变的国际形势、严峻的周边军事环境和世界

马之庚，1945年生，江苏泰兴人，曾任五机部216厂厂长，兵器工业部四川兵工局副局长，国家机械委四川兵工局副局长，中国北方工业（集团）总公司西南地区部副主任，中国兵器工业总公司西南兵工局副局长，中国兵器工业总公司总经济师，中国兵器工业总公司副总经理、党组副书记，中国兵器工业集团公司首任总经理、党组书记，十六届中央候补委员。

★ 马之庚在大连检查军贸产品装船工作（蔡寅生供图）

军事技术的飞速发展，集团公司在保军上面临着严峻的挑战和考验。

说责任重，是因为集团公司不但负责陆军装备的研制、生产，而且还为海、空军和二炮部队等军兵种提供武器装备和弹药。陆、海、空军和二炮部队等各军兵种战斗力的提高，与集团公司提供的武器装备的现代化水平有十分密切的关系。核威慑下的常规战争仍是现代高技术战争的主要形式，要求平台和负载必须协调发展。只有先进的平台，没有高性能的武器装备，是不可能真正形成有效的战斗力的。这些都表明，我军要打赢一场高技术条件下的局部战争，集团公司负有十分重大的历史使命。

说难度大，是因为老装备供给能力过剩，高新技术装备供给能力严重不足的矛盾在集团公司中十分突出。集团公司现在生产的不少武器装备将难以在现代高技术战争中有效地发挥作用。信息化、智能化、精确打击、体系对抗等是现代高技术战争的主要特征，高技术武器装备对战争胜负起着至关重要的作用。但在这些高技术领域，我们不但与世界先进水平有着很大的差距，而且人才结构、科研生产手段等也难以满足高、新、尖武器研制生产需要。同时，随着国防科技工业传统行业分工的逐步打破和大军工构架的逐步形成，还将面临日趋激烈的国内竞争。但是应当看到，通过以往一系列重点装备研制计划的实施，集团公司在一些高新技术武器装备发展上已经形成了一定的基础和优势，集团公司集中了兵器工业保军的大部分骨干力量，具有相对的竞争优势。我们要以强烈的紧迫感、危机感和责任感，千方百计加快重点项目的研制进度，力争经过3至5年的努力推出一批“撒手锏”。

重新设计国防科技工业，对军工企业进行大规模的联合、兼并、重组，收缩摊子、精干主体、寓军于民，是当前世界军事工业重组的一个基本特征。朱镕基在听取国防科技工业集团组建方案汇报时明确指出，新组建的集团公司必须加快保军转民结构调整的步伐，坚持军民结合，既要保好军，也要转好民。目前的问题是，民品发展滞后，大部分企业的民品开发还处于起步阶段，大部分资源还集中在军品的科研、生产上，大部分职工还得靠军品吃饭，集团公司产品销售收入约有50%来自军品，这是集团公司当前整体效益差、不少企业困难大的一个重要原因。因此，坚持以军为本、军民结合不动摇，对推进集团公司的跨世纪改革与发展具有十分重要的意义。

我们应当看到，集团公司在发展军品上不仅具有优势，而且面临着很好的机遇。从优势上看，一是不少军品技术具有很强的军民通用性；二是集团的科研力量较雄厚。从机遇上看，集团民品大多是生产资料类的，是国家拉动内需、刺激经济增长所需的重点产品，有良好的市场机遇。

当前，集团公司经济效益差、企业亏损面大、困难企业多，亏损面为89.5%。这就要求我们必须有新思路和新举措，对集团公司的企业结构、经济结构实施战略性改组，必须充分认识国有经济战略性改组对集团公司改革解困带来的机遇和深远影响，坚持按照精干军品主体、放开民品经营的要求，积极推进集团公司企业结构、经济结构的战略性调整和改组，大力发展多种所有制经济，使集团公司逐步从摊子大、效益差、包袱重的困难局面中摆脱出来。

跨世纪改革发展的奋斗目标

集团公司改革发展着力抓好三项任务（保军、转民、解困），努力实现四大目标，把集团公司建设成以军为本、军民结合、工贸结合、产研结合、管理科学、效益较高、具有较强国际竞争力的跨国公司。集团公司要努力实现的四大目标为：一是对军品科研生产能力实施调整、压缩、改造、提高。初步建成摊子小、水平高的保军核心和与未来高技术战争相适应的武器装备研制、生产体系框架，在常规武器装备领域形成较强的竞争优势。二是充分利用军工高技术优势和富余资源大力发展民用产品。在重型车辆、工程机械、动力传动、特种化工、工程爆破、光电信息、材料工程、医药环保等领域形成一批支柱民品和知名品牌。三是加大改组、改制和联合、兼并、破产、关停、债权转股权等资产重组的力度。经过 5 年左右时间的努力使企业亏损面下降到 20%左右，使集团在总体上实现盈亏持平。四是按照现代企业制度的要求，初步形成集团公司的企业化运行机制和核心竞争力与核心业务框架。

重点抓好六个方面

下大力抓好军品的调整与发展。对军品科研、生产能力和结构进行调整、压缩、改造、提高，初步形成主体精干、结构优化、水平和效率较高、与未来高技术战争相适应的核心军品科研、生产体系框架，并面向陆、海、空军和二炮部队推出一批“撒手锏”装备。要以新时期军事战略方针和国家批准的军品能力调整方案为依据，按照信息化、智能化、一体化的武器装备发展趋势，积极对集团公司的军品技术发展方向和重点进行调整。要把不符合上述发展方向的老产品生产能力逐步淘汰下来。要对上述调整后的武器系统进行柔性化改造，逐步将“一个产品一条线”的刚性生产线改造成为“一线多品种”的柔性生产线。最终使集团公司的军品科研、生产人员进一步精干、压缩到 11 万人左右。通过上述调整、压缩、改造，逐步提高研制高新技术武器装备能力和水平，提高我军精确打击、远程压制、防空反导、两栖突击、信息夜战的能力和集团公司柔性化生产、制造的能力，不但要满足我军装备订货需求，而且还要用这些高新技术装备去巩固和开拓国际军贸市场。

下大力抓好民品的经营与发展。一是要下大力抓好重型汽车、工程机械、特种车辆、汽车零部件、TDI、浮法玻璃、光学玻璃、民爆器材等现有支柱民品的市场开拓和专业化、规范化、系列化经营与发展。二是要积极抓好动力传动、光电信息、特种化工、材料工程等军民两用技术的民用化移植与生产。企业特别是领导同志要坚持丢掉单纯依赖军品吃饭的思想，充分利用军品技术优势和富余淘汰资源搞好民品发展，将相对比较成熟的军品技术移植到民用领域。投资少、见效快将是新形势下集团公司军民结合的新内涵，要作为今后几年我们发展民品的一个重要措施长期坚持下去。三是要充分利用集团公司科研力量比较集中的优势，积极搞好 R134A、液晶、光纤、医药、环保等高新技术的开发和产业化，努力培育发展一批高科技知识型企业和拥有自主知识产权的高科技产品。四是各单位要充分利用军品富余资源和补亏资金积极搞好短、平、快民品及一、三产业的开发，积极实施发展型解困工程。要积极吸引职工个人投资，积极探索股份合作制、租赁经营、承包经营等经营方式使其在企业扭亏解困中发挥应有的作用。

努力实现集团公司跨世纪的改革与解困目标。以“三个有利于”为标准，积极推进经济结构、企业结构的战略性改组，大力发展多种所有制经济，是国有企业解决“人多、债多、负担重”三个深层次矛盾、实现扭亏解困的根本出路。今后 3 至 5 年，集团公司改革解困基本思路和主要任务是：划小经营单位，实施战略重组，精干军品主体，放开民品经营，按照有进有退、有所为、有所不为的要求和“摘帽、销号、转产、关闭”的调整方针，充分利用政策改善经营环境、减轻债务负担，使集团从摊子大、效益差的困难局面中摆脱出来。

全面提高企业的现代化经营管理水平。集团公司管理工作的基本思路和主要任务是：以财务管理为中心，以成本管理和质量管理为重点，以流动资产的清仓查库为突破口，大力整顿和加强企业的各项基础管理工作。力争经过 3 至 5 年的努力，使大部分骨干企业初步建立起制度健全、运作规范、运行高效的科学管理体系。实现这一思路的当务之急是要结合公司制、股份制的改组、改制和改造，建立起产权清晰、权责明确、管理科学的法人治理结构，建立起科学有效的企业内部约束和制衡机制。

积极培育集团公司的企业化运行机制和核心竞争力。把集团公司建设成为集团资本运营的决策中心和集团核心业务的经营中心，这是世界各大公司经营管理的一个共同点。建成决策中心，就是要落实集团公司作为国有资产出资者的权利，确保集团公司履行好国有资产保值增值的职责。建成经营中心，就是要发挥集团公司产研结合、工贸结合的优势，对民品核心业务进行技工贸一体化的经营，使其优势凝聚成为集团公司的核竞争力。根据国务院批复的集团公司组建方案和章程，集团公司对武器装备的科研生产任务负责抓总。根据项目情况进行总承包，对从立项研制开始一直到市场开发的武器装备研制生产全过程实施系统工程管理，保证合同落实。同时，要创造条件逐步使重型车辆等骨干支柱民品成为集团核心业务的重要组成部分，建立起以军品的研制生产和骨干支柱民品的经营发展为主体的核心业务框架。

大力加强领导班子建设，努力建设一支高素质的企业经营者队伍。事业成败，关键在人。实现集团公司跨世纪改革与发展目标，关键在于把我们的各级领导班子建设好。加强领导班子建设，一要落实中央关于深入开展“三讲”教育活动的要求。二要大力加强各级领导干部的业务学习，提高各级领导干部驾驭经济的能力和水平。三要加强各级领导干部的民主集中制教育。四要进一步加强各级领导干部的勤政廉政建设。五要大力加强后备干部队伍建设，确保我们的事业后继有人。六要积极推进干部体制改革，强化经营者在企业经营活动中的中心地位，探索企业经营者持股的办法和途径，逐步建立起与市场经济相适应的企业经营者考核、任用和激励约束机制。

共创中国兵器装备集团公司辉煌

◎ 王德臣

中国兵器装备集团公司的成立，是党中央、国务院、中央军委深化国防科技工业体制改革的重大举措，标志着我们保军转民神圣事业从此步入了崭新的发展阶段。中国兵器装备集团公司的发展事关国家国防建设和经济建设，也关系到 26 万员工的切身利益。

兵器工业总公司改组后，按照中央的要求，两个集团之间要“分工协作、发挥优势、各有侧重、有序竞争、共同发展”。中国兵器装备集团公司是经国务院批准的特大型国有企业，是国家授权投资的机构。集团作为一个整体列入国务院确定的试点企业集团名单，享有相应各项优惠政策，同时享受国务院确定的国有大中型重点联系企业的有关政策。集团公司作为企业法人和经济实体，在管理上必须实现从原总公司行政型管理向集团公司市场经营型管理的根本性转变。集团公司与成员单位之间要按母子公司关系进行规范运作。集团公司与成员企业是出资人与被投资企业的关系，是以资本为纽带的母子公司关系，要按照《公司法》和国家有关规定，规范相互之间的权利义务关系。

王德臣，1940 年生，北京市人，曾任华东工程学院副院长，兵器工业部教育局局长，国家机械委教育局副局长，北方工业总公司副总经理，中国兵器工业总公司副总经理，中国兵器装备集团公司首任总经理、党组书记。

★ 王德臣（右一）在中国嘉陵—日本本田合作20周年庆典上的合影（中国嘉陵工业股份有限公司供图）

面临的挑战和机遇

从军品的发展情况来看，现代武器装备发展新趋势，给军品发展带来了新的契机。要把握这一有利时机，争取更好地完成国家赋予的保军任务。这次改革，打破了行业界限，引入了竞争机制，有利于我们参与竞争、扩大市场份额、提高军品地位。集团将大力支持企业参与正当有序的军品竞争，并从产业发展战略上，把军品作为集团公司的扩张型产业来发展。

从主导民品两车的经营情况来看，以汽车、摩托车及其零部件为代表的支柱民品体系，为今后的发展打下了良好的基础。但目前国内“两车”市场竞争异常激烈，同时又面临我国加入 WTO 的挑战。长安、嘉陵、建设等经营状况严重滑坡。在这个紧要关头，我们决不能失去信心，只要我们认识差距，及时总结经验教训，加大结构调整力度，深化改革，转换机制，完全可以夺回优势，走向更大的辉煌。

集团公司的结构性矛盾突出，结构调整任务十分繁重。一是企业组织规模与经济规模不相适应；二是产业结构和产品结构不合理；三是资产结构不合理；四是人才结构不合理。随着国家经济体制改革的不断深化和经济结构调整的快速进行，以及这次军工体制重大改革的完成，国家必将加大对军工结构调整的政策支持力度，为我们的结构调整带来新的机制。

我们只有摆脱旧体制的束缚，建立现代企业制度，规范和理顺母子公司体制，充分调动经营者和所有者两方面的积极性，才有可能发挥整体优势，盘活存量资源，解放生产力，闯出一条生路。

集团公司的奋斗目标

集团公司要坚持军民结合、以军为本、以民为主的方针，全面推进现代企业制度建立，加大结构调整力度，把营造和发挥集团公司整体优势与调动成员单位积极性相结合，不断扩大军品、汽车、摩托车、车辆零部件、光电及高新技术产品等五大板块核心业务规模，并积极进军新兴产业，以科技创新为主要动力，全面提高集团核心竞争力，实现经济的持续稳步增长。集团公司近期奋斗目标是：研制、生产我军急需的高新技术武器装备，完成国家赋予的保军任务；发展支柱民品，提高汽车、摩托车及其零部件市场占有率和市场竞争力；发展军民两用高新技术并推进其产业化，增强支柱民品和培植新的经济增长点；深化企业改革，加快调整，最大限度地提高投资收益和经济效益。把兵器装备集团公司建设成为以军为本、军民结合、科工贸一体化的集团公司，努力实现大部分困难企业走出困境和整体扭亏为盈的目标。集团公司远期奋斗目标：主要军品达到世界先进水平，满足打赢一场高技术条件下局部战争的需求；汽车跻身国内四大企业行列，摩托车巩固和提高国内龙头地位，并使“两车”及其零部件在国际上有较强竞争力；高新技术产业在集团公司占有重要地位，使集团公司发展成为有先进技术和科学管理，有较强国际市场竞争力的跨国公司。

集团公司的重点工作

积极、稳妥地全面推进成员企业的现代企业制度建立。集团公司成立后的首要任务就是全面推进现代企业制度建立，逐步规范法人治理结构，依法建立规范的母子公司关系。计划用一年半左右时间使大多数成员企业完成有限责任公司化改造任务。

加大结构调整力度，促进企业扭亏增盈和脱困。一要大力推进企业组织结构调整，收缩企业规模和职工队伍规模。二要积极进行产业结构、产品结构调整。大力扩展军品、汽车、摩托车、车辆零部件、光电等五大板块核心业务，形成集团公司的核心业务稳步增长的态势。三要加大资本运营和资产重组力度，调整资产结构，优化资源配置，促进核心业务规模的扩大和优势的形成。

坚持发展是硬道理，实现经济持续稳步增长。一要大力提高核心竞争力，即不断提高开发独特产品的能力、发明专有技术的能力和创造先进营销手段的能力。二要加快产品的更新换代。三要充分发挥市场经济对配置资源的作用，盘活资产存量，提高经济效益。四要大力发展高新技术产业和新兴产业，迎接知识经济时代的到来。

开拓进取，大力抓好军品的发展与提高。保军是集团公司之本，必须放在首要位置。军品发展战略是：从被动性保军转向经营性保军，实施扩张型战略，逐步提高军品比重和地位。

以技术创新为动力，加速民品发展。集团公司的生存与发展主要靠民品。我们必须坚定地实施以提高产品竞争力为中心的科技战略，以技术创新为动力，加速产品更新换代。要积极采用技术引进、技术攻关、技术改造相结合以及“产、学、研”相结合等多种途径，采取开放型科技政策，以达到调整产品结构、提高市场竞争力的目的。关键是要舍得投入、善于投入，要从销售收入中提出一定比例用于科技开发。

坚持以人为本，加强领导班子建设。建立和完善企业经营责任制。一是摸清各企业的底数，在这个基础上合理确定可考核的经营责任目标。二是建立和完善对经营者的激励机制，充分调动经营者的积极性。三是建立和完善对经营者的约束监督机制，包括稽查制度、财务审计制度、纪检监察制度等。四是引入竞争机制，择优选用经营者，同时不断加强后备干部的培养。

发挥整体优势，提高集团凝聚力。要积极营造和充分发挥集团公司整体优势，在市场经济的汪洋大海中组成联合舰队，协同作战，提高整体竞争力。在资金运作上，集团总部要用好国家赋予的国内外融资权，用好国家财政资金，提高筹融资能力。在项目运行上，要充分发挥集团公司项目运作能力，特别是在集团的核心业务和高新技术产业等重大项目的运作上，集团公司要起主导作用。在政策上，集团公司要组织、帮助成员企业用好、用活、用足国家一系列优惠政策。在军品运作上，集团公司要充分发挥整体优势，积极争取军品订货合同、外贸合同，参与国内外军品市场的竞争，从而避免单个成员单位孤军奋战的不利情况。在规模经营上，集团公司可以调动各种资源，发挥集团销售及销售网络、集团采购等方面作用，形成规模优势，提高市场开发能力，降低市场开发成本、产品销售成本和物资采购成本。在资产运营上，集团公司要发挥资本运营、资产重组、盘活存量资产、优化资源配置等方面的优势，择优支持企业形成新的经济增长点。

展现新面貌，迈开新步伐，要有新气象

集团公司总部的工作要实现五个转变，即从机关的管理型向集团公司总部经营型转变；从行政式的日常审批制向稽核制、督导制转变；从人为的随意型向科学的法治型转变；从对下属单位的领导型向服务型转变；从单一型人才向综合型人才转变。

树立“正气、高效、团结、进取”的新风。“正气”就是在集团公司内要有严格的规矩，树立廉洁、奉公的正气，遏制腐败、损公利己等歪风，要树立“外圆内方”的集团公司整体形象。“高效”就是要提高工作效率，提高应变能力，彻底改变办事拖拉、互相推诿的机关作风，追求高效益和好效果。“团结”就是要在全体员工之间，建立起合作、协调、和谐的人际关系环境，发扬集体主义精神。“进取”就是要弘扬勇于开拓、积极进取、善于创新的精神，激发全体员工的积极性和创造性。精心塑造健康、充满生机、被社会广

泛认同的集团公司文化。

集团公司的诞生，迎来了进一步走向市场经济的新时代。全体员工要肩负起新的历史使命，抓住机遇、深化改革、同舟共济，共创中国兵器装备集团公司的辉煌！

嘉陵开创了摩托车产业

◎ 郝振堃

党的十一届三中全会以后，全党和全国人民都面临着改革、开放、发展的大好形势和艰巨任务。当时的嘉陵机器厂面临着军品任务严重不足，亏损逐年增高的困难局面。在党的十一届三中全会精神鼓舞下，在军民结合、平战结合、军品优先、以民养军的方针指导下，嘉陵党委一班人，在孙寿彭的带领下，认真学习全会精神，深刻分析所面临的机遇和挑战，广泛调研，反复讨论，决心依靠广大职工群众走出一条军民结合的新路子。

党委一班人认为，嘉陵要生产民品，一是考虑军民两用产品，不和轻工业民企争饭吃；二是从市场需求出发，适销对路；三是搞一个技术含量高的，目前市场不多的，而且能够养活嘉陵五千多名职工的新产品。经过多方调查分析，大家一致同意选择摩托车作为嘉陵军民结合的新产品。决心下了，但真正要干确实面临非常大的困难：一无资金，二无设备，三无技术。只有党委一班人和全厂职工的决心和意志。

听说嘉陵要生产摩托车，引来了社会上甚至是上级和同行们的质疑。一个只擅长“冲壳子”的企业要生产集机械加工、内燃机专业、电器仪表、喷

郝振堃，1937年生，北京昌平人，历任嘉陵机器厂科长、总会计师、副厂长、厂长，中国嘉陵工业股份有限公司（集团）总裁等职。

涂工艺等诸多行业于一身的复杂产品，怎么可能呢？无论是面对善意的劝告，还是恶意的讽刺、挖苦，我们都没有动摇，反而是大大地激发了全体职工的信念和决心。

★ 郝振堃（于学驷供图）

春风得意，改革赐遇。1978 年下半年，华国锋在参观南斯拉夫托马斯兵工厂时，看到有一条年产 10 万台的 50 型摩托车生产线。就对随访的时任四川省委书记的赵紫阳说，你们四川军工企业很多，也可以向人家学习嘛。代表团回国后，赵紫阳即刻找到四川省国防工业办公室主任夏凤翔传达了华国锋的意见，此时夏凤翔已经收到了嘉陵要生产摩托车的报告，他立即电话通知孙寿彭连夜赶到成都，听取华国锋和赵紫阳两位领导的意见。在四川省国防工业办公室的支持下，并请示了赵紫阳，当时就议定了由四川省国防工业办公室、四川省第五工业管理局、嘉陵机器厂共同组团考察和访问南斯拉夫，并立即报告五机部。这个报告得到五机部部长张珍批准，并直接报送国务院获得审批。当报告到了副总理王震办公室时，王震还批示了要到德国和日本考察。

1978 年年底，嘉陵代表团正式到南斯拉夫考察和访问了，直接与托马斯工厂签订了拟向性协议，约定 1979 年 4 月托马斯工厂代表团回访嘉陵，进一步商谈合作事宜。由于气候原因，德国之行未成。回到北京后代表团立即赶赴日本，考察了本田公司、铃木公司和雅马哈公司。在考察本田公司时，代表团利用仅有的 5000 美元旅费买了一些样车，本田公司社长也大方地送给了代表团 CG50 型摩托车。

1979 年 4 月下旬，南斯拉夫托马斯工厂代表团正式回访嘉陵进一步商谈合作事宜。但由于对方要价太高，条件苛刻，未能达成协议。后来，和日本厂家的合作，也未能取得成功。当时，四川省国防工业办公室副主任郑亨康说："有国际合作嘉陵要生产摩托车，没有国际合作也要生产摩托车。"

在与外商的谈判中，我们认识到与对方合作必须以经济技术实力做后盾才能改变这种被动的状况。厂党委研究决定从现有技术人员当中挑选骨干成立嘉陵摩托车研究所。从 1979 年 5 月 3 日正式开始工作，研究所的任务就是以虚心的、求实的、认真的态度，首先从 CG50 车的测绘开始。党委和厂部对研究所的要求：第一，求实地尊重原车的实物标准，不能套用我国国标。第二，图纸完成是第一阶段，验证图纸到出样品是第二阶段。目标是国庆 30 周年制造出样车向国庆献礼。第三，以研究所为主，要动员全厂各车间，车、钳、铣、磨、电工的优秀技工参加样车试制工作。党委和厂部的决心，立刻形成全厂职工的行动，一切工作要服从这个大局，决心以苦干加实干的精神，集嘉陵各个单位和全体研究人员的智慧，众志成城完成试制样车的任务。

在此期间，党委和厂部主要领导以孙寿彭为主分工合作，深入现场协调指挥，冲破了层层难关，先后攻克了图纸资料关、材料关、模具制造关、专用设备关、外协件关，终于在 1979 年国庆节前夕成功地制造出了第一台嘉陵 50 型摩托车。从 1979 年 5 月 3 日开始测绘，经过 8 月零部件试制，9 月重点技术攻关，到 9 月 15 日，第一辆嘉陵（当时名为熊猫牌）摩托车组装成功。经过 200 多公里的试车，其主要性能指标超过了南斯拉夫托马斯公

★ 国营嘉陵机器厂试装 50 轻骑样车（中国兵器装备集团公司供图）

司 A3 型摩托车，接近日本本田 PA50S 型摩托车水平，实现了“造出‘争气车’向国庆 30 周年献礼”的目标。

回首第一辆嘉陵摩托车诞生的过程，我至今仍是心潮澎湃、热血沸腾。嘉陵摩托车成功开发大涨了民族志气，也给我们企业的发展带来了启示：企业发展只能靠深化改革和自我拼搏！

8910 工程回忆

◎ 蔡寅生

8910 工程是以研制与生产国庆 40 周年阅兵装备为目的的科研生产工程。当时我在兵器工业部科技局负责抓科研计划，有幸参加了阅兵装备研制领导小组，并具体负责领导阅兵办公室的工作。虽然，其间工作岗位几次变动，但参加了 8910 工程的全过程。因此，这是我科研管理生涯中最为难忘的大事。

庞大的工程，光荣的任务

回顾兵器科研战线的历史，8910 工程可谓兵器科研历史上规模最大的、集科研与生产试制于一体的浩大工程，是比“823 会战”“24 会战”等任何一次科研会战都大得多的工程，是对兵器战线 10 年改革开放成就的一次大检阅，也是对兵器工业实力的一次重大考验。

以往各届阅兵都是从现有装备中挑选，或从已设计定型的新装备中挑

蔡寅生，1940 年生，江苏泰州人，曾就职于中国人民解放军炮兵科学技术研究院一所、五机部第七研究所、五机部兵科院、兵器部科技局、国家机械委兵器发展司、机电部军工司，历任兵器工业总公司科技委副主任、办公厅主任等职。

★ 阅兵工程检查组在127厂现场办公（蔡寅生供图）

选，所以都是由生产部门负责组织。但在8910工程的17种新型号中，仅有3种已定型，其余均为科研项目。这一工程从1986年5月28日兵器工业部第一次阅兵工作会议开始，到1990年12月30日最后一批项目批准设计定型，历时4年零8个月，先后完成了12个型号新武器装备的设计定型或鉴定，并生产交付部队坦克、步兵战车、装甲输送车、自行火炮、反坦克导弹发射车、牵引炮及其配套车辆共245台（份），枪支4万多支（挺）。

1989年，根据当时的国际形势，中共中央、国务院决定国庆40周年不举行阅兵，但8910工程仍作为国家重点继续进行。国庆40周年前夕，在北京航空博物馆举办了新武器的装备陈列，其中绝大多数项目接受了中共中央、国务院、中央军委和全国人大等党和国家领导人的检阅。

领导机关决策，厂所积极请战

1986年初春的北京，春意盎然。中央军委正在酝酿着一个宏大的工程。“五年一小庆，十年一大庆”，国庆40周年阅兵在规模和水平上都要高于国庆35周年。

消息传到兵器工业部，部党组认为，这是检阅兵器工业改革开放10年伟大成就的好机会，也是发展兵器工业科研、生产工作的强大动力，兵工战士必须勇敢地接受这次严峻的考验。

为了给这一工程上马做好充分准备，1986 年 5 月 2 日，兵器工业部召开了第一次阅兵工作会议。按总参的初步方案，阅兵规模较小，兵器只有 80 式坦克、双 37 毫米自行高炮、二代装甲车、40 公里火箭、122 毫米自行榴弹炮、120 毫米自行反坦克炮、7.62 毫米微型冲锋枪族及 5.8 毫米枪族等 8 个项目。参加阅兵工作会议的工厂，个个积极请战，要求增加阅兵项目。是啊，作为一个兵工企业，谁愿意错过这样一个报效祖国的良机呢!

部党组深深理解兵工战士的心情，决定力争有更多的兵器装备参加阅兵。同年 5 月下旬，总参、国防科工委等领导机关在北京远望楼召集各军兵种及各国防工业部门共商国庆 40 周年阅兵大事。在副总长何其宗及国防科工委副主任谢光主持的汇报会上，我代表兵器工业部汇报了我们的方案，建议将红箭 -8 导弹发射车、551 轮式步兵战车、155 毫米加榴炮、122 毫米自行火箭炮、直 9 武装直升机机载红箭 -8 导弹系统等 5 种装备纳入阅兵计划。建议得到了大会的批准，为慎重起见，后两项列为争取项目。会后，国务院、中央军委将此项决定通知了全国有关部门和地区，吹响了 8910 工程的进军号角。

严密组织，5 个年度闯过“五大关”

8910 工程跨越 5 个年度，每年安排一个工作重点，称作五大战役。工程开始，我们就拟定每年召开一次阅兵工作会议，总结上年工作，布置当年任务。

1986 年是开头年，主要抓了落实技术指标，组织科研与生产队伍，建立各级行政指挥系统、总设计师系统、总质量师系统，建立各个项目的厂际与厂内质量保证体系，沟通与军代表的关系。各级也相继成立了阅兵领导小组与办公室。这套严密的行政技术指挥系统为保证 8910 工程胜利完成起了很

★ 8910 工程检查汇报会（蔡寅生供图）

重要的作用。

1987 年，第二战役主要抓了技术攻关。科研工作的全过程就是解决各种技术问题、向预定目标逐次逼近的过程，科研项目成败的关键决定技术攻关的顺利与否。因此，我们把技术攻关当作 8910 工程的首要任务，认真加以组织。

阅兵装备的 14 个项目中，除少数已设计定型外，几乎都有数量不等、难易不同的技术关键需要攻克。80-1 坦克定型试验已接近尾声，但出现了风扇传动轴断裂；5.8 毫米枪族已通过了定型试验，但外形要求重新设计，并采取塑料弹匣；122 毫米自行榴弹炮的定型试验虽然很顺利，但在寒区试验中，发生了油气悬挂系统温升过快的问题，被迫退出试验，这一现象曾令人一筹莫展，甚至有人对方案产生了动摇，要求将悬挂系统改成机械式。但与使用部门研究之后，认为油气悬挂是一门新技术，我国在自行火炮上运用还是第一次，不用它，自行火炮的总体性能就会受到影响。兵器部阅兵领导小组决定原方案不变，有什么问题解决什么问题，统一认识后，大家齐心协力，采取多种技术措施，最终把问题解决了。

1988 年冬，120 毫米自行反坦克炮定型试验进入最紧张的阶段，前方

★ 20世纪80年代研制的120毫米反坦克炮（于学驷供图）

突然传来弹性联轴节花键轴严重磨损，弹性支撑块破碎等问题。此事非同小可，因为它威胁着整个传动方案，乃至该底盘的总体方案能不能成立，如果不成立，不仅是120毫米自行炮，而且与它共用一个底盘的122毫米自行火箭炮及K-20爆破扫雷车共三个方队能不能参加阅兵都是问题；再则，离阅兵只有一年时间了，近60台底盘已投料交叉生产，如果定型通不过，不但会造成很大的经济损失，而且会造成很大的政治损失，谁能担当得起如此重大责任？总设计师焦急万分，兵器总公司立即组织专家技术会诊，分析了原因，采取了对策，以最快速度改进样车，补充试验3000公里，终于闯过了这一关。

第三战役是交叉生产年。对于科研项目，特别是技术复杂的武器装备来讲，从设计到定型一般都要5至6年。三年时间实在太短，更何况定型之后，还要试制出一个方队的装备。工程的进度要求逼着我们从后往前排计划。然而，为确保质量，该有的程序一个也不能少，必要的阶段一个不能跨越。办法只能是实行交叉作业，别无选择。这给管理工作提出了很难的课题，也给整个工程增加了很大风险。为此，我们与军方共同研究，采取了许多把关措施，终于闯过了这一道难关，基本上做到了忙而不乱，既保证了进度，又保证了质量。

第四战役是验收交付年。我们为第一批交付部队的273毫米火箭炮举行了交付仪式，并为它颁发了质量奖。这一年，我们还为北京航空博物馆举办的新武器装备陈列展组织了展品的生产。

第五战役是总结年。为了善始善终搞好 8910 工程，阅兵领导小组下发了通知，布置了总结工作和总结提纲。我们认真地进行了工作总结，写出了总结报告，有的还出了论文集。共评出优秀项目 2 项，优秀质量奖 3 项，优秀进度奖 2 项，技术创新奖 7 项；评选出总公司级有功人员 173 名，其中一等功 19 名，二等功 50 名，三等功 104 名。

领导挂帅，现场办公

8910 工程得到了国务院、中央军委的高度重视，1987—1989 年由“四委两部”先后组织了 3 次全国性的阅兵项目巡回检查现场办公，我有幸参加了前两次检查，留下了难忘的印象。

“四委”是指国防科工委、国家计委、国家经委及国家机械委，“两部”是总参谋部和总后勤部。参加的领导同志有谢光、来金烈、肖永定、叶正大等。前两次检查是谢光率团出征，自始至终。第一次在重庆现场办公时，总参副总长何其宗也参加了，对一些重大问题的解决起到很大的作用。第二次去重庆检查时，正逢军委副主席刘华清及成都军区政委万海峰也在重庆视察工作，他们也视察了 8910 工程，作了重要讲话，给了我们很大鼓舞。

参与这几次阅兵项目检查的都是我军武器装备研制、生产、采购的最高领导机关人员；科研、生产、使用三结合；从北京到包头、大同、太原、西安，又南下重庆，北上白城子、齐齐哈尔、哈尔滨，走遍了 13 个项目的总装厂、总体厂所及主要的配套单位。

这几次现场办公坚持办实事、讲实效，深受基层欢迎。归纳起来，检查团做了四方面工作：一是传达了中共中央、国务院通知，鼓舞大家斗志。二是疏通了各单位与当地政府的关系，使阅兵工作得到当地政府的大力支持。三是为基层雪中送炭，由国家计委、国防科工委、国家机械委共同筹集了

4000多万元，解决了零星技术攻关费用的燃眉之急。四是解决了许多悬而未决或急等拍板的技术或协作关系等问题。如5.8毫米枪族参不参加阅兵，155毫米火炮用不用铁马车牵引，273毫米火箭炮发动机质量不合格，122毫米自行榴弹炮悬挂方案更不更换等问题。还解决了许多科研、生产与使用部门之间不协调的问题。总之，这几次现场办公，作风深入、雷厉风行、当机立断，为机关工作作风改进起了带头作用。

按期交出产品，工程圆满完成

8910工程有动员、有布置、有检查、有总结，胜利完成了十几种大型复杂武器的科研、试制，交付了部队一批新装备，锻炼培养了队伍，同时还创造了比较好的兵器科研管理经验，促进了“七五”兵器科研计划提前完成。

8910工程的成果和收获可以概括为：高水平、高速度、高质量、高效益。

高水平主要表现在武器装备水平是高的，与国庆35周年阅兵装备相比，无论在品种上，还是在性能上都上了一个新台阶。一次为部队提供10种型号的履带式战斗车辆，大大提高了中国人民解放军机械化、摩托化水平，其中自行高炮、反坦克导弹发射车、120毫米自行反坦克炮、火箭爆破扫雷车填补了国内空白。有的武器更新了旧装备，性能上有了很大提升，每种武器都或多或少地采用了一批新技术，如发射车的四联装液压升降技术、机关炮的柔性导引双向供弹技术、大型火箭自动装填技术、火箭爆破弹空中展直与超长装药同时起爆技术等。从而使这批武器绝大多数在20世纪末不会失去其先进性和实用性。

高速度表现在科研项目的定型试验与生产周期比正常情况缩短很多，时间要求紧，而完成任务是高效的。在14个项目中，除273毫米火箭与轻型冲锋枪两项进度比较正常外，其他项目都很紧张。如双37毫米自行高炮是一个大型复杂系统，即使试验顺利，也需要 2 年多的定型试验周期，定型图纸资料整理最少需要半年，试制周期约 2 年，5 年的工作量要求在 3 年半内完成，难度是很大的。更困难的是，工程上马时才正式立项的 5 种型号，当时连战术技术指标都没有，需要经历方案论证，样机设计、试制、试验、工厂鉴定，设计定型试验，小批量生产等阶段，正常情况周期约需六七年。然而列入了 8910 工程一切节奏都要加快，战术技术指标审批快、设计快、加工快、试验快、生产准备快，科研、生产、试验各环节的周期都要大大缩短。结果，5 种型号的研制周期都在 3 年半至 4 年零 10 个月之间，全部顺利通过了定型，试制出了一个方队的装备。最后，连争取参加阅兵的 122 毫米自行火箭炮及红箭 -8 导弹发射车都在预定计划之内顺利完成了，创造了空前的高速度。

高质量表现在自始至终贯彻质量第一的方针，交付部队的装备经过两三年的检验，质量是好的，没有出现重大技术问题。在科研过程中，技术攻关成功率高，先后解决了几十个技术关键，很少重复出现同类故障，突出表现在双 37 毫米自行高炮，红箭 -8 导弹发射车，122 毫米自行火箭炮火力及扫描系统，120 毫米自行反坦克炮火力、火控系统等都实现了定型一次成功，没留下重大后遗症，这在兵器科研史上是少见的。

高效益表现在十多种重型装备中，提高了坦克的突击力，增强了反坦克作战能力与野战防空能力，增加了压制兵器的射程与火力密度，较大幅度地提高了陆军的机械化、自动化和自行化水平。同时，培养锻炼了一批科研设计人才，并为外贸提供了一批有前景的产品，有力地促进了“七五”科研规划的全面完成。这么一大批项目，每年的科研经费仅占陆军型号科研经费的五分之一，绝大多数项目的科研经费支出都是在预算之内的，超计划追加的科研经费仅 600 万元，占总费用的 3%。由于科学的安排，最终以较少的投入，取得了较大的国防效益和社会效益。

用户满意，群英受奖

8910 工程受到了部队的好评。装甲兵部的同志说："在短短四五年时间里，基本上完成了 5 种车辆的研制、试验、定型和小批量生产出产品，在装甲兵武器装备发展史上谱写了光辉的篇章。"

炮兵部的同志说："炮兵的五个项目，除个别项目外，均为新项目或在研项目，三年多的努力，圆满完成了任务，在较短的时间内取得了丰硕的成果。"

部队的同志还说："仅用了三年多时间，将红箭 -8 反坦克导弹发射车，一次成功地研制出来，这在装甲车研制中是少见的。""一个大型复杂系统（指 122 毫米自行火箭炮）从 1986 年 5 月决定研制，到 1989 年 9 月召开定型审查会，这在我国武器系统研制史上是少见的。"这些评语是对 8910 工程的最好总结与认可。

8910 工程受到了中共中央、国务院、中央军委的嘉奖与表扬，在认真总结的基础上，在庆祝人民兵工创建 60 周年大会上，对评选出的有功单位和有功人员进行了表彰。

走自己的路

◎ 周燕生

齐齐哈尔和平机器厂自 1950 年由沈阳北迁齐齐哈尔，几十年来，产品发展经历了仿造、自行研制和引进加攻关三大阶段，走过了一条独具特色的发展之路。目前，工厂已成为兵器工业系统骨干企业和大口径火炮科研生产基地。我于 1952 年进厂，由于工作关系，亲自参与了主要火炮项目的研制生产，有幸参加了每门新样炮的首次试验，亲耳听到了那令人期待而兴奋的第一声轰鸣。回顾以往，使我深切感到：走自己的路始终是大口径火炮发展的灵魂，它不仅主导了工厂过去成长与发展历程，而且一定将在未来的岁月中发挥更大的作用。

仿制中坚持学习与创新相结合

根据中央第二次兵工会议决策，1952 年和平机器厂开始了以苏联制式火炮为生产对象、以苏联资料为指导的第一次技术改造工作。到 20 世纪 60 年代中期，我厂先后仿制定型了 122、152 毫米榴弹炮，122、130、152 毫米

周燕生，1930 年生，浙江诸暨人，1952 年参加工作，历任 127 厂技术员、车间副主任，设计研究所副所长、外事办公室主任、副总工程师、第一副厂长兼总工程师、厂长等职。

★ 周燕生（蔡寅生供图）

加农炮，152 毫米加榴炮，继承了苏联火炮系列；同时更新了设备，改进了工艺，完善了管理，以成批的新火炮装备中国人民解放军，为部队的正规化建设提供了坚实的物质保证。1954 年 10 月 25 日，毛泽东为我厂试制成功我国第一批 122 毫米榴弹炮发来亲笔签名的嘉勉信表示祝贺，称赞“这对建立我国的国防工业和增强国防力量都是一个良好的开端”，勉励我们要“进一步掌握技术和提高质量”。

系统学习苏联的火炮制造技术，用科学性和系统性改造工厂，掌握先进技术和新型管理方法，使工厂整体水平达到新高度，这是 20 世纪 50 年代我厂的中心任务。当时，我们这座以张作霖创建的兵工厂为基础发展起来的企业，仍处于以手工生产方式为主的生产条件和技术水平落后的状态，完成上述任务无疑是十分艰巨的。

在此期间，我厂充分利用苏联提供的技术，认真组织消化吸收，努力将技术资料转化为现场的具体生产条件，奠定了火炮生产的基础。同时，我们通过火炮试制、试验和生产，注意掌握制造技术的科学规律，积累组织生产经验，逐步提高了工业生产的正规化水平。应该特别提出的是，这个时期，我们贯彻自力更生的方针，坚持走自己的路，充分发挥职工的独创精神，所以在短时间内便使我们的产品质量和生产效率超过了苏联资料的规范。例如，在试制生产 122 毫米榴弹炮过程中，钳工朱景兴设计制造了苏联资料未列的摇架加工三孔机，保证了加工精度和质量；技术员莽振华和镗工吴树宝等配合，利用旧设备组装成双头立式珩磨机，解决了液压缸筒内孔的珩磨关键，节约了大量资金；装配工杨振海，熟练掌握精密的火炮对瞄工艺，技高一筹，把实耗工时由资料规定的 8 小时减为 1.3 小时；技术人员尚士用，潜心钻研，把 20 世纪 50 年代国际上新型切削材料硬质合金用于加工工艺，改进切削规范，创立了我厂第一个高速切削车间。这些植根于祖国大地的新事物，青出于蓝胜于蓝，大大突破了苏联资料的模式和水平，充分显示了中国人民的聪明才智，使在场的苏联专家赞叹不已。有的项目还受到部门和中央领导的肯定和表彰。例如，尚士用、吴树宝被选为 1956 年全国劳动模范，在北京中南海受到毛泽东等中央领导的接见。

根据彭德怀的建议，中央撤销新建军炮厂的项目后，军炮生产任务由我厂承担。1958 年，安排了仿制 130、152 毫米加农炮，使我厂进入生产军级火炮的历史新阶段。加农炮的结构参数远大于榴弹炮，当时我厂所有的机床设备大都以榴弹炮的零部件为加工对象，规格不能适应，这就使试制工作面临难关，然而，广大职工自强不息，为提高原有设备的加工能力，热情地投入设备的改造工作之中，工人们采用床头加高、床身接长和床头悬空等一系列办法，制造了一批专用设备以解决零件轮廓尺寸增大后的加工问题。在问题集中的炮身车间，为加长设备的工作行程，利用两个不相连的旧床身调整制造了身管内膛卧式研磨机，研制了“断腰”机床的新结构，就是这样，仅用一年的时间便完成了试制和批生产任务。在国庆 10 周年庆典上，我厂生产的首批 130、152 毫米加农炮威武、雄壮地通过了天安门。当时，我正在北京参加阅兵产品保障组工作，目睹火炮方队在拓宽了的长安街上行进时振奋人心的壮观场面。作为阅兵武器的制造者之一，我为我国火炮装备的迅速发展和中华民族的创造精神感到无比激动与自豪。

经过全厂职工的努力，我们全面掌握了大口径火炮的制造工艺，填补了我国压制兵器生产技术的空白，也为我国大口径火炮的持续发展培育了技术队伍，奠定了物质基础。

研制工作在风浪中前进

1957 年，我厂组建设计研究所，开创了我国自行研制火炮的历史。此后，陆续研制成功了 1963 年式 122 毫米榴弹炮、1986 年式 152 毫米加农炮、1983 年式 273 毫米火箭炮、1979 年式 305 毫米火箭布雷车和 1983 年式 152 毫米自行加榴炮，改进成功了 59-1 式 130 毫米加农炮、66-1 式 152 毫米加榴炮，设计制造了 1976 年式双联装 57 毫米自动炮等一系列新式火炮，为部队提供了性能先进而又适合军情的武器装备。

这个时期研制工作是在风浪中前进的。百折不挠、坚持不懈，成为这个时期工作的特色。我厂广大职工排除干扰，积极工作，克服艰难险阻，为火炮技术的发展作出了贡献。59-1 式 130 毫米加农炮的诞生就是一个生动的例子。在“文化大革命”中，职工们冒着所谓“以科研压革命”的风险，根据我军的迫切需求，把苏式 130 毫米加农炮改造成 59-1 式 130 毫米加农炮，新炮既保持了原炮的威力，又使炮重减少了四分之一，而且结构紧凑、操作方便，大大提高了勤务性能，炮兵部队给予了很高评价。这个产品连续生产十余年，性能优良、质量可靠，获得 1987 年国家级金牌质量奖。

★ 20 世纪 80 年代研制的 152 毫米自行加榴炮（于学驷供图）

1986 年式 152 毫米加农炮的研制也是经历指标方案多变、三次下马、四次上马的过程，直到 1986 年才得以设计定型并投产。1958 年开始研制时，参加设计的许多人是初出校门、意气风发的青年技术员，经过 20 多年的产品定型，这些人盛年已逝，两鬓斑白。但当看到自己长期倾

★ 20世纪50年代生产的152毫米加农炮（于学驷供图）

注了大量心血的大威力火炮终于研制成功，为国家、工厂赢得巨额经济效益，并荣获1988年国家科技进步一等奖时，都欣慰地感到年华并未虚掷。

152毫米自行加榴炮是国庆35周年接受检阅的产品，我厂负责研制其火力系统。这个仅用五年就达到定型要求的项目，饱含着我厂职工的辛勤劳动。例如，为解决火炮射界大、炮塔空间小的矛盾，工程师吴玟金经过精心设计，大胆建议采用三筒式平衡机，这个新结构获得了国家技术改进二等奖，并为产品定型铺平了道路；瞄准具设计组在没有正式技术资料可供参考的情况下，自行设计了数码显示瞄准具，为火力瞄准系统发展闯出了新路；输弹机研制小组经过反复设计试验，创造了可在任意射角装填弹丸的液压电控系统输弹机，使火炮发射速度达到先进水平，保证了火力机动性。

我厂虽然仍在不断地探索新领域，开发新产品，作为兵器工业骨干企业和大口径火炮科研生产基地发挥着重要作用，但仍应看到，20世纪80年代以前的产品都没有完全从苏联的模式中走出来。虽然产品设计和工艺编制我们都可自行完成，但苏联的设计思想和技术规范仍发挥着潜在的影响，当时政策的动荡和干扰，更拉大了这个领域中我们同先进国家的差距，这种不利的局面，在党的十一届三中全会以后才得到根本扭转。

消化吸收引进技术，实现工厂历史上重大的转折

党的十一届三中全会以后，中央为国防工业作出了“保军转民”的决策。客观形势变了，兵工企业面临加速军品更新换代，面向国际国内两个市场，提供现代化装备的迫切任务。我厂在与国外的接触中，通过对比，看到了差距，提出了引进技术、提高水平的建议。1984 年以来，我厂在上级部门的支持下，从国外引进了 GHN-45 型 155 毫米加榴炮的技术资料和部分关键设备，到 1987 年进行了批量生产，获得了良好的经济效益。经过技术改造，工厂的技术装备水平发生了质的飞跃，市场竞争能力明显提高，生产经营面貌也发生了深刻的变化。实践证明，引进必要的先进技术，搞好消化吸收，是提高我国火炮制造技术和科研水平的重要途径。在新形势下，必须转变观念，沿着坚持以我为主、引进学习国外技术为辅的方针，才能在改革、开放的洪流中为国家作出更大的贡献。

引进 155 毫米加榴炮经历了一个考核认识的过程。对于出自军工小国的 GHN-45 型 155 加榴炮，我们是陌生的。1983 年，我们首先按照技术规范对该系统作了严格、全面的试验考核，试验是了解的深化。这个系统突出的特点是利用底凹槽形弹和底喷技术延伸了火炮射程，以及较先进的火炮设计制造技术，在西方具有一定代表性。引进这个系统，无疑对提高我军装备现代化水平、提高科研起点具有促进作用。此外，先进的产品性能需以先进的生产手段作保证，在组织专业人员对国外的生产进行认真考察之后，我们看到，这条生产线是在先进工艺指导下，以加工中心和数控机床为主体的一套加工和检测设备，引进这条生产线对于改进和提高工艺水平，缩小我国与国际先进水平差距肯定是有益的。

技术转让合同签订后，面对外商提供的技术资料，我们遵循以我为主、为我所用的指导思想，通过消化、吸收顺利地解决了国产化问题。例如，国外技术标准广而杂，我们以产品国产化为目标，在掌握引进资料的基础上，做了大量的外标转国标工作，同时，减少规格、简化品种，为国产化创造条

件。又如，在一些技术难点上，我们采取了现实方案，将回转坐圈、制动系统等构件转为国内配套，取得了很好效果。事实证明，国外先进技术是与它们的国情联系在一起的，产品先进并不等于所有的零部件都是先进的，我们正是结合我国的国情，在保证产品性能的前提下，正确地处理了我们首先碰到的技术标准和配套问题。

引进技术的工艺要求与我厂原有水平差距很大，使仿制工作遇到了困难。为了突破难关，争取时间，早日完成鉴定工作，我们采取了分散难点、各个击破的战略，1985—1988 年以年度为阶段，先后攻克了炮身、炮架和液压部件的加工关键，而且集中技术力量，组织多项技术措施，解决了身管自紧和密封环加工的重大难题，达到了按照自编工艺、利用国产材料、探索加工规律、保证技术性能的目标。事实证明，先进技术产品并非高不可攀，只要我们立足国内，发挥我们的特长，运用我们多年的丰富经验，是完全可以掌握和发展的。

引进硬件触发了我厂设备普遍陈旧和改造资金有限的尖锐矛盾。为了有效地利用投资，加快技术改造，我们把引进设备的重点放在直接关系产品水平的炮身、炮闩、架体加工和检测手段方面，引进加工中心、数控车床、自紧设备、三坐标测量仪和自动编程站等代表 20 世纪 80 年代制造水平的设备，同时要求外商提供与这些设备有关的工艺资料、技术标准、产品图纸，并为我方培训人员。这种软硬结合，确保重点的做法，使我们仅用了 600 万美元、两年时间就完成了重点技术改造，用有限资金使企业进入了高技术水平的行列，事半功倍。这是高级工程师郑永源、吴乃盛等同志辛勤劳动的结晶。

如何使先进设备尽早投产，加速资金回收，是摆在我们面前的新课题。在高级工程师郭景飞等具体组织下，制订了进度计划，落实了责任制，预先掌握了引进设备的技术规范和验收程序，为新设备的装调和验收做好充分准备。从 1986 年年底国外设备和调试人员陆续进厂，到 1987 年年中试车验收就绪，整个工作都是在我们掌握主动权的情况下展开的，因而为我们赢得了宝贵的时间，保证了设备及时投产。

引进155毫米加榴炮，我厂从考察到投产，仅用了三年多的时间就完成了产品开发、试制鉴定和技术改造。目前，除155毫米加榴炮外，我们又移植了国外先进技术，开发155毫米自走和自行加榴炮等一系列新产品。这是我厂在加速军转民、内转外，大力转轨变型过程中，融引进、消化、改造为一体，努力使引进技术尽快转化为先进产品的结果。到1988年，不仅产品进入了高层次，取得了丰富经验，而且投入了市场，获得了巨额利润，部分回收了资金，取得了显著效益。

进入20世纪90年代，为适应战争新形势和武器装备发展的需要，我厂组织开展了多种新型火炮的研制工作。在融合了国外以及我国技术和管理领域的理论与经验基础上，自力更生，优化产品结构，改进工艺，追求同步于当代国际火炮技术的先进水平。

我在齐齐哈尔和平机器厂工作40余年，亲身感知自力更生精神激发了企业的活力，促进了技术进步，调动了职工的创造力，增强了职工的民族自信心。我感到，在改革开放和社会主义市场经济的新形势下，只有自立自主，着眼于开拓发展，才能取得行动的主动权，才能开创大口径火炮研制发展的新局面。

中国互联网先驱

◎ 杨楚泉

《中国互联网发展大事记（1987—2006）》刊登了王运丰领导的兵器专家组在中国互联网初期，从计算机的点对点连接、发出第一封电子邮件、接入国际网并获美方认可，到组建 CANET 网、国内的推广应用和注册中国的顶级域名“.cn”等的完整过程。这一系列工作都是在西方国家封锁、禁运，国内通信设备陈旧落后的条件下进行的，但王运丰领导的兵器专家组在重重困难面前，继承了艰苦奋斗、甘于奉献的兵工精神，树立了为国争光、勇攀高峰的雄心壮志，为中国成功接入国际互联网付出了全部精力，从而揭开了中国人使用互联网的序幕。祖国和人民永远铭记他们为此作出的突出贡献。

我作为亲身经历这段历史的项目管理者，深深感受到在世界互联网还在学术应用的初期阶段，王运丰领导的项目组就能使中国成为较早进入全球网络的重要成员，使我国互联网在这一阶段的发展与世界上很多国家基本同步，与国际互联网发源地的美国也相差不多。从弘扬兵工精神、传承兵器文化的历史责任角度，有必要重点讲述一下中国互联网第一人王运丰的感人故事。

杨楚泉，1932 年生，浙江鄞县人，历任装甲兵科技研究所助理研究员，兵器工业部北方车辆研究所研究室主任、副总工程师、副所长兼总工程师，兵器工业部科技委员会副主任兼秘书长等职。

借鉴德国入网经验，让世界早日认可中国

★ 杨楚泉与王运丰（右）(《中国兵工报》供图）

王运丰精通德语和德国的风土人情，通过西门子计算机用户协会三次学术交流的机会，以他个人的能力和魅力，与德国卡尔斯鲁厄大学的维纳·措恩建立了亲密的合作关系。措恩是德国第一封电子邮件的发出人，而且是德国坚定支持 TCP/IP 网间传输协议者，与美国科学基金会所属网络（NSFNET）的科学家团队保持着经常性联系。王运丰与措恩的通力合作就成为项目取得快速进展的关键所在。

1986 年，按照王运丰与措恩的计划，我和计算所（ICA）研究室主任史寿生访问了卡尔斯鲁厄大学，并签订了中德计算机网络合作协议。协议的第一步计划规定："在计算所（ICA）和卡尔斯鲁厄大学之间建立点对点联系，然后联入现有国内和国际网络，中国方面要进一步打开连接其他大学和科研单位的通道。"从该计划内容可以看出，这正是接入国际互联网所必需的完整步骤，正因为有了这样的明确目标和具体的实施方案，才使得项目迅速打开了局面。

根据措恩的提议，我受机电部委派，于 1987 年 11 月 9 日率代表团出席了在美国普林斯顿大学举办的第六届国际计算机联网讨论会。会议期间，中国代表团和措恩专门介绍了中德网络合作项目的成功经验。会后，大会执行主席和计算机科技网（CSNET）、美国大学网（BITNET）的执行委员接见了中国代表团，并向中国代表团转交了美国国家科学基金会（NSF）主任斯特芬·沃尔夫（Stephen Wolff）签发的，对中国接入 CSNET 和 BITNET 的认可性贺信。

贺信的内容是："BITNET 和 CSNET 的电子邮政向中国的延伸是电话

★ 1988 年，计算机国际联网讨论会全体中外代表合影（一排左五王运丰、一排左八措恩）(《中国兵工报》供图)

和邮政业务的实质性加强，它将会促进我们与中国科学家的协作，我支持你们组织所作的努力。”

这封贺信打开了中国接入国际互联网的大门，它标志着美国对中国接入国际互联网在政治上的认可。

但是万万没有想到，会议结束的第二天就接到白宫的通知，宣布这个许可无效。这时，沃尔夫坚持了“互联网是开放的，应该排除政治因素影响”的神圣原则起到了关键作用，是他采取了“不是事先申请许可，而是事后请求谅解”的办法，承担了这个责任。

在这里，我也联想起曾任耶鲁大学校长的布鲁斯特（Brewster）的一件类似的事。当时正值越战，美国政府规定，凡以道德或宗教名义的反战者，都不能申请奖学金，而这位校长为了维护耶鲁大学传统的学术自由精神，拒不执行政府的这道命令，仍然坚持以申请者成绩作为发放奖学金的唯一标准。后来，人们称之为“当年最伟大的校长”。在我们的心目中，沃尔夫也正是这样的伟大人物。

2007 年 9 月，在措恩和中国互联网协会理事长胡启恒的召集下，在德国举行了中国第一封电子邮件 20 周年纪念会。当时，对中德合作项目作出过贡献的德国、美国、爱尔兰等国科学家大部分到场，在会上胡启恒首先着重肯定了在中国互联网早期发展过程中，这些国际科研机构和科学家所作的巨大努力和贡献。在纪念会上，沃尔夫回忆说，如果没有当年中德之间成功的电子邮件连接，1994 年美国政府对中国全功能介入的许可将有可能被推迟很多年。

世界各国对网间传输协议存在标准之争

20 世纪 80 年代，世界各国对网间传输协议存在标准之争。当时，德国科研网络（DFN）全力支持开放系统互联体系架构，以措恩领导的科研小组于 1984 年中期与 CSNET 连接成功（采用的是 TCP/IP 架构），并发出了德国第一封电子邮件，虽然当时 DFN 也提出与 CSNET 建立连接的请求，但遭到美方拒绝。因此，卡尔斯鲁厄大学实质上已经成为 CSNET 在德国的中枢。了解了这个背景，我深刻体会到中德网络合作项目能在普林斯顿会议上作报告的关键意义，在于它有利地推动了更多国家的计算机选择 TCP/IP 协议。同时也不难理解中国第一封电子邮件“越过长城，走向世界”的真正内涵，它为中国成为全球网络的重要成员创造了有利条件。

1985 年，措恩在中国计算机用户协会西门子分会的学术交流会上，已经把美国计算机网络看作国际制式的唯一选择，他为中国计算机网络发展指明了努力方向。在这一段时间内，世界上许多国家也纷纷把自己的计算机网络传输协议统一到 TCP/IP 协议上来。

从整个事件的进展中，我体会到，普林斯顿会议之所以能重视中德网络合作项目，NSF 对中国的认可性贺信遭到白宫否决后，又能重新获得默许，都与中德合作项目推动了网络传输协议的统一有关。当然，也与措恩已经取得这些国际网络领导者们，或者称之为国际共同体的完全信任和尊重是分不开的。

NATIONAL SCIENCE FOUNDATION

WASHINGTON, D.C. 20550

Division of Networking and Communications Research and Infrastructure

Professor David Farber, Chairman
CSNET Executive Committee

Mr. Ira Fuchs, Chairman
BITNET Executive Committee

Gentlemen:

The extension of BITNET and CSNET electronic mail to China is a natural enlargement of the telephone and postal services that will increase the possibilities for collaboration among US and Chinese research scientists. I welcome this move which your organizations have made.

Sincerely,

Stephen S. Wolff
Division Director
November 8, 1987

★ 美国国家科学基金会（NSF）关于中国接入 CSNET 和 BITNET 的认可性贺信原稿（《中国兵工报》供图）

积极推动网络普及，促进交流惠及全社会

20 世纪 80 年代前后，正值西方国家对华封锁和技术进口限制。当卡尔斯鲁厄大学利用获得的资助购置了一台 VAX-II 计算机，决定使用 UNIX 系统时，中国却因进口限制迟迟买不到 VAX 机，为了尽快推动项目取得进展，最后还是使用 7760 机和经过修改的 B5-2000 系统。

项目进行中遇到的最大难点是信道问题，由于中国当时还没有数据网络，只能依靠北京电信管理局的现有数据传输设备加以解决。在王运丰、措恩、李澄炯和史寿生的主持下，项目组中外专家经过两年的多方案试验和修改，遇到了无数次的挫折和失败，但他们没有退缩，前进的信心依然无比强烈。通过连续奋战，最终找到了一个简便而且有效的方案：先利用电话拨号连接，再经过已引进的联机检索系统，通过卫星线路至意大利，再进入德国的卡尔斯鲁厄大学。

1988 年 3 月，国家机械委副部长唐仲文和国务院电子振兴办公室主任李祥林在北京联合召开了计算机国际联网讨论会，国内各大学和科研机构共 32

个单位参会，德国、荷兰、爱尔兰等国代表参会。会上着重讨论了如何实现国际联网和国内的网络运行问题。会议认为，在我国通信设备比较落后的条件下，利用市话和长话线以拨号形式通过计算所（ICA）7760 机进入国际网是可行的。按照国外经验和邮电部门的要求，应当先组织起来后建网，确定成立中国计算机科技网（CANET）推进协会。

王运丰当时是全国政协委员，为了解决国内建网和网络运行问题，他曾多次在全国政协会议上写出提案。其中，1988 年 8 月，经国务院电子振兴办公室答复的 0841 号提案和 1989 年 8 月经国家科委办公厅答复的 1551 号、1820 号提案中都明确表示："中德网络合作项目意义重大，应抓紧进行"，并表示"同意 ICA 在运行中可以收取合理费用"。

与此同时，王运丰还给国家科委主任宋健写了关于建立中国科技网有关问题的报告。宋健在批示中指出："我觉得这是科技对外开放的重要活动，应给以积极支持。"根据这一批示精神，国家科委于 1989 年 1 月 18 日召开了科技计算机网络座谈会，会议邀请了全国 30 多个科研单位和高校参加。与会专家一致表示，先用电话拨号方式连接国内各单位是可行的。这对开展科研工作十分有利。会后，国内相继进网的单位与 34 个国家建立了电子邮件传递，与 22 个国际网络建立了联系。

历尽坎坷终不悔，忠诚报国赤子心

1938 年，风华正茂的王运丰怀着报效祖国的远大志向，漂洋过海，到德国留学，1945 年，毕业于柏林技术大学机械系。1952 年，他响应周恩来号召，离别德国妻子，放弃家业，带三个孩子回国参加社会主义建设。回国后，他果断选择了二机部六局（坦克局），愿将毕生精力贡献给兵器工业。

在坦克局任副总工程师期间，他曾为坦克发动机制造厂，实施先进生产技术管理方法，做了大量推广工作。在"一五"和"二五"期间曾多次被评为先进科技工作者，1956 年被评为全国劳动模范。

1960 年，苏联专家全部撤走。在三年自然灾害的困难时期，他主动请求下放到大同 616 厂担任副总工程师，协助工厂在生产工艺方面进行技术攻关，受到工厂广大职工的高度赞扬。不久，妻子从柏林来到北京，一家人终于团聚。但妻子在北京一年多时间里，他却大部分时间出差在外，妻子再次向他提出全家回德国的恳求。但他初衷未改，依然选择了事业，妻子只好孤身一人回国。

“文化大革命”期间，他已年近六十，受到较大冲击，被下放到河北蔚县劳动锻炼。直到粉碎“四人帮”，他才被任命为兵器科学研究院副院长，主管计算机技术发展业务。1977 年，在他的建议下，组建了兵器工业计算机中心站。在获准引进国外大型机时，正值西方国家对华进口限制，王运丰通过曲折的对外关系，引进了西门子 7760 机。

党的十一届三中全会后，受王震的嘱托，他多次出国与德国科技界建立学术交流关系，仅 1983—1987 年五年间就邀请国外专家 82 人次参加交流会，大大推进了我国计算机应用技术的进步与发展。1985 年，王运丰被聘为国防科工委计算机顾问。

由于王运丰在中德科技工作者之间开拓性的工作和贡献，1987 年 5 月 4 日，西德总统授予王运丰大十字勋章以资表彰，并在西德驻中国大使馆举行了授勋仪式。遵照邹家华指示，1987 年 7 月 10 日，在波恩中国驻西德大使馆举行了答谢宴会。第二天，西德各大报纸都在显著版面刊登了王运丰的照片和事迹。

王运丰一生多坎坷，但他坚信党，跟党走。他勤奋、实干，不图名、不唯利。他几十年来不知写了多少次入党申请书，终于在 1987 年古稀之年加入了中国共产党。

王运丰曾任欧美同学会副会长，20 世纪 90 年代初期，他年老体弱，已 80 岁高龄，在家休养期间，仍然不忘为欧美同学会做大量维系海外中国学子情感的工作。后来，王运丰终因勤奋忘我工作、积劳成疾，于 1997 年 4 月 29 日在北京与世长辞，享年 83 岁。

在他漫长的一生中，曾经沐浴过西方的科学与文化，他深知西方科技对中国现代化、工业化的意义，他始终把“祖国高于一切”作为自己的座右铭，在行动上，努力把个人的才智、理想和对科学的追求与祖国的繁荣富强及人类的和平发展结合起来。

在全球互联网发展的学术应用初期阶段，他的不懈努力和工作成绩使得中国成为较早地进入全球性网络的重要成员，让中国人能亲历互联网发展的整个过程。王运丰，功不可没！我们兵器人永远铭记这位专家。

凌云之路

◎ 保荣本

在凌云股份成功上市这一天，凌云厂沸腾了，锣鼓喧天、欢歌劲舞，人们自发地举杯相庆，享受着胜利的喜悦，抚今追昔，创业的艰辛更令人们百感交集。

出山的路径

当年，凌云厂是根据战备要求选址建设的，进山、分散、进洞，即“山散洞”。厂区形似卧龙，蜿蜒 3 公里，沟宽 70 米左右，两侧有支沟和峭壁，有裸露的岩石，生产车间和重点辅助车间都在人工挖掘的洞穴里。厂区上下差 250 米，坡陡、日照短，有的厂房每天只见三四个小时的阳光。从厂区到县城，骑自行车要一个小时，县城里才有长途汽车和火车。

凌云厂要按照经济规律生存和发展，就必须走出大山。不说洞内潮湿、劳动条件恶劣、设备难以维护，就是到 300 公里之外买菜和到 30 里外抽水这样的成本，它的产品也是难有竞争力的。

保荣本，1935 年生，云南昆明人，就职于兵器工业部 208 研究所、兵器工业经济研究所，历任机电工业部经济技术政策研究所研究室主任、中国兵器装备集团公司企业文化研究中心研究室主任等职。

1979年，军品任务还没有完全“断奶”，凌云人就动手搞民品了。截至1986年8月，全厂有编号的民品就有33种，但没有一样成气候的，没有产品，没有资金，连生存都成问题，靠什么走出大山？有一批三线企业靠贷款搬迁，出山后债台高筑走向破产。当时有一句话：不搬迁等死，借钱搬迁找死。

但凌云人出山却打破了这个魔咒，在它们的路径上有几个坐标点：1985年，给天津微型汽车厂做零部件，这是盘活存量的起点；1986年，在涿州“开窗口”，启动历时8年的民品基地建设，这是山下建设的起点；1987年，成立中外合资的亚大塑料制品有限责任公司，这是自主创新攀登科技高峰的起点。

凌云人是用两条腿走路，健步下山的。一是靠山上的汽车辊压件，“山上攒钱，山下建设”；二是办合资企业，加大建设的步伐；三是登上汽车零部件新高地，迎接汽车零部件合资合作。

跑出来的“窗口”

沿海城市开放以后，许多内地企业就到那里去开窗口，首先是为了获取外面的信息。张忠厂长闻风而动闯到部里申请。这是一种自下而上的行动，

★ 涿州民品基地开工典礼（凌云集团公司供图）

上头还没有红头文件下来就去要批文，所以用了这个“闯”字来形容。

这不是一项常规业务，各个有关部门都要跑到，都要去讲清理由。这是求人的事，非厂领导出面不可。经过张忠不懈的努力，批文终于拿到了。多年以后，凌云的这个“窗口”建成了颇具规模的民品基地。机电部部长何光远去视察，幽默地问张忠：“你开的窗口怎么这么大呀？”张忠只是笑，其实部长心里是在为他当年的正确决策而欣慰。老部长退下来以后，还时不时到凌云去看看，他赠送凌云人的亲笔题词是：凌云壮志，壮志凌云。

拿到红头文件以后，厂里就张罗买地，跑保定、跑石家庄、跑高碑店、跑天津、跑唐山，最后定在涿州。最后一关是300万元买地的钱。厂长、书记天天在三里河那儿候着、盯着，直到过年放假前一天，才终于批下来200万元。

那时候厂子里很困难，还要勒紧裤腰带开发民品，一分钱恨不得掰成两半花。厂长、书记为节省路费，尽量挤长途车、赶火车。来北京办事，中午实在累了，就买张电影票，到电影院里打个盹，下午办完事就连夜回保定。京广线车次多，保定又是大站，等火车的时候，在车站他们还可以小睡一会儿。

粗略估计，跑民品基地和后来跑亚大公司合资，张忠和助手们的行程累计能有10万公里，共盖大红图章100多个，他们称得上是长跑健将了。

“啃骨头”的故事

为了“找米下锅”，厂领导带头跑市场、跑关系，这一跑才体会到交通的重要，也一步步开阔了眼界，认识到家用电器市场虽然很热，但凌云的实力根本无法进入，就把目光投向了当时还不那么热却大有潜力的汽车市场。制造整车，凌云更没有力量，但是制造零部件却有些优势，有许多零部件，大厂不愿干，地方小厂又干不了，正好是凌云的机会。

凌云在提升竞争力方面，迈上了三个台阶。第一，发挥原有的优势：干好冲压件。第二，创造新的优势：开发辊压技术，组织“南征北战”扩大市场。第三，保持领先优势：提高辊压技术，保持领先地位，开发等速万向节前驱动轴。

制造汽车零部件的第一个硬仗是在1985年11月到1986年10月期间，任务是试制从天津微型汽车厂争取到的7种9件产品。凌云人用1个月时间完成了产品设计、工艺编制和工装设计。到1986年春节，完成了17套模具的制造。8月，完成了全部零部件的试制，即工艺全部走通，产品全部达标，10月开始批量供货。

在凌云历史上，这种速度是史无前例的。当时，全体人员只拿70%的工资，奖金一分也没有，但大家那种干劲、拼劲却是空前的，有的将近6个月没有休过星期天，有的带病带伤坚持“不下火线”，有时，大家除了吃饭和睡觉，连续几天几夜地赶进度。

凌云的产品以它优良的质量、信用在天津打开局面后，张忠部署了一个“南征北战”的计划。一支队伍北上北京、沈阳、吉林、长春，一支队伍南下江西、湖北、四川。经过努力，凌云同北京吉普汽车有限公司、北京燕京汽车制造厂、北京汽车摩托车联合制造公司、沈汽、一汽、江西五十铃、重庆长安等十几个汽车厂建立了协作关系。至此，凌云的汽车零部件向多品种、大批量、专业化方向又迈出了一大步。

★ 民品开发（凌云集团公司供图）

轿车的门框、窗框、玻璃滑道、雨檐等零件的大批量制造是对工艺师的严峻挑战。轿车的造型非常注重美观，设计师着力追求造型的新颖、个性。设计师凭艺术灵感勾画出一条条弧线，然而把它们用方程表达出来很难，而用机器大批地做出来更难。起初，工艺师的办法是把弧线分成几段，照葫芦画瓢，用模具把它们一段一段地冲压出来，再焊接成一个整体，虽然费事，但总算能够做出来，进行批量生产了。但是，一段一段拼起来的弧线总是不够流畅。

谁要是能够不用焊接，一气呵成地把这种产品“压”出来，谁就是“高手”。“压”出来的办法就是“辊压”——当今世界上的先进工艺。

辊压工艺与冲压工艺有一个显著的区别，就是工件在辊压的连续作用下逐渐变形，最终形成预定的形状和尺寸，因此，它不但要形成任意的投影形状，满足不同视图上的形状要求，还要使零件的截面尽可能进行预期的变化。这种加工原理，内行人似乎一看就能明白，但真要做起来并不那么容易。工件变形的先后顺序、变形的快慢程度、相应的辊力度如何控制……都是学问。需要经过大量的试验去一点点摸索、体会。

起初，天津大发厂把辊压件的开发任务交给了一家有飞机制造经验的万人大厂——昌河飞机厂。凌云去人打探这项任务时，汽车厂特意强调，这可不是冲压件，是辊压件！凌云干辊压，要从零点起步。凌云问大发厂，是不是也可以试一试？对大发厂来说，让凌云试一试没有什么不可以的，于是就答应了。当凌云把这个任务拿回涞源的时候，昌河厂的试制工作已经进行快一年了。凌云人只用了3个月就交出了合格的样品。大发厂很高兴，就把这批辊压件交给了凌云厂。在辊压技术制高点上捷足先登的凌云厂，又开辟了汽车零部件市场的一片新天地。

在第六届国际车展的展台上，时任凌云集团公司总经理李喜增接受了《中国汽车报》的采访，题目叫作《辊压部件半壁市场尽入凌云囊中》。文中称，凌云以其“先进的技术、过硬的质量、良好的服务傲立于市场潮头。目前，该公司生产的汽车零部件辊压产品覆盖率已占据全国市场的50%”，“近几年来，凌云集团市场日益扩大，效益逐年增长，仅以汽车发动机、变速箱箱体为例，1999 年的销量近 100 多万套，实现销售收入 8000 多万元，年创工业总产值突破了 3 亿元大关，名列全国同行业前茅”。

“吃螃蟹”的故事

1987 年 7 月 8 日，新华社以《亚大塑料制品有限责任公司成立》为题，播发了文稿。全文如下：

新华社北京 7 月 4 日电（《中国日报》记者王南，新华社记者李天文）由中国北方工业公司凌云机械厂、澳大利亚工业管道有限公司、伊斯坦－福莱威尔有限责任公司合资兴办生产塑料煤气管道的亚大塑料制品有限责任公司昨天在河北省涿州市成立。

这家公司明年七月投产后，将主要生产膨胀螺栓塞、透明聚乙烯软管、编织管、尼龙压力管、尼龙煤气管道，并将进行塑料管产品的开发和研究。

公司副董事长、澳方代表伊尔·埃林说，塑料管道耐腐蚀、抗高温、成本低、便于安装、使用寿命长，以塑代钢用于输送水、油、煤气在世界范围内已成为一种趋势。

据介绍，塑料煤气管道可使用 50 至 70 年，而一般钢管煤气管道的寿命只有 20 年左右。

这家合资企业总投资为 201.6 万美元，中澳双方各占百分之五十，合同期限 20 年。

现在中国还没有生产塑料煤气管道的厂家。埃林对公司的发展充满信心。他告诉记者，他们公司投产后将年产 1530 吨各种塑料管道，两年多即可收回全部投资。他说：“澳大利亚工业管道有限公司生产的各类塑料管道不但在澳大利亚畅销，并已进入日本、香港市场。我相信，亚大公司生产的塑料管道也一定能在中国市场畅销，并能打入国际市场。”

昨天，中国机械委副主任唐仲文和澳大利亚、法国、丹麦驻华使馆的官员专程前往涿州参加亚大塑料制品有限责任公司的成立大会。

这是兵器工业的第一家合资企业，因此引起了媒体的高度关注。

亚大塑料制品有限公司于同年 9 月在涿州民品基地开工建设，开工 14 个月后批量生产，20 个月后开始盈利。对凌云的发展来说，亚大公司成立的重要意义可以概括为四个“新”：开拓了新的市场——塑料制品市场；获得了新的资源——凌云极度短缺的资金、技术以及现代管理；登上了新的高度——在塑料制品市场领先国内；开辟了新的途径——有了第二个、第三个……直到第十一个合资企业。

凌云这样的三线小厂，为什么会得到外商的青睐呢？一是凌云对合资抱着积极态度和坚定信心。二是凌云厂民品基地的区位优势——距北京 70 公里，距天津 130 公里，旁边有铁路、国道、高速公路。三是凌云的管理能力、人员素质是优秀的。

尽管中澳双方都有合作的愿望，但具体地谈成各项协议还是相当艰苦的。关于谈判，凌云人总结了四条经验。一是有诚意。二是尊重国际惯例，

★ 成立亚大塑料制品有限责任公司（凌云集团公司供图）

采取国际上普遍的习惯做法。三是根据国家的法律谈。四是努力学习，通晓有关方面的知识。

头雁高飞，雁队凌云

凌云是军品任务缩减时第一批被撤销的工厂，当时有人调侃：谁让咱们厂的代号是333呢，早就告诉你了，这个厂要“散散散”！

工人师傅默默地仔细油封着军品生产专用设备，厂长张忠、书记王艺林都选择了留下，以他们为首的领导班子站出来对1000多职工表态说：“333厂不能散、不会散。企业无论大小都不应该靠国家输血过日子，我们的本钱虽然不多，只要大家有决心、有毅力，一定能靠自己造血生存发展。”

从牌坊村厂区到涞源火车站，有30公里。厂里每天早、晚各一次班车到车站，接送出门的人员。坐长途汽车到保定，要经过盘环山道，很不好走。凌云员工出门办事，首先就要体验“倒车”之苦：早起、候车、挤车、站车、换车……出门办事总不能空着手，带资料、文件还可以，但要带上几十斤零件就惨了。早上出门时干净整齐的衣衫，折腾一天下来早就皱皱巴巴没了样子。难怪人们打趣地形容那些风尘仆仆、一脸倦容的出门人：“远看像逃难的，近看像要饭的，仔细一问是涞源三三三的。”但他们就是这样吃苦耐劳，虽苦无怨。

已经退休的高级工程师张锦春，当年是技术科的负责人。天津大发厂扩散零部件时，他和李喜增赶到天津。由于交通不便，他们起了个大早赶了个晚集。好制作的东西都让别的厂家捷足先登了，还剩下7种产品，都是不好制作的，如蓄电池的壳体。但他们顾不了那么多，把这些零件的样品都装上了车，又把大发厂管事的人请上，返回涞源。张忠亲自接待大发厂的贵宾，商谈进度和费用事宜，一直干到夜里一点，一气呵成，这批活就接下来了。

有一个零件有点焊。用户提不出技术标准，就委托凌云人替他们制定。当时厂里谁也不懂这个，只有张锦春在迫击炮厂工作时接触过。不懂就试，张锦春制订了试验方案，最后把标准搞出来了。大发厂的主管很满意，说：“你们帮我们解决了大问题。”凌云人的诚信态度和科学精神赢得了合作伙伴的信赖。

汽车后保险杠需要一套模具，大发厂起初在国内找不着承制厂家，到泰国去订了一套。凌云人知道了，也做了一套。大发厂最后优先使用了凌云的模具，张锦春说：“人家这样做，就是冲着对我们凌云的信任。”

做辊压件的时候，想买一台设备，但是凌云拿不出 120 多万。于是，就土洋结合，硬是干出来了。试制的时候，人们都是早晨五点钟去上班，夜里一两点才回家。拼了几十天，干出的活又快又好。大发厂说：“冲着这种精神，也得把活交给凌云。”他们认为，凌云厂实在，说到做到，不来虚的。

蓄电池壳体在天津一次展会上展出，时任天津市领导的李瑞环看了连声说“漂亮”。

凌云人的“出山之战”，一共坚持了 8 年。当年担任搬迁领导小组副组长的左宝成回忆说：“我们兵分两路，山上攒钱，山下新建，统筹安排，团结协作。山下建好一块山上撤退一块。为了不影响对外供货，准备搬迁的这一块先赶制出一批产品储备起来，使整个流程不因这一部分的搬迁而中断。同时，又千方百计缩短停产时间。从涞源到涿州，运距单程 265 公里，中间要经过险峻的紫荆关，有十八盘，每个盘要转 360 度。整个搬迁，生产用车一千多次，生活用车一千多次，没有出过一次事故。有些组合机床都是我们的‘独生子’，我们就想出办法不用拆卸，大大缩短了恢复生产的时间，但是运输的风险却加大了，我们就采取许多措施保证安全。”

1994 年 9 月 25 日，张忠在新厂址建设八周年纪念大会上动容地说：“1986 年 9 月 25 日，我们在这里举行了民品基地奠基典礼仪式，拉开了引厂出山、易地改造的序幕。八年后的今天，我们又汇聚到一起，共同回顾八年来我们走过的艰难崎岖的道路，品尝我们心血和汗水获得的丰硕果实。此时此刻，我们全厂职工无不欣喜万分。”

第四篇

创新记忆

进入21世纪特别是党的十八大以来，兵器工业集团顺应国内外发展大势，持之以恒地推进技术创新、管理创新、文化创新和发展模式创新，建设技术先进、自主可控、军民融合、经济高效、充满活力的中国特色先进兵器工业体系。兵器工业集团形成了军品、民品、战略资源、流通服务四大业务板块，在军民融合、精益管理、北斗导航、“一带一路”等领域取得突破性进展。2014年，集团公司成功竞标北斗地基增强系统项目，人造金刚石、硝化棉产销量位居世界第一，矿用车、火车轴、汽车零部件等多项民品产销量居国内第一，成功举办了集团公司首届反恐防暴装备展、“装甲日”主题营销活动。2015年，集团公司深入推进全价值链体系化精益管理战略，实现“十二五”顺利收官。在举世瞩目的纪念抗日战争胜利70周年阅兵中，圆满完成27个地面方队中11个方队共201台（套）装备的保障任务，荣获“阅兵保障贡献突出奖”。中兵北斗产业投资公司、千寻位置网络有限公司组建运行，“全国一张网”建设稳步开展。2015年4月21日，在习近平总书记和巴基斯坦谢里夫总理共同见证下，签约总金额16.26亿美元的巴基斯坦拉合尔轨道交通橙线项目，是“一带一路”倡议框架下中巴经济走廊具有示范意义的首个基础设施签约项目。2017年3月16日，在中国国家主席习近平、沙特国王萨勒曼的共同见证下，集团公司领导与沙特亲王在人民大会堂签署了《中国北方工业公司与朱拜勒和延布皇家委员会合作框架协议》，将打造出一批“一带一路”倡议标志性合作项目。2017年12月7日，集团公司发布通告，宣布完成公司制改制，中国兵器工业集团公司更名为中国兵器工业集团有限公司。

顺应市场力量　发挥机制力量　培育文化力量

◎ 张国清

作为我们党最早领导和创办的军事工业部门，进入 21 世纪以来特别是党的十七大以来，中国兵器工业集团公司持续、协调、健康发展的成绩单引人瞩目：营业收入保持 20% 以上的年均增幅，2011 年营业收入达到 3077 亿元，成为首家经营规模突破 3000 亿元的军工集团；2011 年，在自主投入 43 亿元研发费的情况下，实现利润 86.5 亿元；连续 7 年和两届任期获 A 级中央企业，被国务院国资委授予业绩优秀企业奖。在上述业绩的背后，是中国兵器工业集团公司顺应国内外发展大势，持之以恒地推进技术创新、管理创新、文化创新和发展模式的创新。

资本、技术、人才、文化底蕴要同步积累

当今世界，国与国之间的竞争，不仅要看硬实力，更要看软实力，企业

张国清，1964 年生，河南罗山人，曾任中国北方工业公司中东地区处处长、国际贸易一部副总经理，中国北方工业公司总裁，中国兵器工业集团公司党组书记、副总经理兼中国北方工业公司副董事长，中国兵器工业集团公司总经理、党组副书记兼中国北方工业公司董事长，重庆市委副书记、市长，现任天津市委副书记、市长，第十九届中央委员。

与企业之间的竞争同样如此。企业的硬实力主要是指资本、厂房、设备、生产经营设施等物化了的能力，企业的软实力主要是指技术、管理、人才、品牌商誉、企业文化和治理机制等。硬实力是比较容易复制和代替的，而软实力则必须靠良好的文化积累和持续不断的创新来维持。企业可以通过大量投资较快形成物化了的产业能力，而优势企业则可以利用自己强大的软实力将这些物化了的产业能力集成于自己的系统内来放大自己的优势。软实力决定着企业的可持续发展能力，企业只有硬实力没有软实力，就等于有形无魂。

一个企业要做成“常青藤”企业，既要有资本积累，更要有技术、人才和文化底蕴的积累。技术、人才、文化底蕴都属于表外资产，在企业资产负债表上是看不见也反映不出来的，在企业经营业绩考核评价中难以充分体现，但都是企业基业长青最重要、最根本的软实力。有技术、有人才、有文化底蕴的企业，即使发展中遇到一些沟沟坎坎甚至重大危机，也会很好地化解。相反，缺乏技术、人才、文化底蕴的企业，即使一时一事有可能做得红红火火，但很可能做不长、做不强、做不大，很可能昙花一现。我们兵器工业不求发一时之财，但求基业长青。特别是随着企业和事业不断做大，我们要更多地把兴奋点放在技术、人才、文化底蕴的积累上，放在表外资产的积累上，加强对表外资产积累的考核评价，实现资本、技术、人才、文化底蕴同步积累，硬实力与软实力同步提升。

技术地位决定市场地位，市场地位决定企业地位

有人说，兵器工业的地位是由其承担的核心使命、承担的国家责任决定的。这是对的，但这只是问题的一个方面，企业的地位归根结底还是由市场决定的。像华为、中兴等民营企业，并没有什么“级别”，但是它们的地位却很高，这是由市场决定的。

我们一直强调，技术地位决定市场地位，市场地位决定企业地位。这其中有两层意思：一是企业在市场中的地位是由企业的技术地位决定的，二是

★ 张国清（右二）在北方车辆集团调研（北京北方车辆集团公司供图）

企业在集团公司的地位是由企业在市场中的地位决定的。这里的技术地位主要是指技术创新和管理创新能力。这里的市场地位主要是指市场份额、市场话语权、行业影响力以及满足、引导和创造市场需求的能力。这两层意思都在十分强烈地传递一个信号，就是对企事业单位来说，要把提升技术地位、市场地位作为经营的基本目标；对总部来说，制定政策和设计机制时要激励企事业单位提升技术地位和市场地位。只要企事业单位在市场中有地位，在集团公司就一定有地位。

技术能力在哪里，未来就在哪里

我们认为，技术和技术能力是有区别的，技术是可以买来的、是有生命周期的，技术能力是支撑技术不断发展、不断保持技术活力和生命力的创新能力。技术能力是买不来的，只能在技术创新的实践中不断积累。技术能力在哪里，未来就在哪里。技术能力源于技术底蕴，技术底蕴决定技术能力。一个企业要做强做大，要在市场中有地位，必须不断地加强技术底蕴的积累，而不可能绕过艰难的技术底蕴积累过程。衡量一个企业有没有完成艰难的技术积累过程，最关键、最根本的标志是看其能不能进行技术自主创新和开发，特别是技术的原始创新。从这个角度来看，兵器工业的不少企事业单位还没有完成这个过程，因为这些单位大部分技术和产品都还处在技术跟踪、技术模仿阶段，真正属于原始创新的东西不多。必须把技术底蕴积累作为提升技术自主创新能力的基础，在技术创新的实践中摸清和掌握技术发展的内在机理，实现技术底蕴的不断积累、技术能力的不断提升。

我们提出要加强和推进集团公司技术创新体系建设，一项十分重要的任务，就是要建立技术积累的体系和规范，把技术积累的问题解决好。具体来说，要加强技术成果的知识化转化与整理，加强技术底蕴积累，建立技术创新与知识转化同步推进机制，实现技术成果与技术底蕴的同步增长，推动科技创新由任务型向能力型的转变。要充分认识技术基础和基础研究在提升自主创新能力中的重要性，加强标准、数据库、知识产权、试验测试、仿真等技术基础和基础研究能力建设，重视和加强日常化的技术积累、知识积累，推动科技创新由经验型向预测型的转变，实现成果专利化、专利标准化、标准国际化。要在型号牵引、项目牵引的同时，将一部分人力和财力投入技术能力建设上来，进行基础研究。

人才是企业最重要的战略资源

企业在市场中的地位是由企业的技术地位决定的，但技术地位最终又是由人才的相对地位决定的。对兵器工业这样一个直接关系国家安全的高科技战略性团队来讲，人才的作用尤为突出。企业拼技术、拼管理，拼到最后拼的一定是人才。越来越多的竞争实践表明：产品竞争越来越表现为这个产品所在产业链条上的企业群与企业群之间的竞争，所以超产权边界的管理能力越来越重要；而企业竞争越来越表现为企业相关团队与团队之间的竞争，说白了是几个人与几个人之间的竞争，尤其是领军人物与领军人物之间的竞争。有人不赞成这种观点，认为中国是关系社会，的确，任何社会关系都很重要，但关系代替不了自身的竞争能力。我常说，任何一件事情办成功、办漂亮了，背后一定有几张非常可爱的面孔，说的就是人才在事业发展中的极端重要性。

人才资源是企业最重要的战略资源。我们既要营造人人都可以成才的良好氛围，更要围绕人才把机制设计好、建设好，让机制更符合人才成长规律和人才成长需要。特别是领导人员，既要认识到人人都可以成才，也要认识到人跟人的价值是有区别的。要从内心尊重知识、尊重人才、尊重创造，必须把人才队伍建设摆在更加紧迫、更加突出的位置，把吸引和培养优秀人才、顶尖人才作为我们最基本的战略，持之以恒地加以实施，以开放心态优化人才结构，在各个领域努力培养和造就一批领军人才，以人才话语权提升行业地位。要前瞻性地抓好人才培育和积累，以人才集聚推动事业发展，而不是等有了事业再去找人才。可以说，对于人才，我们怎么重视都不过分。对紧缺人才、特需人才，要舍得花大价钱、大成本引进。人才投资是一项风险投资。引进人才不要怕有矛盾，不要怕对现状有冲击，不要怕引进的人才暂时“多得利”。事物总是在矛盾中进步，要勇于打破旧有的平衡，善于处理矛盾和不平衡，在解决矛盾中达到新的更高水平的平衡。

至少有三种力量比领导人员个人的力量大

作为企业领导人员，要认识到有若干种力量在左右着我们，在一个成熟的组织和团队中，市场的力量、机制的力量、文化的力量，都大于领导人员个人的力量。

什么是市场的力量？企业存在的目的就是为社会提供高品质的产品和服务、满足和影响市场需求。市场的力量远远大于领导人员个人的力量，它能够摧毁企业的管理边界，同时也打破了企业增长的极限。市场经济是市场在选择产品，是市场在选择企业，最终也是市场在选择企业领导人员。顺应市场的力量，就是要按照市场的要求去做，就是按照市场的要求去开发产品、开发技术、提供服务。我们要影响和创造市场需求，但前提是要顺应市场的要求，满足市场的需求和期待。既要眼睛盯住市场，对市场变化作出快速反应、超前反应，又要功夫下到内部、下到现场，通过精益化生产、精细化管理来提高竞争力。

什么是机制的力量？机制就是组织内部各种构成要素之间相互联系、相互作用的原理及调节方式。机制主要包括治理机制和激励机制，在组织中起着基础性、根本性的作用。治理机制主要解决组织协调、有效运行的问题，激励机制主要解决企业发展动力的问题。在理想状态下，有了良好的机制，甚至可以使一个组织接近于成为一个自适应组织——在外部条件发生变化时，能自动、迅速地作出反应，调整原定的策略和措施，不断优化和实现目标。因此，设计一套好的机制，发挥好机制的作用，对企业的协调运转和持续发展至关重要。机制设计就是把利益关系摆好。一套好的机制，一定是顺应企业发展规律、顺应外部环境变化、顺应干部员工期待的机制，一定是给同事、给战友留出发挥作用空间的机制；一定是信任他人、相信同事和战友能比我们更有智慧地做好工作的机制；一定是让大家感到既是在为企业拼搏，也是在为自己拼搏的机制；一定是各方利益关系和谐的机制；一定是大家都在为企业发展操心的机制。这样一套机制体系设计好以后，企业发展就有了内在动力。机制的力量一旦迸发出来，企业的发展就变成内生的了，这比我们自己去解决一两个具体问题、做好一两件具体工作更重要、更有意义。

什么是文化的力量？企业文化简单地讲就是统一的意志，是组织成员内心共同的是非标准、价值取向以及行为习惯，代表着企业的生命力，代表着组织与机体的灵魂。干工作、作决策，言行举动要注意培育文化的力量，否则，决策部署就很难得到有效的贯彻执行，倡导的东西就很难成为团队的共识和一致行动，企业就有可能在思想上、行动上陷入一种迷茫、无序的状态，领导人员个人再“强势”，也难以组织起有效的运转和发展。文化的力量和市场的力量、机制的力量一样，在时刻左右我们。而且企业的文化一旦形成就很难逆转，可能要花百倍、千倍的努力才能调整过来。领导人员的言行对企业文化的形成有放大和示范作用，干部员工不看领导人员说什么，而看他们做什么、怎么做，他们的言行就是一种潜规则、一种价值取向。比如，在实际工作中用什么样的人、不用什么样的人，其传递的信号以及产生的影响，可能比我们说再多的“重视人才”“选贤用能”等都管用。因此，培育文化的力量，必须坚持赞成什么大张旗鼓，反对什么旗帜鲜明，这既是我们应有的文化内涵，也是培育其他文化必须的土壤。必须对符合企业是非标准和价值取向的人和事及时给予奖励，反之则要及时给予提醒甚至处罚，缩短“说到”和“做到”之间的距离，促使企业不断积累形成正向的是非标准和价值取向。

制度是文化的载体，但制度再完善，也不能穷尽企业经营生态环境中的每一个细节、承载不了文化的全部内涵。很多时候，干部、员工不是靠具体的制度条文而是靠企业文化、靠价值取向来指导和规范自身的行为。当然，我们关注文化，更多的是要关注制度所承载不了的那一部分文化内涵。就像文学家和音乐家的区别，再高明的文学家也会遇到用文字难以表达的东西，而音乐家却不是这样，音乐中一定包含着语言表达不出来的那一部分东西。

培育和提升系统集成能力和开放式发展能力

经济全球化使得有机增长、并购重组、系统集成三种主要的经济增长方式并存，企业的增长方式发生了很大的变化。企业所需的资本并非都得自己积累，企业所需的技术并非都得自己研发，企业所需的生产能力并非都得自己建设，重要的是要有良好的公司治理和信用，要有核心技术和技术集成能力，要有具备自主知识产权的产品和全球认同的品牌。对一个企业来说，关起门来搞发展，短期看是保护了一些单位、保护了自己的利益，但从长期看是保护了落后，最终会削弱整个集团的竞争力。因此，我们把“开放”确定为集团公司企业精神的四个基本要素之一，以凸显开放式发展在集团公司发展中的重要性、紧迫性。我们推进开放式发展，一方面，要坚决走出兵器小天地，面向全社会选择和配置发展资源，以全社会的优质资源提升我们满足和创造市场需求的能力；另一方面，开放式发展的基础是我们自身必须具备基于核心技术的系统集成能力。近年来，兵器工业集团在坚定不移地推进内部资源调整重组、实现自身有机增长的同时，不失时机地推进对外并购重组，先后完成对武汉重型机床集团（我国“一五”时期 156 项重点建设项目之一，重型、超重型数控机床规格最大、品种最全的企业）、德国凯毅德公司（国际知名汽车门锁企业、全球汽车门锁市场占有率第一）的并购重组。我们对并购重组有两条基本原则，就是看是否有利于提升自主创新能力，是否有利于提升军民融合发展能力。严格控制核心业务之外的投资，严格控制多元化冲动，严格控制规模冲动。

创新并不神秘，创新就在我们每个人身边

我们把技术创新和管理创新作为集团公司发展的双动力。但无论是技术创新还是管理创新，我们既需要革命性的创新，也需要大量发生在日常工作中的改良型、改善型创新，而且这些创新更是可持续的、更有活力的创新，更是创新的主要内容。我常说，创新并不神秘，创新就在我们每一个人的身边，只要采取了新理念、新办法、新措施，把过去没有办成的事情办成了，把过去办成的事情办得更漂亮了，都是创新，不能把创新当成阳春白雪、高不可攀的事情。因此，我们大力培养创新文化，一是要让我们的每一个干部、员工都认识到创新离我们很近，就在我们的日常工作中、就在我们的岗位上、就在我们的身边，只要想办法把事情办成了、办好了、办漂亮了，都是创新；二是我们每一个人都要用欣赏的眼光，放在一个较长时间区间而不是站在某一个时点上，去看待发生在我们身边大大小小的创新实践，而不是凭过去的经验和感觉来评判各种创新实践；三是对创新要给予即时奖励和激励，让干部、员工感到既是在为企业创新，也是在为自己创新，创新能给自己带来实实在在的好处。创新文化一定要在实践中培育。

春天里，创新正当时

◎ 尹家绪

又是一年春来早。

转瞬之间，热热闹闹的春节过完了，紧接着就迎来了二十四节气的第一个节气——立春，这标志着冬天就要过去了。虽然还有些许刺面的寒风，但感觉到春的气息已飘然而至……空气里、土壤中，仿佛也听到萌芽勃发的躁动，春天正从眼际外的原野渐渐漫开。早春，开始了。早春，是孕育生机的时节，是推陈出新的季节，它象征着活力、创造力、生命力，正所谓“天时人事日相催，冬至阳生春又来”。送走硕果累累的 2016 年，我们该以怎样的姿态，去拥抱集团公司发展的又一个春天呢？我首先想到一个词：创新。

抓创新就是抓发展　谋创新就是谋未来

创新是国家强盛之基、民族进步之魂。在浩瀚的历史长河中，创新为人类带来福祉，创新改变着世界的容颜，创新也是国家之间较量的利器。创新，

尹家绪，1956 年生，重庆人，历任西南兵工局副局长，长安汽车（集团）公司董事长、总经理、党委书记，中国长安汽车集团股份有限公司副董事长、总裁，中国兵器装备集团公司副总经理，中国兵器工业集团公司党组书记、副总经理，中国兵器工业集团有限公司董事长、党组书记等职。

★ 2017年5月，尹家绪（前排右二）在华锦集团调研（《中国兵工报》供图）

涵盖着科技创新、管理创新、制度创新、文化创新等多个方面，但其中最具有驱动力的还是科技创新。

当今时代，新一轮科技革命和产业变革正在孕育兴起，新技术突破加速带动产业变革，特别是新一代信息技术的运用和融合发展，不断催生出新产业、新业态、新模式，深刻改变着人类生产生活方式。2016年3月，李克强在《政府工作报告》中，明确提出了“新经济”的概念。以互联网、云计算、大数据等信息技术为主，包括智能机器人、3D打印、无人驾驶汽车等智能制造技术，以及纳米、石墨烯等新材料技术，氢能、燃料电池等清洁能源技术，基因组、干细胞等生物技术，这些新兴技术相互渗透，构成了“新经济”的技术和产业基础，发展势头既方兴未艾又风起云涌。面对科技创新发展新趋势，世界各主要国家纷纷出台新的发展战略，把科技创新作为培育新的经济增长点、获得长期竞争优势的根本手段；跨国公司纷纷加大科技投入，竭力抢占新兴产业和前沿技术的战略制高点。《环球科学》评选的2016年十大科学新闻，包括LIGO首次直接探测到引力波、AlphaGo击败世界围棋冠军李世石、中国发射世界首颗量子通信卫星、全球最大口径射电望远镜启用、SpaceX完成全球首次海上火箭回收等，每一项都足以载入科技史册，都可能对技术发展、产业变革产生革命性影响。可以说，科技创新已经成为加快转变发展方式、推进结构调整、促进转型升级的核心环节，无论是一个国家、一个地区，还是一个行业、一个企业，谁牵住了创新这个“牛鼻子”，走好了创新驱动发展这步先手棋，谁就能掌握战略主动，抢占未来发展制高点。

企业是市场的主体，当然也是科技创新的主体。纵观全球企业版图的变迁，以科技创新的优势，造就了通用电气、杜邦等长盛不衰的一流企业，也催生了蚂蚁金服、小米科技等爆发式增长的独角兽企业，华为在手机行业站稳了脚跟，并向苹果收取专利费，就是在世界最难进入的市场、电子产品输出国的日本，华为手机的占有率已达 30%。持续创新能力的匮乏与下降，战略方向的决策失误，也使一大批“明星”企业的大厦在一夜之间倾覆，看不到明天冉冉升起的朝阳：功能手机时代的诺基亚连续 14 年占据全球市场份额第一，在智能手机时代短短 3 年就一蹶不振；2013 年在工业和信息化部备案的国产手机企业有 700 多家，目前市场在售的品牌却不到 20 个，仅 2015 年就有 136 个手机品牌消亡，其中包括红火一时的“会跳舞”的夏新手机；还有，数码相机取代胶卷相机，手机拍照极大地压缩卡片式数码相机市场，网络视频传播致使 DVD 机行业陷入绝境，等等。这些企业兴衰成败的案例，生动地诠释了科技创新的巨大颠覆力量。

近年来，集团公司深入实施创新驱动发展战略，研发投入不断增长，创新能力持续增强，创新体系不断完善，取得了一批重大创新成果，为有效履行强军兴装核心使命、推动创新型国家建设作出了积极贡献。但我们也要看到，与建设巩固的国防和强大的军队对军工集团的要求相比，与建设世界科技强国对央企的要求相比，与建设中国特色先进兵器工业体系的战略目标相比，集团公司在科技创新方面还存在不少的制约，困扰我们的结构性矛盾没有解决，究其原因，主要还是创新意识与创新能力不强。实践反复证明，真正的核心关键技术是花钱买不来的，靠要素投入的粗放型增长模式已不可持续。科技创新是集团公司发展的潜力所在、希望所在，是推进供给侧结构性改革的关键所在，是实现有质量、有效益、可持续发展的根本出路。在这场大赛上我们不能落伍，必须牢牢坚持创新驱动发展这一战略基点，迎头赶上、奋起直追、力争超越。

坚持双轮驱动　激发创新活力

创新驱动发展，改革驱动创新。企业之间竞争，是产品、技术、市场的竞争，背后却是人才和创新活力、创新动力的较量。那些层出不穷的创意、引领风骚的人才、源源不断的新产品从哪里来？要靠适应市场化要求的体制机制，靠组织结构和管理方式的不断变革，才能形成万马奔腾的创新局面。为了推动技术创新与体制机制创新双轮驱动、两翼齐飞，集团公司出台了“科技创新改革指导意见 20 条”，进一步发挥市场在资源配置中的决定性作用，促进科技体制机制创新，激发创新动力活力，筑巢引凤吸引集团外部科技资源，鼓励多出创新成果、多出转化效益、多出精品工程，在集团内外激起了层层涟漪。

回首大争之世的春秋战国，秦国地处边陲、接战西戎，但最终扫清六合、一统八荒，靠的就是通过商鞅变法，在群雄之中率先确立了奖励耕战的国策，百姓多交粟帛可以获得土地，士兵多立军功可以获得爵位，极大地激发了社会生产力和军队战斗力，这就是体制机制创新带来的巨大力量。我们的 20 条指导意见措施很实、干货很多，但就每个单位的具体情况而言，科技体制机制改革不是解数学题，没有现成的教科书，没有统一的标准答案。集团公司各个单位情况不一样，在落实 20 条指导意见中要结合自身实际，按照“三个有利于”的原则，勇于打破陈规，大胆地闯、大胆地试、大胆地创，这样才能赢得发展先机，才能把集团公司的战略意图落实到位，这也体现着领导干部的担当精神和经营能力。

改革的实质，就是利益分配的重新调整。我国的改革就是以小岗村的“包产到户”为突破口，一举解决了长期困扰中国人的吃饭问题，地还是那块地、人还是那些人，改革与不改革就是不一样。1980 年，美国政府发布了

《拜杜法案》，规定政府财政资金资助为主的科研项目成果及知识产权，归属于发明者所在的研究机构，政府仅保留“介入权”，几乎一夜之间，美国各个大学、国家实验室以及其他非营利性科研机构都变成了科技创新的温床，成果转化的效率翻倍提升。对集团公司来说，要让科技人才真正潜心科研，让科技成果不再成为束之高阁的“睡美人”，让创新团队勇于竞争，让高端人才四方辐辏，最关键的就是要加快建立一套尊重知识、尊重创新、尊重人才、体现价值创造的分配机制和激励机制，让作出贡献的创新人才获得荣誉、受到尊重、名利双收，让创新的活力和动力竞相迸发。

市场经济不完全是零和博弈，“互利”是企业之间经济交往的基础，“共赢”是在互利基础上的长期目标。进入 21 世纪以来，在信息技术特别是网络技术的推动下，新兴技术加速更替、全球扩散、商业领先、军民界限模糊等特点日趋明显，开放创新、共享创新成为了技术发展的主要路径。被称为目前世界上最大的协同创新项目——美国 F35 战机研制，组织了 1000 多家供应商参与，其中三级转包商就分布在 24 个国家，洛克希德·马丁公司宣称，协同创新使 F35 的设计周期缩短了 35%，研制经费节省了数亿美元。在这个项目技术成功的背后，何尝不体现出组合全球资源的商业运作能力和水平呢？在兵器工业的发展历程中，我们始终以海纳百川的胸怀，聚天下英才而用之，早在 1931 年中央军委兵工厂创建之初，为了提升技术水平，就通过地下党组织以每月 60 块银圆的工资待遇从上海招募技术工人，而当时一名苏区县委领导的工资只有 6 块银圆。我们作为一个以产业为主的企业集团，要打造百年老店、实现基业长青，必须摒弃零和博弈，实实在在地扩大开放与合作，要善于借鸡下蛋、借梯上楼、借船出海、借脑明智，整合内外优势资源，加快创新发展。

虽然，兵器工业仍是大有可为的朝阳产业，但是其内涵已经发生了深刻变化，必须要吃技术饭，依靠创新驱动发展。创新是高度复杂的系统工程，是一条持续不断的“上坡路”。一个现代哲人说过，多走上坡路，看似艰难，提升的却是高度；惯走下坡路，看似好走，降低的乃是层次。创新是一项实践强的工作，检验创新有没有成效，关键看能不能推动集团公司的科研上水平、人才上层次、成果上档次、工程化产业化上规模。简单地说，就是要拿回来、干出来、提起来、有未来。“拿回来”就是要勇于亮剑、降维攻击、敢于跨界，以攻为守、以战求胜，争取更多的项目和用户订单，在竞争中拓展发展空间。“干出来”就是要坚持精益理念，深入推进精益研发、精益制造、精益管理，打造“好用、管用、耐用、实用”的精品工程，大力开展“增品种、提品质、创品牌”三品专项行动，为市场、为用户需要干出更多更好而又中意的商品，着力提升产业发展水平和产品竞争力。“提起来”就是要面向世界科技前沿、面向我国经济主战场、面向国家重大需求，努力争取更多地在国家和军队层面有影响力的重大战略性项目，着力打牢基础前沿研究的根基，构建一批支撑能力强的创新平台，建设体系效能型的能力体系，打造一支水平一流的人才队伍，占据高度，做稳底盘，加速前进，弯道超车。我相信，通过打好“拿回来”“干出来”“提起来”这一套组合拳，集团公司的可持续发展能力将会迈上一个新台阶，我们的发展一定会“有未来”。这既是我们推动创新发展的出发点，也是检验创新成效的标准。

培育创新文化　厚植创新沃土

“日新之谓盛德。”源远流长的中华文明之所以传承五千年而不衰、历经劫难而弥新，核心因素就在于中华民族兼容并包的开放性和与时俱进的创新性。在加快建设中国特色先进兵器工业体系的新征程中，我们应该培育和倡导什么样的创新文化，这是我们创新能否持续的一个关键问题。

科学精神和工匠精神是一切创新创造的精神源泉，是一体两翼、互为支撑的关系。科学精神的基本要求是严谨、踏实、认真，核心要义是求真、创新、奉献；工匠精神体现为专业敬业、耐心专注、一丝不苟、道技合一、永不满足。“东风好作阳和使，逢草逢花报发生”，在创新的春天里，我们要把科学精神和工匠精神结合起来，有恒心，克服急功近利的心态，以孜孜不倦的钻研去换取进步；有耐心，全身心投入，在敬业工作中体现人生价值；有匠心，对每一个设计参数、每一道加工工序、每一次试验验证都精打细磨，追求完美。我们只要秉持恒心、耐心、匠心，业精于勤、行成于思，就能浇灌出绚丽多彩的创新之花。

创新是要想前人所未想，创前人所未创，这就意味着要打破定式、突破传统。高尔基说，保守是舒服的产物。的确，历来守成容易突破难，但只是一味照搬照抄，亦步亦趋，或惯走“1 到 2”的因循之路，没有仰望星空的奇思妙想，缺乏创新求异之勇，不会想“无”中生“有”之计，更不敢做从“0 生 1”之事，这样，还会有什么不竭动力可言？还怎么能蹚出一条基业长青之道呢？创新探索不能墨守成规，思想观念更不能封闭落后。敢闯敢试、敢为人先、敢于想象、敢于憧憬，才能高扬创新的风帆，在这万紫千红的春天里鼎新革故，让一切创新源泉充分涌流。

创新是一个不断试错的过程，不可能都是一帆风顺、马到成功，需要营造宽容宽松的创新氛围。正如钱学森所说：“正确的结果，是从大量错误中得出来的，没有大量错误做台阶，就登不上最后正确结果的高峰。”科学史上的每次突破，背后都有无数次孜孜以求、屡败屡战的不懈探索，爱迪生经过 8000 次失败才成功试制出一种新的蓄电池，屠呦呦课题组在 190 次失败后才发现了抗疟效果为 100% 的青蒿提取物。我们的科研人员也要有“板凳甘坐十年冷”的耐心和毅力，耐得住浮躁、耐得住寂寞，经历“十年不鸣”后，争取一鸣惊人。各级领导干部要有容错之度、容人之量，我们渴望更多“一鸣惊人”的创新成果，也要营造涵养包容“十年不鸣”的静谧创新环境，用更加宽容的心态对待失败、以更加客观的态度评判失败，让创新者、改革者、实干者真正放下包袱，没有后顾之忧，全力在创新的前沿冲锋陷阵。

创新本身是开放的，在企业竞争日渐多元化、常态化的新态势下，没有哪个行业和项目不能创新，也没有谁可以单打独斗。海尔开放创新的基本理念是“世界是我们的研发中心”，其本质是全球用户、创客和创新资源的零距离交互，就是通过整合全球一流资源实现互利共享。关起门来搞创新只会故步自封，站在巨人的肩膀上更能登高望远。我们要秉持“没有竞争对手，只有合作伙伴”的开放理念，兼收并蓄、博采众长，唱好合作创新这台大戏。

创新不是阳春白雪，更不是少数人的专利。技术变革是创新，工艺优化是创新，合理化建议、小改小革、小微创新也是创新，人人都能做创新的主角。“积力之所举，则无不胜也；众智之所为，则无不成也。”只要善于发现、精心培育，即使是在最平凡的岗位上，创新创造的种子照样会破土而出、生根发芽。我们应该尊重每一份奋斗的价值、每一个创造的火花，集众智、汇众力、采众长，让创新的涓涓细流汇聚成浩瀚的汪洋大海。

创新的春天时已至、势已成、风正劲，我们要做的是，鼓足干劲拧成绳，撸起袖子加油干。春天里，创新正当时！

砥砺奋进谱新篇

◎温　刚

党的十八大以来，兵器工业集团主动适应新常态，连年圆满完成“稳增长”目标任务，利润总额持续保持两位数增长，经营规模在军工集团中名列前茅，连续13个年度和4个任期蝉联国务院国资委业绩考核A级，并获中央组织部、国资委党委中管企业领导班子2013—2015年任期综合考核评价优秀等级，世界500强排名由2012年的第205位上升到2017年的第135位。

积极履行“保军”核心使命

党的十八大以来，集团公司牢固树立和落实新发展理念，加快建设中国特色先进兵器工业体系，把实现中国梦、强军梦转化为推动集团公司改革发展的具体实践和行动，突出表现在：一是坚持强军首责忠诚履行使命，二是坚持军民融合深度发展的战略方针，三是坚持全面推动深化改革，四是坚持深入推进结构调整和转型升级，五是坚持贯彻落实“一带一路”倡议。

温刚，1966年生，山西太原人，历任中国兵器工业总公司办公厅总经办处长，中国北方化学工业总公司副总经理，中国兵器工业集团公司办公厅主任，中国兵器工业集团有限公司总经理，中国兵器工业集团有限公司董事长、党组书记等职。

★ 温刚（右二）在辽沈集团生产现场调研（《中国兵工报》供图）

兵器工业是国家安全和三军装备发展的战略基础，必须坚持强军首责，坚决履行好党中央、国务院、中央军委赋予的使命任务。我们坚持以作战需求为牵引，着眼于占领技术制高点，近年来一批新研装备陆续定型，一批具有自主知识产权的机械化信息化核心关键技术取得重大突破，机动突击、远程压制、精确打击、防空反导、高效毁伤、信息夜视六大装备系列产品谱系进一步完善，推动我国陆军主战装备实现由跟踪仿研到自主创新、由传统兵器向高科技兵器的重大跨越，步入了与发达国家跟踪发展、同台竞技和局部领域领跑并存的新阶段。与此同时，我们秉承“国家利益高于一切”的价值理念，把按时间节点高质量完成军品任务作为首要任务，99A 主战坦克、05A 两栖装甲突击车等一批高新技术武器装备保质保量交付部队，建立完善了专业化技术保障队伍和规范化保障工作体系，在举世瞩目的“9·3”阅兵中，出色完成了 27 个地面方队中的 11 个方队共 201 台装备的保障任务，荣获“阅兵保障贡献突出奖”；圆满完成了“俄罗斯国际军事比赛”和跨区机动演练等一系列部队实兵演练的现场保障任务。2014 年、2015 年连续两年军品科研生产任务完成情况考核在军工集团中排名第一。在 2016 年我军赴俄比赛中，集团公司装备参加了 12 个项目的比赛，经受住了贴近实战的严苛考验，均取得了第 2 名的好成绩，获得了军方高度评价。

推进军民融合深度发展

我们充分发挥军民融合发展的主战场、主力军作用，坚持走技术相关、市场多元的军民融合式发展道路，不断拓展发展新空间，培育发展新动能。一是大力培育以北斗应用为代表的战略性新兴产业。成功竞标北斗地基增强系统研制建设总体任务，成立中兵北斗产业投资有限公司，与阿里巴巴公司合资组建了千寻位置网络有限公司，与中国联通、广西壮族自治区政府共同成立了中国—东盟信息港股份有限公司，面向重点行业、区域集成和大众应用市场，着力打造“基础设施、服务平台、核心技术、产业生态”四位一体的北斗高精度服务能力，助推“大众创业、万众创新”。目前，北斗地基增强系统“全国一张网”“全国一个平台”上线运行，具备在全国主要经济区域提供实时动态厘米级、事后处理毫米级和快速辅助定位能力，高精度位置云服务平台“千寻云踪”的用户量突破 1000 万、日调用服务次数超过 3 亿次。在李克强的见证下，集团公司与俄方签署了《中俄卫星导航芯片联合设计中心谅解备忘录》，标志着北斗全球发展战略取得了实质性进展。二是积极推进军工民用技术双向转化、双向溢出。高档数控机床、汽车零部件、精细化工、特种化工、超硬材料、工程机械、重型汽车、民爆服务、光电信息等优势产业和“专精特优”产品加快发展，高速动车组空心车轴、新型人工影响天气系统、高效永磁同步电机、北斗二代应用终端、柔性封装基板、OLED 微型显示器等新产品进入产业化阶段，人造金刚石、硝化棉等产品产销量居世界第一，矿用车、火车轴等产品产销量居国内第一，“用于超临界核电半速转子加工的超重型数控卧式镗车床”项目获“十二五”机械工业重大科技成果奖。三是统筹国际国内优质资源，全力打造行业领先者。对内积极推动优质军民品业务资产重组上市，成立产业投资基金撬动社会资源，改变了过去主要依靠银行贷款发展的模式，共计完成资本市场融资 187 亿元，一机集团宏远电器、夜视集团奥雷德、中兵通信 3 家企业顺利登陆新三板，北方股份、中南钻石两家企业成功入选全国首批 60 家单项冠军示范企业。对外积极重组并购国际优质产业资源，先后收购了德国凯毅德公司、德尔福汽车天线接收系统业务、德国瓦达沙夫公司，汽车零部件产业进入全球高端汽车配套体系。

全力推动国企深化改革

党的十八大以来，集团公司坚决贯彻党中央、国务院决策部署，结合自身实际深入落实意见精神，始终坚持市场导向和问题导向，扎实推进各项改革任务，努力破除制约发展的体制机制障碍，激发企业发展活力和内生动力。一是逐级逐项落实改革任务和责任。集团公司分年度制定了深化改革工作要点并逐项逐级落实责任，其中，2014 年 52 项、2015 年 39 项、2016 年 47 项，这些重点改革任务都纳入集团公司总部部门 A 类工作计划和各子集团年度重点绩效考核目标，总部机构改革、军品科研体系优化调整等改革措施取得了积极成效。二是强力推进“处僵治困”和“压减”工作。主动推进解决历史遗留问题，51 家子企业纳入国资委“处僵治困”政策范围，截至目前，累计分流安置职工 14601 人，同比减亏 72%、减少亏损 6.8 亿元。作为“压缩管理层级、减少法人户数”5 家试点央企之一，在“十二五”时期已完成 320 余户法人单位及长期股权投资项目清理退出的基础上，2016 年以来再完成 66 户子企业的清理退出，占三年“压减”总任务的 45%。三是“三供一业”分离移交取得积极进展。全集团共有 38 户子集团和直管单位，109 户三级及以下企事业单位的 377 个“三供一业”项目纳入移交范围，改革任务十分繁重。2012 年以来，集团公司组织相关企业创新工作思路，逐级落实责任，主动争取地方政府支持，试点地区移交工作积极推进，驻黑龙江省 5 户企业已全部完成移交工作，目前已有 19 家子集团、37 户三级及以下单位签订了移交协议 105 项，分离移交工作得到国资委的充分肯定。四是稳妥有序推进混合所有制改革。2014 年以来，在 10 家子集团所属子企业开展了混合所有制改革试点，2016 年，启动了 5 家企业的混合所有制改革，并同步开展骨干员工持股试点。2015 年，与阿里巴巴集团共同出资设立的千寻位置网络有限公司挂牌运行。2016 年，内蒙古一机集团纳入国家重点领域混合所有制改革十家试点企业之一，这不仅使集团公司子集团层面混改工作实现重大突破，而且在军工总装企业中深入推进军民融合具有代表性和示范性。五是务实推进“一企一策”改革。制订实施了北奔重汽、华锦集团和北重集团的扭亏脱困专项方案，华锦集团实现大幅扭亏为盈；专项推进弹簧子集团及微机电、哈一机等 10 户子集团“一企一策”改革；顺利签订了北方公司改制组建出资协议，将通过建立现代企业制度、规范法人治理结构和引进战略投资者，促进北方公司经营发展焕发新的活力；上市公司资产重组取得新进展，集团公司多层次资本市场布局架构进一步完善。

强力推进企业转型升级

我们牢牢抓住国家出台“中国制造 2025”“互联网 +”等重大部署和实施“一带一路”倡议、“大众创新、万众创业”等历史机遇，抓创新、转方式、调结构、推改革，积极培育新兴产业，做强做大优势产业，强力推动企业的转型升级，努力占据产业价值链的高端环节，使集团公司成为国家战略性新兴产业和高端装备制造业的重要支撑板块。一方面，打造北斗位置服务“互联网 + 双创”平台。以承担北斗地基增强系统研制建设项目研制总体单位为契机，与国家测绘地理信息局、北京、上海等有关部委和地方政府签订了战略合作协议，与阿里巴巴集团出资成立千寻位置网络公司，推动国家战略性基础性行业应用，构建战略行业的高精度位置服务生态圈，开发和提供面向大众的应用服务方案，推进与社会优势资源的合资合作，布局集团公司北斗产业在智慧城市、精益管理、智能制造等领域的示范应用。例如，北斗二代应用终端等典型产品应用于“北京公安勤务系统”，为“两会”安保提供了技术支撑，推动集团公司向战略新兴产业转型。另一方面，加快民品结构调整步伐。多渠道加大民品发展投入，推动北斗系列产品、光学玻璃、航空煤油等新产品形成规模和新的经济增长点。同时，抓好重大亏损源的减亏止损，加大问题产品清理推出力度。着力提升民品产业发展水平和产品竞争力，培育一批“单向冠军”。实施了对德国凯毅德公司和瓦达沙夫公司、德尔福汽车天线接收系统业务、东方联星公司、江西联创通信的并购重组，有力地提升了在汽车零部件、民用卫星导航、陆军指挥控制系统等方面的话语权。充分发挥军贸溢出效应，推动矿用车、硝化棉、重型卡车、汽车零部件、车轴等优势民品出口和海外布局，民爆和化肥等优势产能国际合作。

积极参与“一带一路”建设

作为我国军贸事业的开拓者和排头兵，集团公司着力发挥军贸溢出效应，促进军贸与海外战略资源、国际工程、民品出口、国际产能合作“五位一体”协同发展、良性互动，为“一带一路”建设的实施提供了有力支撑。一是积极推进军贸业务向成建制、成体系、提供系统解决方案的转型升级，努力打造军贸全产业链竞争优势。二是加大海外油气资源和铜、钴、铂金等贵金属矿产资源的获取和开发，战略资源产业达到了千亿元级规模，打造了具有兵器特色，从勘探开采、石油贸易、存储运输，一直到炼油工程、精细化工、特种化工的完整石油石化产业链。目前，在海外拥有 7 个油气项目和 4 个矿产项目，海外石油资源地质储量 12.9 亿吨，海外石油储量位居国内企业第四，年作业量超过 1000 万吨，年原油贸易量突破 6500 万吨，年炼油能力达到 830 万吨；拥有海外铜资源量约 900 万吨，占国内已探明资源量的 8.4%；钴资源量 33 万吨，占国内已探明资源量的 61%；铂金资源量 800 吨，是国内已探明资源量的 2.5 倍，成为维护国家能源资源安全的一支重要力量。着力打造“一带一路”建设的重大标志性项目，与沙特阿美石油公司签署了炼油、化工、终端销售联合开发协议，在辽宁盘锦新建 1500 万吨炼油与 100 万吨乙烯项目，并对华锦公司现有炼化项目进行改造，预计总投资在 150 亿美元以上。2017 年 5 月 16 日，在盘锦举行了项目开工奠基仪式，将发挥好集团公司的产业优势和沙特阿美公司的技术、资源、管理优势，按照技术先进、管理精益、效益优良、可持续发展能力强的目标，建成中沙合作的典范项目。三是积极参与“一带一路”沿线国家重大基础设施建设，大力推动优势民品出口与国际产能合作。2015 年 4 月，在习近平主席与巴基斯坦总理谢里夫共同见证下，签约总金额 16.26 亿美元的巴基斯坦拉合尔轨道交通橙线项目，是“一带一路”建设框架下中巴经济走廊具有示范意义的首个基础设施签约项目。五年来，国际工程承包成交 90 亿美元，在轨道交通、水电工程、矿山建设、公路桥梁等领域形成了较强的市场竞争力，带动集团内装备产品出口近十亿美元，在 2016 年全球最大 250 家国际承包商中排名第 112 位。2016 年年底，集团公司海外净资产 192 亿元，占集团净资产总额的 12.4%；海外业务实现营业收入 1525 亿元，占集团营业收入的 37.5%；海外业务实现利润总额 34 亿元，占集团利润总额的 25.2%，并持续保持了平稳增长的良好势头。

不忘初心　牢记使命
奋力开创集团公司改革发展新局面

◎ 焦开河

兵器工业是我们党最早创建和领导的军事工业部门，从 1931 年 10 月在江西兴国县官田村创建中央红军兵工厂时起，80 多年从战火硝烟中一路走来，不论是在星火燎原的中央革命苏区、艰苦卓绝的敌后抗日根据地、波澜壮阔的人民解放战争、保家卫国的抗美援朝和历次边境自卫反击作战中，还是在新中国火热的社会主义建设和伟大的改革开放实践中，以及在实现中华民族伟大复兴的伟大梦想中，都始终大力弘扬“把一切献给党”的人民兵工精神，听党的话、跟党走，对党绝对忠诚。

进入新时代，面对全面建成小康社会、我国经济转向高质量发展阶段的新任务，面对我国安全环境发生深刻变化、全面建成世界一流军队的新要求，党和国家、军队需要我们肩负更强烈的使命担当、作出更多的新作为、实现更大的新发展，我们的使命更加光荣、作用更加重要、责任更加重大。我们

焦开河，1960 年生，内蒙古托克托人，历任内蒙古第一机械制造厂副厂长，内蒙古第一机械制造（集团）总经理，中国兵器工业集团公司副总经理兼中国兵器科学研究院院长，中国兵器工业集团公司总经理，中华全国总工会副主席、书记处书记等职。现任中国兵器工业集团有限公司董事长、党组书记。

★ 焦开河（前排左二）在信息院调研（《中国兵工报》供图）

要不忘初心、牢记使命，清楚我们是谁、是从哪里来、要到哪里去，准确把握战略定位，坚持正确方向，更好地履行新时代职责使命。

习近平总书记指出，使国有企业成为党和国家最可信赖的依靠力量，成为坚决贯彻执行党中央决策部署的重要力量，成为贯彻新发展理念、全面深化改革的重要力量，成为实施“走出去”战略和“一带一路”建设的重要力量，成为提高综合国力、促进经济社会发展、保障和改善民生的重要力量，成为我们党赢得具有许多新的历史特点的伟大斗争胜利的重要力量，深刻指明了新时代国有企业的历史使命。国有企业是中国特色社会主义的重要物质基础和政治基础，是我们党执政兴国的重要支柱。贯彻落实党中央决策部署、坚决在党和国家大局下开展工作，是国有企业的根本遵循。

我们不仅仅是国有企业，还是中央管理的重点骨干企业，更是承担好强军特殊使命的军工集团，是我军机械化、信息化、智能化装备发展骨干，全军毁伤打击核心支撑，现代化新型陆军体系作战能力科研制造主体，“一带一路”建设和军民融合发展的主力。履行好军工集团的强军首责、承担好国有重点骨干企业的历史使命，是新时代集团公司的战略定位。实现高质量发展，是我们履行好新时代职责使命的基础和前提。立足新的历史方位，从集团公司战略定位出发，新时代集团公司的发展方针是：以习近平新时代中国特色社会主义思想为指引，把贯彻落实党中央决策部署作为最高战略，以履行好强军首责、推动高质量发展为工作主线，努力建设具有全球竞争力的世界一流企业。

切实抓好党中央决策部署贯彻落实

党中央、国务院、中央军委的决策部署，在集团公司是全面的、具体的而不是抽象的，集团公司抓落实也是全面的、具体的，我们的各项工作都要按照党中央、国务院、中央军委的决策部署，在抓落实中不断推进。其中，实现新时代强军目标是兵器工业的根本职责所在，是我们各项工作的重中之重；高质量发展是我们承担好“六个力量”历史使命的基础前提；坚持党的领导、加强党的建设，是集团公司改革发展的正确方向引领。全集团上下要提高政治站位，增强大局意识，强化全局观念，自觉把工作置于党和国家大局之中，坚决贯彻落实好党中央、国务院、中央军委的决策部署，以实际行动诠释兵器工业对党和人民的绝对忠诚。

从讲政治的高度不折不扣地履行好强军首责

强军兴军是我们的核心使命。要深刻认识到“军品经营是为了自己，装备保障是为了军队战斗力”，在思想观念上加快由军品经营向装备保障转变，进一步增强责任意识、强化政治担当，围绕当期任务完成、装备质量全面提升、优化技术创新体系、推进军民融合发展四项任务，全力履行好强军首责。

抓好当期任务完成。现在距 2020 年只有不到一年的时间，如期实现国防和军队现代化建设第一步战略目标的任务十分紧迫。我们要增强责任感和紧迫感，把保任务、保完成作为政治任务，聚焦备战打仗要求，切实抓好任务承接、生产交付和服务保障，确保如期完成党中央、中央军委交给我们的目标任务。

抓好装备质量提升。没有一流的质量，就没有一流的装备、一流的军队、一流的企业。履行好强军首责，首先要把装备产品质量抓上去，这直接关系到官兵生命、战争胜负。要深刻认识抓好装备质量的重大意义，把抓装备质量作为抓强军首责的重大举措，主动顺应装备质量形势发展新要求，全面加强质量管控，健全完善产品质量保证体系，提高服务保障快速反应能力，把质量和服务要求贯彻到每一项工作中，以一流的质量、一流的服务支撑一流军队建设、铸造一流军贸品牌。

优化技术创新体系。装备体系化建设的要求带来装备生成机制的变化，需要我们打通作战需求、装备需求、技术需求、能力需求、基础需求的整个链路，以体系化的能力支撑装备的体系化发展。我们要主动适应装备体系化建设的要求，集中力量办大事、联合起来求发展，加快构建装备研发体系、技术研究体系，解决好长期以来创新资源分散、基础研究薄弱等问题，打造产品研发和基础研究生态体系，形成聚焦主业、错位发展、高效协同、运行顺畅的技术创新发展格局，为建设世界一流军队、推动高质量发展，持续提供创新动力。

推进军民融合发展。要深刻领会军民融合发展战略的核心要义，打破自我配套、自成体系的融合壁垒，加快推动新工艺、新材料等民用先进成熟技术在武器装备上的应用，提高武器装备建设质量和效益。构建装备研发体系、技术研究体系、军工核心能力体系，要把军民融合发展作为体系建设的基本原则，推动建立“小核心、大协作、专业化、开放型”的先进兵器工业体系。要强化装备体系的军贸市场需求策划，进一步提升全产业链体系化军贸竞争能力，为国内装备发展提供实战验证参考，推动装备尽快形成战斗力，实现内装外贸协同发展。

以改革创新为动力加快推动高质量发展

集团公司的地位是靠履行强军使命、实现高质量发展确立的，高质量发展要有高质量的思维理念、高质量的管理、高质量的产品、高质量的服务。

高质量的发展不是简单地比规模，而是比指标；不是片面地比当期利润，而是比可持续健康发展。我们要把握新时代主要战略机遇，贯彻新发展理念，以供给侧结构性改革为主线，以改革创新为动力，从对标引领、质量立企、聚焦主业、依法治企、深化改革、风险防控六个方面，奋力推动集团公司高质量发展走在前列。

坚持指标引领，建设世界一流企业。高质量发展要有高标准的指标引领。要根据集团公司战略定位与发展方针，立足提升产品服务、科技创新、价值创造、国际化经营、高效运营、风险防控、资本获利、绿色发展和社会贡献能力，系统构建集团公司高质量发展指标体系，以高质量的指标引领和推动集团公司实现质量更高、效益更好、结构更优的发展，全面建设具有全球竞争力的世界一流企业。

坚持质量第一、以质量立企。对产品质量、管理质量、工作质量的不懈追求，是实现高质量发展、建设世界一流企业的基础前提。一流的企业首先要有一流的产品质量，要把产品质量作为核心竞争力、作为重中之重抓紧抓好。一流的质量源于一流的管理，要优化完善质量管理体系，强化专业化、体系化管理，全面提升质量管理的能力和水平。一流的管理来自一流的工作，要对标国际先进水平，高标准建设质量管理制度，用高质量的工作来保障高标准的产品质量。

坚持聚焦主业、靠主业兴企。聚焦主业是实现高质量发展，建设世界一流企业的关键路径。要坚持聚焦主业提高资源配置效率，依靠主业强身健体、提质增效。各单位要明确发展定位，突出主责主业，找准在国家强军战略中的定位，找准在集团公司发展大局中的定位，找准在装备体系中的产品定位、技术定位、研发定位，明确主攻方向，把资源集中到核心能力上来，实现更好更快发展。

坚持依法治企，加强制度建设。依法治企、合规经营，是实现高质量发展、建设世界一流企业的内在要求。要准确理解全面依法治国的深刻内涵，把法律法规以及政策性文件，作为我们依法合规治企的重要依据，把制度建设作为依法合规经营的着力点，细化制度规定的流程和规范，提高制度执行力，真正做到用制度来管人、管权、管事、管风险。

坚持深化改革，增强发展活力。深化改革是实现高质量发展、建设世界一流企业的不竭动力。要坚持解放和发展生产力的改革标准，针对制约高质量发展的体制机制障碍，进一步解放思想，有什么问题就改什么问题，通过改革有效激发发展活力和创造力。

强化风险防控，实现持续健康发展。实现高质量发展、建设世界一流企业必须守住风险底线。要进一步强化风险意识，针对政治、意识形态、经济、科技、社会、外部环境、党的建设等领域的重大风险，建立健全风险研判、决策风险评估、风险防控协同、风险防控责任机制，切实提高风险防控体系能力。

坚决贯彻落实国有企业党的建设新要求，不断提升集团公司党建工作质量

习近平总书记深刻指出，坚持党的领导、加强党的建设是国有企业的“根”和“魂”，是我国国有企业的光荣传统和独特优势。集团公司是中央管理的国有重要骨干企业，必须旗帜鲜明地坚持党的领导、加强党的建设，这是集团公司作为中央企业、军工集团的本色、本真、本分，是集团公司做强做优做大、实现高质量发展的根本保证。我们要围绕新时代党的建设总要求，体系化加强和改进集团公司党建工作，把党建独特政治优势转化为创新优势、发展优势、竞争优势，以高质量党建引领和保障高质量发展。

着力发挥党的思想建设优势。加强思想政治体系建设，以思想政治工作统领业务体系、管理保障体系，把学习贯彻习近平新时代中国特色社会主义思想贯穿改革发展全过程、各环节，覆盖到各项工作、每个职工，推动广大职工用党的创新理论武装头脑，切实用习近平新时代中国特色社会主义思想统一思想、统一行动，自觉树牢“四个意识”、坚定“四个自信”、做到“两

个维护”，为履行好强军首责、推动高质量发展提供坚强政治保证。

着力发挥党的政治建设优势。始终把党的政治建设摆在首位，严肃党内政治生活，严守政治纪律和政治规矩，加强党性教育和党性锻炼，大力发展积极健康的党内政治文化，确保广大党员站稳政治立场，把准政治方向，永葆对党忠诚的政治本色，自觉在思想上政治上行动上同以习近平同志为核心的党中央保持高度一致，坚决把习近平总书记重要指示批示精神和党中央决策部署落到实处。

着力发挥中国特色现代国有企业制度优势。始终坚持“两个一以贯之”，把加强党的领导与完善公司治理统一起来，进一步明确党组党委在决策、执行、监督各环节的权责和工作方式，健全完善党组党委研究讨论前置程序的事项清单，明晰决策流程，完善党组党委会、董事会、经理层等决策主体议事规则，确保党组党委发挥领导作用，把方向、管大局、保落实。

着力发挥党的组织建设优势。始终坚持新时代党的组织路线，突出政治标准，坚持事业为上、依事择人、人岗相适，坚持拓宽视野、规范程序、公正用人，打造忠诚干净担当的高素质干部队伍；坚持人才强企、人才兴企，实施更加开放、更加有效的人才政策，建设开放融合创新的人才队伍；突出政治功能，深入推进基本组织、基本制度、基本队伍“三基建设”，不断提升基层党组织的组织力。

着力发挥党的推动发展优势。始终坚持党建工作服务生产经营不偏离，深入推进党员创新工程，围绕重大项目、重大工程、重大改革攻坚等中心工作，找准对接点、着力点，充分发挥党支部战斗堡垒作用和党员先锋模范作用，实现党的建设与改革发展同频共振、融合互促。

着力发挥党的凝心聚力优势。始终坚持做好新形势下宣传思想工作，大力弘扬社会主义核心价值观，传承弘扬“把一切献给党”的人民兵工精神，不断激发广大干部职工爱党爱国爱兵工的热情，把广大干部职工思想和行动凝聚到履行强军首责、推动高质量发展的目标上来。

着力发挥党的监督优势。始终坚持党风廉政建设和反腐败斗争永远在路上，强化政治监督，加强作风建设，深化政治巡视，加快推进纪检监察体制改革，严格监督执纪问责，一体推进不敢腐、不能腐、不想腐的体制机制建设，推动全面从严治党向纵深发展。

着力发挥党的群众工作优势。始终坚持党建带群建的根本原则，集团公司各级党组织要加强对群团工作的领导，不断增强群团组织的政治性、先进性、群众性，依法维护职工合法权益，团结带领职工群众坚定不移听党话、跟党走。

传承红色基因　弘扬伟大精神

◎ 石　岩

2016 年年初，兵器工业两个集团党组共同决定编写《人民兵工精神》一书，旨在传承红色基因、弘扬伟大精神。现在，这一重要教材由两集团编委会编写完成，并出版发行。这是我们兵器工业思想政治工作和企业文化建设中的一件大事，是纪念人民兵工创建 85 周年的一份隆重献礼，也是毛泽东诞辰 123 周年的一份隆重献礼。对此，集团党组高度重视，2016 年 9 月以来，以集团党组名义在《求是》杂志发表纪念文章；尹家绪书记也在接受《思想政治工作研究》和《现代国企研究》杂志专访中，强调要深入挖掘人民兵工精神的时代内涵，担当起传承和弘扬人民兵工精神的历史责任。

85 年前，中国工农红军在中央根据地江西官田村成立了中央革命军事委员会兵工厂（官田兵工厂），标志着人民兵工的正式诞生，成为中国革命武装斗争夺取政权历史条件下的伟大创举。

85 年来，在党的领导下，人民兵工历经无数战火的洗礼，从无到有、从小到大、从弱到强，由最初单一从事简单枪炮弹药维修生产的手工作坊，发

石岩，1960 年生，江苏丰县人，历任北京理工大学科技处副处长、学科建设与学位办公室主任，中国兵器工业规划研究院院长兼党委书记，集团公司计划部主任，集团公司副总经理、党组成员等职。现任中国兵器工业集团有限公司党组副书记、董事。

★ 纪念人民兵工创建85周年暨《人民兵工精神》图书出版发行座谈会（左四为本文作者）（中国兵器党校供图）

展成为今天的高科技国际化兵器工业，并孕育了航空、航天、船舶、电子、核能等新中国的国防科技工业事业，为中华民族的独立和解放、为新中国国防现代化建设和国防科技工业发展、为中国特色社会主义事业作出了历史性贡献。85 年来，以“中国的保尔”吴运铎、“工人阶级的光辉旗帜”倪志福、三代坦克总师祝榆生等英模人物为代表的一代代兵工战士，前仆后继、浴血奋战、无私奉献，用鲜血、生命和智慧铸就了“把一切献给党”和“自力更生、艰苦奋斗、开拓进取、无私奉献”的独特的精神传统，成为人民兵工生生不息、发展壮大的最宝贵精神财富。

习近平总书记指出：“每个走向复兴的民族，都离不开价值追求的指引；每段砥砺奋进的征程，都必定有精神力量的支撑。”人民兵工 85 年的创业史、奋斗史和发展史充分证明，人民兵工精神是人民兵工灵魂和生命力的集中体现，是引领人民兵工克服一个个艰难险阻的强大精神动力，是推动人民兵工事业从胜利走向胜利的根本保证。

人民兵工精神是兵器事业的“根”和“魂”。能否弘扬好人民兵工精神，关系到兵器事业的兴衰与成败。在当前全面建成小康社会、实现中华民族伟大复兴中国梦新的历史时期，奋力开创兵器事业新局面，需要大力弘扬人民兵工精神，这既是我们当代兵工人义不容辞的责任，更是新形势下全面履行好服务国防安全、经济发展双重使命的根本要求。

弘扬人民兵工精神，就是要坚守“把一切献给党”的崇高信仰，把忠诚于党作为引领兵器事业始终沿着正确方向不断前进的牢固根基。信仰是精神的灵魂。从革命战争年代走来的人民兵工，满怀对党的无限忠诚与热爱，抒写出“把一切献给党”的豪迈情怀，唤起了广大兵工人对革命信仰忠贞追求的共鸣。从此，“把一切献给党”深深扎根在兵工人的理想信念之中，成为人民兵工生生不息的精神血脉和红色基因。兵器事业是党的事业，兵工企业是党领导的国有企业。习近平总书记指出，坚定不移做强、做优、做大国有企业，最根本的是加强党的领导。新的历史时期，大力弘扬人民兵工精神，首要的就是毫不动摇地坚持党对国有企业的领导，坚定“把一切献给党”的革命信念，坚守对党保持绝对忠诚、思想政治绝对过硬、作风意志绝对顽强的政治风范，把忠诚于党、忠诚于兵器事业的崇高信仰，贯彻到开创兵器事业新局面改革实践中，不断增强政治意识、大局意识、核心意识、看齐意识，特别是牢固树立核心意识、看齐意识，无论在任何时候、任何条件、任何考验下，都始终听党的话、跟党走，始终同以习近平同志为核心的党中央保持高度一致，决不让党的领导游离于公司法人治理结构之外，决不把党的领导虚置化，决不把党在国有企业的政治基础和组织基础抽空，坚决保证党的路线方针政策在兵器工业得到全面、准确的贯彻执行。

弘扬人民兵工精神，就是要发扬“自力更生、艰苦奋斗、开拓进取、无私奉献”的光荣传统，以必胜的精神风貌应对国际竞争和转型升级的挑战。1991 年 9 月 15 日，在人民兵工创建 60 周年之际，江泽民饱含深情地为人民兵工题写了“自力更生、艰苦奋斗、开拓进取、无私奉献”十六个字精神，并深刻指出，“这是中国人民在 20 世纪为中华民族创造的新的宝贵精神财富”。这十六个字，全面概况了人民兵工创业发展的精神风貌，生动诠释了“把一切献给党”的精神实质，是人民兵工 85 年来一次又一次战胜困难、克敌制胜的优势所在、力量所在，也是今天兵器事业蓬勃发展的核心竞争力。伟大理想变成活生生的现实，源于优良作风的保证。没有优良作风的保证，我们的事业就会失去根基、失去血脉、失去力量。当前，国际国内经济形势复杂严峻、市场需求大幅下滑，企业面临日益激烈的国际竞争和转型升级的巨大挑战。应对困难和挑战，需要我们大力弘扬人民兵工精神，发扬自力更生的创业品格，恪守艰苦奋斗的革命本色，展现开拓进取的豪迈气概，秉持无私奉献的崇高境界，聚焦提质增效、转型升级，迎难而上、实干担当、逆势图强，抓创新、推改革、转方式、调结构，深入推动军品科研生产、技术创新、国际化经营、全面深化改革、结构调整、精益管理和党的建设等各项工作取得实效，把发展的基础夯得更实，把发展的质量提得更高，把竞争实力锤炼得更强，把防风险屏障筑得更牢，坚决打好打赢提质增效攻坚战，扎实推进兵器事业有质量、有效益、可持续发展。

弘扬人民兵工精神，就是要坚持“国家利益高于一切”的核心价值观，以高度的责任感履行服务国家国防建设、服务国家经济发展的神圣使命。人民兵工一经诞生就与国家利益、人民利益和民族利益紧密联系在一起，始终与党的事业同生共长、与时俱进。“国家利益高于一切”作为新时期兵器工业的核心价值观，是人民兵工精神的历史传承和时代体现，是我们当代兵工人神圣的使命担当。作为中央企业、作为军工集团，大力弘扬人民兵工精神，就要坚持“国家利益高于一切”，把服务服从党和国家事业大局作为一切工作的前提，想国家所想，急国家所急，以服务国家国防建设、服务国家经济发展为己任，坚持强军首责，紧贴实战需要，强化陆军装备体系建设，加快推进陆军装备跨代发展，为我军机械化和信息化复合发展提供有力支撑；坚持军民融合，抓住国家“中国制造 2025”“互联网 +”等重大部署和“一带一路”“大众创新、万众创业”等历史机遇，发挥军工技术优势，培育壮大军民融合产业，按照“全要素、多领域、高效益”的要求，加快推进“兵器制造”向“兵器智造”“兵器创造”转型升级；坚持深化改革，贯彻落实“三去一降一补”的要求，持续深化供给侧结构性改革，加快推进“处僵治困”、“三供一业”分离移交、“压减”等专项改革，切实解决发展中的结构性矛盾，理直气壮把兵器事业做强、做优、做大。

2016 年 8 月，中组部党建读物出版社出版的《红色基因》一书，首次将人民兵工精神纳入党的伟大精神之一，使人民兵工精神得到新的升华。今天《人民兵工精神》正式出版发行，为我们学习人民兵工光辉历程、弘扬人民兵工伟大精神，提供了一部系统性重要教材。对于我们不忘革命初心、坚定文化自信、推动事业发展，具有十分重要的意义。我们有责任、有义务把人民兵工精神学习好、宣传好、传承好，用人民兵工精神提升境界、激扬斗志，汇聚磅礴力量，推动兵器事业走向更加辉煌的明天。

将海外党建优势转化为企业国际化经营优势

◎ 植玉林

北方公司在30多年的海外发展历程中，坚定不移“听党话、跟党走”，在国资委和兵器工业集团公司党组的正确领导下，充分发挥党建工作“把方向、管大局、保落实”的政治核心作用，逐步建设形成了33个海外代表处组成的全球营销服务网络和30个对外直接投资国构成的全球经营网络，经贸往来的国家和地区100多个，形成了防务产品、海外石油、矿产资源开发、国际工程及民品国际化经营、投资及资产经营“五位一体”的经营格局。目前，公司海外收入、利润占比80%，海外资产占比60%，海外员工占比30%，跨国指数位居中国大型跨国企业前列，初步实现了将海外党建优势转化为企业国际化经营优势的党建工作目标。

海外党建特色

公司在海外设立1个党委、3个党总支、17个党支部和1个党小组，共有驻外党员300余人。公司党委本着“组织机构调整到哪里，党的组织就建

植玉林，1965年生，四川蒲江人，现任中国北方工业有限公司总裁、党委副书记。

★ 植玉林在第二届装甲与反装甲日活动上致辞（北方公司供图）

设到哪里，思想政治工作就做到哪里”原则，推进组织建设全面覆盖。制定实施《驻外机构党组织和党员管理办法》，从驻在国环境和业务工作实际出发，及时建立和动态调整党组织，实施个性化管理。建立“将海外业务骨干培养成党员，将党员培养成海外业务骨干”的双培养机制，从 2013 年至今，68 名海外常驻人员与国内员工同步参加入党积极分子培训，14 名驻外人员在海外一线光荣入党。将海外优秀员工发展成为党员，为公司海外事业发展提供了坚强支撑。实行海外党组织双重领导，以北方公司党委领导为主，同时接受中国使领馆党委的领导，定期参与使馆党委组织活动，加强政治学习、配合使领馆开展工作。目前，公司驻外机构党组织达到了全面覆盖、管理规范要求，一批政治强、素质好、善经营、会管理的复合型优秀人才担任了党支部领导，为海外党组织建设奠定了良好基础。

驻外党员学习教育是关系带队伍、育人才、谋发展的大计，公司党委在充分考虑海外党建工作特殊性的同时，将思想政治教育的学习目标、内容与要求统一贯彻到海外各地。紧跟国内政治形势，与市场开拓、项目管理和团组接待等重点工作密切结合，因地制宜，采取灵活方式，扎实开展了党的群众路线教育实践活动、“三严三实”专题教育和“两学一做”学习教育等重大党建任务。畅通国内外党员沟通互动渠道，推动党建工作精细化。开设“北方政工”微信公众号，帮助海外党员员工及时了解党的方针政策和党建工作要求，确保跟进落实公司重大经营管理和党建工作重要事项。引入“互联

网 +”技术搭建海外党建信息管理系统，即时动态管理海外党员个人信息、海外党员组织关系转移、海外党费收缴统计、海外发展党员和入党积极分子培养等工作，跨越国别鸿沟，夯实党员管理工作基础。

党的十八大以来，公司党委坚持将纪律和规矩挺在前面，严抓海外工作作风转变和党风廉政建设。领导干部带头转作风，深入海外艰苦危险地区建立基层党支部联络点，引导各驻外机构党支部将作风建设成果制度化、长效化，推进经营工作取得新成果。各驻外机构党组织积极行动，在业务工作中落实纪律作风要求。东非区域中心党支部厉行节约，在条件极其艰苦的南苏丹咬紧牙关过日子，不浪费一分钱；驻缅甸机构党支部建立完善接待宴请标准，全面控制压缩费用开支；驻科威特机构党支部勤俭节约，在生活、办公用品采购上坚持比价、杜绝浪费；驻中亚机构党支部坚持将“三严三实”要求贯穿到 KAM 油田各项生产管理活动中，不断提升精益管理水平。抓牢海外党的纪律，将纪律和规矩挺在前面。加强日常监督管理，建立海外党组织重要情况双报告制度，重要情况在及时向上级党委报告同时，向驻在国使领馆党委报告，强化对重大事项的过程控制；严格执行涉外工作纪律，将外事纪律和安全保密要求作为不可碰触的红线。加强干部监督，对派驻海外机构的工作人员严格进行人事考核、任职谈话和责任审计制度，形成监督闭环。

近年来，公司党委不断强化驻外机构党组织的思想建设、组织建设和作风纪律建设，各驻外机构党支部充分发挥基层党组织战斗堡垒作用，在海外市场一线业务中，聚焦经营职责，推动市场开拓取得积极进展：东非区域中心党支部、伊拉克和阿联酋代表处党支部不断加强市场调研、信息收集等业务工作，推动促成“非洲五号”“中东一号”和阿联酋 SR5 重大项目签约；缅甸代表处党支部充分发挥市场前沿管理作用，培养拓宽当地关系资源，沉着应对缅甸当前复杂形势，维护好重点市场地位；驻阿尔及利亚机构党总支确立“深入一线干工作”的市场经营思路，深入所有赴阿团组具体工作中，增强团队作战能力和业务能力，准确把握市场脉搏；津巴布韦代表处党支部认真领会“大军贸”概念，积极寻求“军矿互动”“军地互动”“军农互动”等方面机会，努力在津巴布韦市场实现军贸商业模式创新。

海外党建案例

例一：“让党旗飘扬在一线！”——缅甸铜矿项目围挡建设中的党委政治核心作用

缅甸蒙育瓦铜矿项目总投资额达15亿美元，是亚洲最大的湿法冶炼铜矿。2014年年底，因西方势力介入而被迫停工的蒙育瓦L矿即将复工，为保护项目用地不受外部干扰，万宝矿产缅甸铜业公司决定在矿区建设围挡，保护项目有序开展。项目现场除缅甸铜业外，还有北方国际、北爆奥信以及中水、中冶等中资企业分包商，在日常经营中，作为独立的经营主体，各企业之间均有自己的利益考虑，但在项目围挡建设过程中，缅甸铜业联合党委充分发挥党委政治核心作用和海外党组织纽带作用，带领各中资企业分包商党支部召开誓师大会，统一思想，形成工作合力。各企业党支部以良好的政治意识和大局意识，以国家利益为重，不计成本，积极投入。

项目现场的300余名中方各企业共产党员全力投入项目围挡建设，面对手持镰刀、标枪和气枪的干扰分子，党员带头顶在前面，忍着挨打受伤和饥饿疲劳，经过40小时的奋战建成了长达11.88千米的矿区围挡，保证项目如期复工。2016年3月，矿区已全面建成投产，并在2017年“一带一路”国际合作高峰论坛上作为重点项目与国内外各界分享民心相通感人事迹。

例二：“创造出中国速度！”——伊拉克艾哈代布油田成功回收投资中的党支部战斗堡垒作用

艾哈代布油田是伊拉克战后对外启动的第一个国际石油合作项目，是中伊两国能源合作领域重点项目，也是公司在海外最大投资项目。油田地质储量5.5亿吨，设计总产量1.4亿吨。

★ 植玉林深入基层党组织讲党课（北方公司供图）

战后伊拉克恐怖袭击频繁，安全风险极高，许多西方知名企业在伊市场运作困难重重，愈发凸显出中国国有企业党建工作具有的独特政治优势。2009 年，油田开工建设之初就成立了油田联合党总支，为油田项目建设顺利启动、高效推进、提前投产提供了坚强的政治保证和组织保障。面对油田建设初期一穷二白的艰苦条件，各党支部组织一线党员带头攻坚克难，加班加点，完成一系列急难险重任务，在大漠戈壁里建设出了一个现代化的油田项目；面对干部职工身处异国他乡，面临生活和家庭的种种困难时，党支部细心做好党员群众的思想工作，积极帮扶解决实际问题；面对工作繁忙的建设期，党支部现场灵活安排政治学习和党组织活动，确保干部职工统一思想，坚定信念，坚决、快速贯彻好组织部署的各项工作，以实际行动彰显党支部的战斗力。

同时，参加油田建设和运营的中国分包商单位也纷纷建立起现场党组织并开展卓有成效的工作。如管道局党员突击队在油田 4 号线工程中创造了令人称叹的“中国速度”，83 天完成管线主体焊接任务，焊接检测一次合格率达到 98.8%，远低于预期工期，创造出时间最短、质量最高和进度最快的三个“最”。截至 2016 年 11 月，油田累计产出 3600 万吨，外输原油 2.4 亿桶，集团公司权益内累计支出 21.43 亿美元，累计收入 21.72 亿美元。油田项目于 2011 年提前 3 年建成投产，稳产 5 年，即以“中国速度”全部收回了项目投资。

例三：“共产党员最后撤！”——埃及、利比亚撤侨工作中党员先锋模范作用

2011年新年伊始，中东北非多国发生颜色革命，先是突尼斯“茉莉花革命”，继而1月底埃及局势发生巨变，2月15日，利比亚东部城市班加西出现严重社会骚乱。持续不断的大规模示威游行和街头暴力冲突以及大批囚徒越狱，使埃及、利比亚两个国家陷入极度社会混乱，烧杀抢掠不时出现。

公司驻埃及、利比亚两国的6名员工中，有3人是党员，另外3人为入党积极分子，危难之际，他们临危不惧，忠于职守。利比亚代表处的同志，冒着生命危险，多方奔波，通过利方合作单位，为我国驻利使馆商务处工作人员购买到宝贵的撤离机票。在当地局势严重恶化的情况下，坚守岗位，第一时间向国家有关部门报告当地局势情况，提供大量信息，有力支持了我国在利比亚的大规模撤侨工作，受到我国外事部门高度肯定。

埃及代表处的两名同志，在40多名专家组成员被困开罗后，每天冒着“宵禁”风险，驱车到为数不多的还在营业的超市为专家组成员购买食品、饮用水。在公司决定全体驻埃人员撤离时，两位同志主动提出如果机票紧张无法一起撤离，则专家组中女同志和老同志先走，其他专家组成员其后，他们两人作为共产党员最后撤，此举令在场的埃及军方人员都情不自禁地竖起大拇指。

例四：“兄弟坚持住！”——南苏丹维和部队救助工作中闪烁着党性光辉

2016年7月8日，南苏丹发生严重冲突，公司驻东非区域中心党支部得知我国维和部队中有战士受重伤，但是受到道路阻碍，使馆武官和医疗队医生不能及时赶赴维和营地急救时，中心党支部的党员干部立即联系在南苏丹军中的高官友人，为武官和医疗队提供安全通道并给予卫兵护卫，保证救助力量及时抵达营地。之后，中心党支部全面配合乌干达使馆和南苏丹使馆接待我军方赴南苏丹工作组的两地工作，并多次探望慰问受伤战士。在受伤战士因伤过重不幸牺牲后，中心党支部积极协助大使馆布置追悼大会和告别仪式，做好相关后勤保障工作，得到了驻南苏丹大使和军方工作组组长的高度肯定，充分体现出共产党员的家国情怀和党性光辉。

牢记总书记嘱托　担当制造强国使命

◎ 杜琢玉

武汉重型机床集团有限公司（以下简称“武重”）作为“一五”时期 156 项重点项目之一，是我国工业基础性、战略性产业，为我国装备制造业创造了多个“首台套”。2011 年，与中国兵器工业集团完成战略重组，武重成为其子集团之一。2013 年 6 月，我来到武重集团担任董事长、党委书记。

难忘总书记视察

2013 年 7 月 21 日，中共中央总书记、国家主席、中央军委主席习近平莅临武重视察。在武重考察期间，习近平总书记表示工业很重要，工业化作为我国的立国之本，自力更生在任何时候都不能少，我们自己的饭碗主要装自己生产的粮食，工人阶级要把这个历史责任承担起来。

此时，武重集团新一届领导班子刚刚组建成立，习近平总书记对武重寄予的厚望，兵器集团对武重殷切的重托，广大职工群众对发展的期盼，让我的心情久久不能平静。

杜琢玉，1963 年生，山西万荣人，现任中国兵器工业集团武汉重型机床集团有限公司董事长、党委书记。

★ 杜琢玉（左七）与多位院士就智能装备发展的大趋势和武重智能化发展进行探讨交流（武重集团公司供图）

此刻，习近平总书记的嘱托，是鼓励、是希望，更是武重和国内机床制造业走向高端强劲的动力。

带着习近平总书记的殷殷嘱托，武重集团主动适应经济新常态，在供给侧结构性改革中精准发力，坚持将创新驱动作为转型升级的发展动力，一举扭转困难的局面，企业步入良性发展轨道。

三年多的时间里，武重坚持自主创新，承担起多个国家重大专项及智能数字产线项目，提出创建世界一流的高端装备制造领域系统集成服务商和关键功能部件供应商的目标，推动“三个转变”——由以产品为中心向以用户为中心转变（“服务+”）；由单纯提供单机向提供个性化定制、系统解决方案和工程总承包转变（“产品+”）；由机床数控化向机床智能化转变（“互联网+”）。实现“四个提升”——企业自主创新能力大幅提升；创新型团队和人才规模大幅提升；品牌质量效益全面提升；职工幸福指数全面提升。

用创新释放创造力

虽然武重曾为新中国装备制造业创下无数个第一，但随着我国经济发展进入新常态，重型机床面临着需求总量大幅减少、需求结构快速升级的双重挑战。2013 年，企业订单量急剧减少后，我带着科研人员与营销人员一起分析市场后发现，中低端机床产品的需求减少，但我国进口高端设备的需求不降反升。由此我得出结论，武重前几年技术创新乏力，新产品开发进展缓慢，现有产品中的一些技术也不稳定。

经过充分调研，以市场为导向，我们开始了马不停蹄地转型和改革。不鼓励创新，就是保护落后。企业连年亏损，转型只能花精力，靠人力。三年来，我们坚持将创新驱动作为转型升级的发展动力，建立健全有利于创新驱动的机制体制，强化队伍创新能力建设，激活企业“内生动力”。

长师分设制是武重科技创新破冰之举。设立中国兵器首席科学家—兵器科技带头人—公司科技带头人—公司科技骨干四个层级，打通人才进步的技术和管理两条通道，让专业性强的人员从管理岗位退出，专心做技术工作。

同时，武重一改原先“大锅饭”薪酬分配模式，将分散于各部门的研发所、设计所、工艺所、规划处整合为技术研究院，建立以项目为核心的科研人员激励机制，将“创新转化率”作为一项重要的评级标准，把技术人才分为 10 个等级，按等级评薪酬。

2014 年，武重集团承接为国家大飞机项目配套的 2.4 米低温风洞项目。超音速风洞是制造飞机、导弹等的重要实验场，由于精度高、技术难度大，长期被国外垄断。外形近百米长的大型设备，误差却要以 0.01 毫米为单位计算。

武重主动请缨接单后，技术人员夜以继日攻坚克难：零件精度达不到，就在机床精度上下功夫；机床加工不了的，就靠手工研磨……最终，风洞如期交付使用，我国成为世界上第三个能进行超音速风洞实验的国家。

靠着这种担当精神，武重集团为三峡水利枢纽、中国核电工程、“神舟”飞船、“长征”运载火箭等国家重点项目提供具有自主知识产权、代表国际先进水平的重型装备。如今，由武重研制的2万多台套“母机”已服务于能源、交通、冶金、机械、铁路、航空航天、军工等行业，被誉为“民族脊梁中最硬的骨头”。

不忘初心　担负新时代“国家队”重任

由于武重产品具有个性化、定制化的特点，我们把营销作为“一号工程”来抓，坚持主要领导带头跑市场，一年里，我大概有三分之二的时间和普通营销人员一起拜访用户、开拓市场。我们坚持以用户为中心，反复把方案和用户沟通交流，经营好每个客户，实现客户全寿命周期的价值最大化，让客户体验到武重产品的“温度”。

2015年，武重参加中电建盾构机项目招标，由于价格不占优势，在第一轮竞标中排名比较靠后。武重与海瑞克联合投标，要说服以严谨著称的德国人调整竞价方案，并不是一件容易的事情，除了和海瑞克艰难的谈判，还必须让武重的方案最贴近用户需求，才能从众多竞争对手中脱颖而出。

★ 武重集团生产的土压平衡盾构机顺利通过出厂验收（武重集团公司供图）

“从来到武重的那一刻起，我想到过成功，想到过失败，唯独没有想到过放弃。”这是我来武重后对自己说得最多的一句话。

4 月份的北京虽已是春天，但空气中依然夹杂着丝丝凉意。带着全厂 3000 余名职工的期盼，我从武汉赶赴北京中电建集团总部，在大院的寒风中等待了三个小时，只想为武重再争取一次机会。

功夫不负有心人。该项目的有关负责人最终同意和我见面，但只有 10 分钟的时间。我把系统解决方案和专业的维修保障服务向对方一一介绍，对方兴趣盎然，思想的火花不断碰撞，时间不知不觉过去了一个多小时。

这位负责人告诉我：“你诚恳的态度打动了我，但更让我感动的是你们对项目整体的工艺研究非常接地气，完全体现了‘以用户为中心’的理念，这让我非常有信心和你们开展合作。”

这一份订单，可以说是武重生存保卫战中的关键一役，不仅展现了武重人“每单必争、一争到底、永不放弃、志在必得”的豪迈气概，同时也让全体职工看到了我们带领武重走出困境的决心和勇气。

在接下来的时间里，武重以实际行动回馈了用户的信任，短短 5 个月完成 6 台盾构机的交付，创造武重速度，令业界内外侧目。

这一次堪称完美的交付，让武重在盾构机领域一“战”成名。三年来，累计销售盾构机 20 余台，增强了产业控制力，实现了立足武汉、迈向全国的目标。更重要的是，专用机床块的迅猛发展为机床行业提供了有力支撑，在同行企业普遍衰退低迷的情况下，机床板块积极开拓了新能源和轨道交通等市场，实现市场份额逆市上扬，武重品牌形象得以重塑，行业龙头地位全面巩固。

在行业形势严峻的大环境下，我将和全体武重人一起，不忘初心，豪迈搏击，追求品质，弘扬精益求精、追求卓越的工匠精神，让服务产生新的价值；不断创新商业模式，坚持有质量、有效益、可持续发展，全力以赴朝着国际一流高端装备制造集团的目标迈进。

把该做的事做了

◎ 王兴治

今天的生活条件、工作条件、科研手段、生产手段，比我们当年不知要强多少倍，是我们当初想都不敢想的。那时候，我们是军队编制，成立了这样一支队伍，协作 29 个部委，27 个企事业单位，按照专业来把这支队伍分成：研究导弹的、研究陀螺的、研究发动机的、研究战斗部的、研究接收机的、研究空滤箱的，等等。

以“红箭”导线为例。导线非常细，里边有两根漆包线，漆包线很细，当时国内没有这种产品，还得把这两根线并在一起，让漆包线绝缘，两根线要绝缘。漆包线很细，必须要用一种纤维把它输送进去，发射中拉这根纤维不拉这根漆包线。当时，国内只有生产电缆的，没有生产漆包线的。最后我们跟湘潭电缆厂合作，把漆包线生产出来了。又如，红箭-8 是第二代反坦克导弹，当时我们研发的第一代反坦克导弹陀螺仪跟红箭-73 是一样的，相当于把第一代反坦克导弹陀螺用在第二代上面。使用后，陀螺框架都碎了，对于当时的情景我记忆犹新。导弹必须有陀螺，而陀螺进化到什么程度则是

王兴治，1935 年生，辽宁辽阳人，反坦克导弹专家、中国工程院院士。历任炮兵科学技术研究院工程师，西安现代控制技术研究所总体室副主任、副所长、所长，西安市科协副主席，西北工业大学教授等职。参加我国第一代反坦克导弹研制工作，主持论证、研制红箭 - 8 反坦克导弹的项目总设计师。

★ 王兴治院士（左一）在试验场（西安现代控制技术研究所供图）

另外的问题。陀螺框架为什么会碎，原因是二代的反坦克导弹过载是 1000 个 G，一代的没有这么大，过载很小。后来我们派了几位同志到当时的七机部（现在的航天单位）去走访，看看他们是怎么用陀螺的。但七机部说他们的导弹没有这么大的过载，所以没有承受这么大过载的陀螺，这个难题就只能我们自己解决了。

二代反坦克导弹过载 1000 个 G 是必需的，因为初速要求是 65 米 / 秒，这样的陀螺框架找不着，现成单位也没有，那该怎么办呢？我们就用理论指导实践。现在回过头来看也没用什么大理论，都是一些小理论就把这些问题都解决了。陀螺框架碎了就是因为力大了，力是质量乘以加速度。陀螺框架里是一个陀螺转子，质量主要就是陀螺转子，加速度就是 1000G，这是不能变的。要想这个力小，只要把陀螺转子质量减小，力就减小了。减小后一打，陀螺框很完整，没坏，大家非常高兴，陀螺框架终于不碎了！可是这又带来一些新的问题，我们是燃气启动，就是 0.7 秒的时候这个陀螺要达到额定值，然后陀螺转子靠惯性来保持 20 秒的精度，由于它转动的惯量小了，所以精度保持不了，也就十几秒，精度就不行了，就漂移了。接下来就要研究它的转动惯量。当时是用燃气来启动它，第一代陀螺每分钟是 3 万转，后来我们测算必须达到 10 万转才能保持这个精度，那就得想办法要达到 10 万转。

陀螺必须要锁定，因为要零位启动，不锁定是不行的。锁定是指这个框架不能随便动。当时我们研究了一个办法：这个喷嘴很细，大约 2 毫米，把陀螺的框架打成孔，把燃气喷嘴穿到上面，燃气工作结束以后，在弹簧的作用下它一下就被拉回来。我们做地面接触实验时效果很好，但是一到真正实践的时候就变了——不解锁。不解锁这个陀螺等于没用了，控制系统没办法工作，为什么不解锁呢？因为它是一个阀，就像蒸汽机车的阀似的，它要往后退却退不回来，因为火药燃烧以后残渣都黏在壁上了，所以在弹簧作用下受到的阻力太大，弹簧不可能把这个喷嘴拉回来。既然燃气有残渣，我们就想用一个过滤器把残渣过滤一下。研究后发现，过滤器比陀螺体积还大、还重，此路不通，还得想别的办法。对我们来说，当时遇到的这些问题都是事关成败的，一个环节走不下去，下边也就走不下去了。

我们研究到半夜一点钟，突然想到一个办法，把内腔再扩大一点，即使再有残渣，阀往后退的时候它也能保持 1 毫米的距离，让残渣掉到这个腔里面去。难题就这么解决了。

其实我觉得，应该做的事我们做了，要做的事老老实实、实实在在的做了，如果说总结经验，我就这两条，除此以外没别的了。

另外，我们在研制过程，大家比较讲诚信，不怕水平低，只要努力就行，最重要的是必须说实话，不能隐瞒。例如，地面发生装置有一次突然出

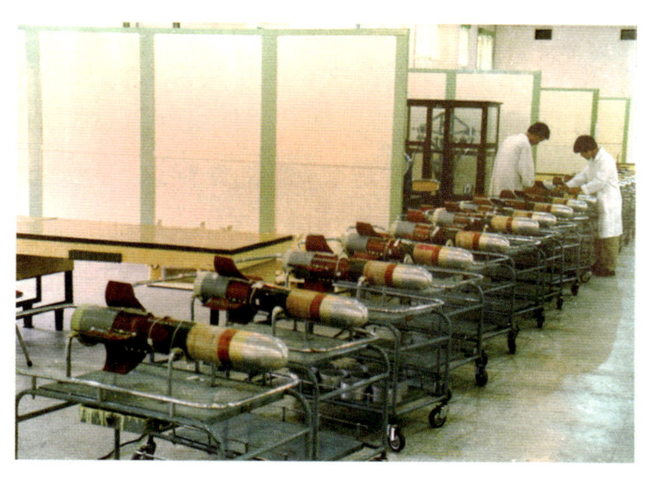

★ 红箭 -8 生产线（于学驷供图）

现一个毛刺，按理讲可以照样过去了，做10次、20次都不出现，但团队成员还是报告了，跟我说出现了毛刺。我们认为，出现毛刺必有原因，得想办法找，干了一夜，反复地做，做了几百次，做到天亮时分，毛刺终于出现了！最后发现是一个器件有问题，后来我们把这个器件换掉了。如果说我们把这个异常放过去，武器系统肯定某次还要出现这个异常，一旦出现这个异常，这发弹就失败了。如果是发射系统出了问题就不是一发了，下一发还会出问题。所以，异常的现象都不能放过，非得把它检查出来不可。大家都非常老实，在工作岗位上遇到什么问题，该报告的一定要报告。所以，不管是我们的科研队伍，还是生产部门，大家一定要守诚信，连诚信都没有，总是让自己出现问题，让别人去找你的问题是不容易找到的。当然，有时候害怕担责任、害怕被撤职、害怕被处罚，我们在研制阶段不但不罚，还会奖励。例如，红箭-9低温储存的时候打一发掉一发，我当时蒙了。在定型前做模拟定型实验，高温、低温都做了，但打低温储存打三发掉了三发。回来我就宣布，谁找出来问题就奖励谁，最后报告说那个阀不动了。我也是不断地在实践中学习，在我的印象里，热胀冷缩，恢复原状，在这个过程存在某种情况，比如到40多摄氏度的时候没事，50摄氏度、60摄氏度时候就开始膨胀了，膨胀了以后再回到50摄氏度的时候还在胀，这叫记忆膨胀。问题找到就好解决了，我们粗加工完了以后放到零下70摄氏度让材料膨胀，膨胀够了再加工。像这些问题要是隐藏起来的话，把这个产品卖到国外，出了问题永远也找不着。所以，我们研制过程中，有了问题大家一定要说出来，别惩罚大家，只要工作努力了，出了问题也是允许的。但是，定型产品出了质量问题，那就是零容忍。

总设计师应该有大局观和整体意识

◎ 杨绍卿

在长期的科研工作实践中，我深深地感觉到，一个优秀的总设计师，首先应该是一个优秀的工程技术人员，是一个设计、研究、开发人员，而不是一个科技管理干部。科技管理干部和从事工程技术的研究、设计、开发人员是有本质区别的。如果把这个角色定位搞不清楚，将来在工作中的思维模式、工作方式、行为方式都会有所不同。作为总设计师，我的体会是应该有大局观和整体意识。

先来说说大局观，这一点说起来容易，但做起来很难。比如，我们考察技术人员，当大家在讨论某一个问题的时候，往往能从讨论的过程中，发现每个人适合做什么。大局观对于一个总设计师来说极其重要，比如我们在做一个总体方案的时候，很多人习惯于“说”，这点不行，那点不行，往往不能从整体上说，就像旅游，我们到一个地方看景色，要先看，从整体上看，比如到颐和园看湖、山、水非常漂亮，整体景观非常好，这就是一个大局观。不要一进去，首先看的就是脏，这不好看，那不好看，这是对一个问题的局

杨绍卿，1941 年生，辽宁康平人，外弹道学与灵巧（智能）弹药武器系统工程技术专家，中国工程院院士。历任西安现代控制技术研究所副总工程师、国家某重点型号总设计师、中国人民解放军总装备部枪炮弹箭专家组顾问、中央军委军工产品定型专家咨询委员会委员等职。

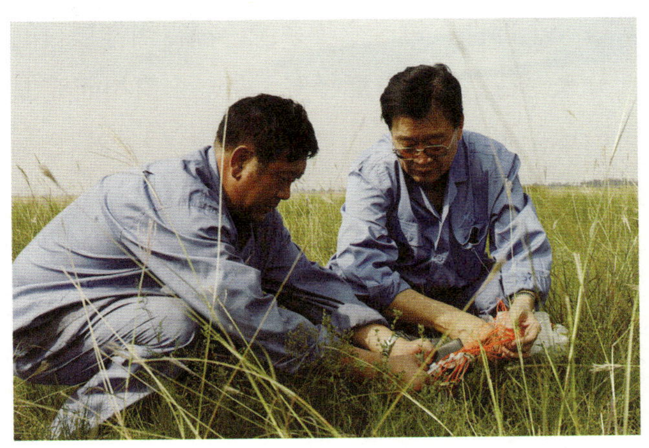
★ 杨绍卿（右一）与科研人员分析参试物品试验情况（西安现代控制技术研究所供图）

部看法，能反映出一个人在看问题时有没有大局观。

我们做总体方案也是这样，首先要考虑总的性能、总的布局、总的方案是不是可行，然后再去考虑细节问题，这就是大局观。比如，我们研制一个项目，从论证到开展研制、再到分工、再到经费分配，需要统筹考虑，综合安排，同时也涉及利益的分配。做过科研带头人的人、做过首席的人，甚至做过副总设计师的人，对此体会应该比较深，会觉得这里面确实存在一个利益的权衡和分配问题。于是，对一个项目来说，什么是大局，考验着总设计师和总师组。我认为，大局就是如何按照技术要求，按时完成这个项目，其他都得服从这个要求，这就是大局。

作为参研人员，首先不要考虑自己在哪一个单位。作为总设计师，作为每个分系统负责人，首先要考虑的是怎样能够顺利地保质保量地完成这个项目，这是一个大局。在这样一个大局下，然后再谈研制单位的安排、经费的分配等。特别是经费的分配，现在很多总设计师往往是站在总体单位的立场，把整体单位的经费留得很多很充足，而对其他配套单位及分系统的经费考虑得不多。比如，一个项目分成几个子系统，分成几个部件，假如有些工作未按节点完成，总设计师往往会认为完不成是哪个部件的问题，是哪个子系统的问题。但是，科研项目是一个整体，项目研制过程中从部件子系统到总体，只要有一个部件完不成，这个项目就完不成。所以，对每一个部件、每一个子系统，都得当作项目的有机组成部分，不可缺少的部分来对待。如何分配经费，是一个值得研究探讨的问题。比如，领导希望自己单位多留一些，留 50%、60%,但是站在总设计师的角度考虑，为了完成这个项目，可能给本单位没有留够 50%，也许只剩下 30%、40%。这时候就可能跟领导的意图大相径庭，甚至可能产生矛盾。而作为总设计师，要更多地考虑项目的完成，哪些子系统是重要的、关键的，哪些子系统可能存在较大的风险，哪些子系统成本是比较高的……对这些重要部分，一定要保证它的经费。

比如，我们在分配末敏弹项目经费时，考虑到末敏弹是一个能够自主探测识别、自主攻击的弹药，是一个信息化程度高，或者说是一个自动弹药，最核心的部分应该是探测装置，这些因素都要考虑到。具体到炮制末敏弹，其有三个部分：一个是毫米波、一个是红外、一个是激光。这三个部分，按照总装机关的意见和型号管理办的意见，每一个部分开始商定 700 万经费就差不多了，但是我们要考虑到这几个部分在末敏弹的研制过程中，能不能成功起到至关重要的作用，而且由于技术原因可能要有反复，那么就需要充足的经费保证。于是，我们就同承担这两个部分的高校商量，高校有一个政策，

★ 杨绍卿（前排右二）在西北某基地参加武器系统效能试验（西安现代控制技术研究所供图）

如果经费超过 1000 万，就被看作大项目，学校就会很重视。在这种情况下，我们综合分析后认为，既然学校有这样的政策，就适当多给一些，给高校 1000 万，就会得到学校的重视，这项工作完成好了，对高校也将有很大帮助。

所以，在项目经费分配上，对于一个总设计师来讲，一定要通盘考虑，有大局意识，以不影响项目的进度、总体和分系统的协作为原则。

我们现在的科研项目有很多的分系统、子系统，会有很多的评审，召开很多评审会。不管是哪一个部件，哪一个子系统，总体单位都会把它的各项评审纳入总体统一规划里，统一组织，把它当作总体的一个部分，而不是单单地作为一个部件，作为一个子系统。因为各分系统之间本来联系就很密切。比如，项目组需要开会，总设计师要有统一的规划、统一的部署，对各部件出现的问题不能放任不管，甚至推卸责任，总体单位要和分部件系统一起来解决问题，一起开会讨论。在开会过程中，不过多地纠缠于解决问题时所产生经费的分摊上，就会使分部件系统觉得总体单位确实是把它们当作总体的一个部分，以后的配合就会非常积极。

树立整体意识，还要看得远一点，比如末敏弹项目在引进某国技术时，我们要求的命中率是 50%，但是在靶场试验的结果，命中率只有 30% 多。于是，我们的主管机关就要扣对方的钱，在履行合约时还剩下 200 万，也就是说 200 万不给了。这个时候作为总设计师，作为技术负责人，也需要有总体概念，因为我们与对方的合作不是一项，还有好多项，而且以后还要合作，一定要搞清楚原因。命中率没有达到预期效果是什么原因导致的，会不会在试验的时候，本来天气很好，结果火箭发射的时候，突然阴云密布，突然就下起了雨……那是天气的原因，不是技术的问题。我作为总设计师非常明白这一点，这时就需要跟主管机关的同志讲明白这个情况，同时要敢于果断作出决策，该给对方的钱就给对方，不能不加分析简单粗暴地进行经济处罚。因为以后双方还要进行合作，如果处理不好，那么以后的合作可能就会非常困难。

在项目研制中，常常会碰到这样或那样的问题，作为总设计师、作为总体单位，一定要有长远的综合考虑，要有大局观和整体意识，不要因小失大，因为小问题影响了大局。

回忆某自行高炮武器系统研制的那段岁月

◎ 李魁武

阳光明媚的冬日午后，再次翻开那本厚厚的《现代自行高炮武器系统总体技术》一书，赫然看到里面夹藏的一首小诗：

峥嵘往事已数年，慷慨豪情克万难。
天府攻关无昼夜，雪原奋战忘暖寒。
掌声雷动人成事，炮火轰鸣龙飞天。
曾经坎坷科研路，而今思来却莞然。

这是某自行高炮武器系统在外场试验期间，一时感慨而写下的。如今读来，装备研制的那段岁月又不禁在我的眼前如同电影般一一闪过……

艰难起步

那一年，我刚出任所长。上任后，我与班子一起分析了我们面临的内外部环境，从长远发展考虑，就专业发展与建设提出了自己的设想：重点突出

李魁武，1943年生，河北井陉人，陆军信息化自行高炮与弹炮结合末端防空/反导武器专家、中国工程院院士。原西北机电工程研究所所长，先后担任“4管25毫米自行高炮武器系统”“双35毫米自行高炮武器系统”和“4管25毫米弹炮结合武器系统信息化改造”三个重点型号项目总设计师。

★ 李魁武（右二）指导年轻科技人员（西北机电工程研究所供图）

装备系统总体技术，着力加强自动机、供输弹、随动、弹道工程、工程力学、电源电站、测试等相关技术的研究，重视跟踪先期关键技术和新概念装备技术的研究，努力增强自身的优势，提高总体竞争能力。而且我认为，要启动研制某自行高炮武器系统。这在当时看来，是雄心勃勃、痴人说梦！全院上下，都为此担忧：技术上，国内关键技术尚未突破；资金上，院里更是困难重重。大家甚至认为，研制开发这一武器系统，是我们院建院以来最大的风险之一。

这些利弊，我何尝不清楚，甚至比他们还明白。但是思来想去，我坚定了我的想法，这个风险依然得冒！因为随着科学技术的迅猛发展，战争的模式、空袭的武器和方式都发生了很大的变化，特别是无人机、巡航导弹、火箭弹等小型空袭目标大量频繁使用，对防空武器提出了严峻挑战。发展威力更大、性能更加优良的新一代自行高炮武器系统是进一步加强我军野战防空能力的重要手段。

于是，我们开始自筹资金，落实队伍，进行了先期开发，提前开始了武器系统的实物论证和重大关键技术的攻关。两年后，项目正式立项，由我担任项目总设计师。

大胆使用新技术

自动炮是自行高炮武器的核心。我当时提出使用双向供弹自动炮技术方案，并组织专项攻关组进行专项攻关。开始研制还是比较顺利，然而这是一个新技术，在研制过程中自然遇到了许多问题和困难。

项目设计定型阶段，双向供弹机就出现了技术问题。这项新技术，国内没有经验可以借鉴，如不马上解决，就会直接影响设计定型进度。那时候又赶上年关，是回家过年，还是啃下这块硬骨头？

那时候真是意气风发，我当即带领成员们奔赴重庆，进行技术攻关。加班加点、熬夜苦干，一直干到了除夕，我们才拖着一身疲惫赶回家中，"抢"到了一个难得的团圆除夕夜。

然而初二刚过，我们又赶回了重庆。与家人短暂团聚，品尝到年味的团队人员一起回到现场。大家斗志昂扬、废寝忘食、夜以继日地工作，查明了问题原因。我们总师组反复制订方案、反复论证、反复改进，经过多方面工作，终于攻克了这个难关。

项目团队陆续研制成功了多个关键部件，解决了扬弹、供弹与射频的最佳匹配，炮闩寿命，手开闩筒强度等问题，使该自动炮结构简单、射速稳定、工作可靠，也提高了弹链的使用寿命。

走在装备信息化前沿

装备信息化是新型装备的技术关键之一。在确定自行高炮总体方案时，我与团队的主要成员程广伟、丁天宝等讨论，决定在自行高炮上采用总线网络和信息管理技术。可是，新生事物的发展总是受到各方面的阻碍。这个想法很多专家不予支持，认为技术太新、投资大、风险高。但是，我们几个还是坚持自己的想法。为了说服大家，我们进行了大量的理论分析和实验，通过严谨的技术攻关，统一了大家的思想。

我还和成员们说："你们对一次采用这么多新技术产生疑问，我很理解。但是，要使我国防空高炮达到国际先进水平，就必须勇于创新，要用好的东西，新的东西。我想对大家说，不必担心，尽管放手去干，失败了，责任是我的，成功了，功劳是大家的！"

大家听了这样的话，心中的疑云逐渐散开，心，凝聚在了一起……

果不其然，短短几个月后，总线网络系统工程应用成功。而且实践证明，总线网络和信息管理系统技术在自行高炮装调试验、问题排查与解决、总体化和信息化性能提升等方面起到了重要作用，对装备信息化发展起到了巨大的推动作用。

唯有赤诚之心永流传

在项目研制过程中，我们的团队成员辗转于寒区、热区各试验基地，辗转于华阴、云南、四川、甘肃、阿拉善、白城、湛江等多个试验地点。团队中很多同志一年出差时间达到 11 个多月，很少在家里面。

在东北试验基地，通常清晨 6 点天还没亮，项目人员就要起床，草草洗漱后，7 点左右就要到达现场，进入试验，总是一口气儿干到晚上九十点。因为在外场进行动态飞行试验时，为了不影响军用机场正常的训练，部队给我们试验用的飞机架次，通常安排在很晚或很早两个极端时间段内。有时，早班架次排得更早，就得 4 点起床，晚班架次更晚，要晚上 12 点左右才能回到住处。吃饭全是在现场解决。

在整个试验期间，我们总师组从来没有在晚上 12 点钟以前休息过。因为每天工作结束后，都要召开总师组会议，总结当天工作中出现的问题，然后逐一讨论，提出具体解决方案，制订第二天的计划。最终，还要具体到哪个人、哪个时刻段、干哪件事情，以便促进项目的进展。每每会议结束，时间都到凌晨两三点了。然后赶快休息，第二天早上 6 点再起床。驻地的工作人员总是说我们："你们这群人这是玩命啊！"

★ 李魁武（后排右二）现场指导（西北机电工程研究所供图）

在雪虐风饕的苍莽荒原上，我们一队人马裹着大衣，迎着零下几十摄氏度的透骨酷寒，每天在荒原的露天下工作，远远望去，成了茫茫天宇中的一道独特风景。大家忙碌穿梭，风餐露宿，与天地相搏，将多年凝成的心血结晶放在这黑土地上接受着严寒的考验。

很快，我们的付出得到了回报，该自行高炮武器系统研制终于定型成功了！

该自行高炮武器系统，是集空情、指挥、作战、维修和保障于一体，具有全天候、全自动、独立作战、协同作战、多炮主从作战、行进间射击和寂静作战功能的履带装甲式新型野战机动防空系统。它的研制成功，有效地提高了我军低空、超低空防空和末端防御能力，荣获国家科学技术进步一等奖，参加了两次国庆阅兵庆典，被誉为“世界名炮”。

大型复杂型号系统的研制与生产对装备技术创新与发展、二院的技术创新与发展、人才队伍建设等方面都产生了深远的影响，可以说结出了丰硕的果实。它推动了一批高新技术群在国际或国内达到一个新的水平，先后申请了 83 项发明专利，已授权 20 项。项目的主要成员经过历练，迅速成长为二院的科研中坚力量。同时，我和项目团队及时地总结经验，先后完成了《现代自行高炮武器系统总体技术》《装备射击密集度研究方法》等十余部论著，较为全面地论述了装备总体技术、装备射击技术研究方法，对丰富我国的高炮武器理论起到了积极的促进作用。

在该自行高炮武器系统研制期间，我们的团队成员忠诚奉献、科学实践，完美演绎了兵工人对兵器事业的忠诚与热爱。也正是因为他们的这份赤诚，才有了该自行高炮武器系统的诞生，“世界名炮”的成功铸就，才能将国家装备工程推向一个新的高峰。

那段日子，令我终生难忘。

在打造先进装甲战车的征途中矢志求索

◎毛　明

我最大的人生愿望是：让中国的坦克战车技术引领世界潮流。搞战车设计的人可能都有一个梦想，就是设计一款享有“陆战之王”美誉的主战坦克。我真的很幸运，2004 年二代步兵战车刚定型，就被上级任命为 99A 坦克的总设计师。经过 7 年的研制，我们用预先研究积淀的先进技术和这些年国家经济发展而建立的先进研发条件，以我们兢兢业业而又艰苦卓绝的工作，把“梦”变成了现实。

热爱，让我的人生与装甲战车紧紧相连

我从小就有一种浓浓的军人情节，想通过当兵改变自己的命运。每当看到身穿绿军装的解放军我就特别羡慕……“我要能当兵该多好呀！”大学毕业前夕，我毫不犹豫地报考了兵器 201 所的研究生。我以为，这家北方车辆研究所是部队的，如果能考上就可以实现我的军人梦了。

毛明，1962 年生，湖北咸宁人，中国兵器首席专家，99A 坦克总设计师，曾任中国北方车辆研究所所长等职。

★ 99A 坦克总设计师毛明（北方车辆研究所供图）

1983年，我从330多名考生中脱颖而出，成为北方车辆研究所的军用车辆工程专业研究生。入所后我才恍然大悟——自己并没有走入军营，而是成了一名兵工人。

虽有遗憾，但随着对北方车辆研究所了解的深入，我逐渐感悟到：军人在战场上冲锋陷阵需要先进的武器装备，兵工人就是为军人提供武器装备和技术的人。没有先进的武器装备和技术，保家卫国就会成为一句空话。

搞科研事业，首要的是喜欢。不喜欢，调动不起来激情，激发不了好奇心和突破的欲望，科研事业也就不可能有创新。从踏入北方车辆研究所的那一刻起，我便意识到此生的愿望都将与这装甲战车紧紧联系在一起。

执着，向技术攻关发起一个又一个进攻

99A 坦克是我国自主研制的第一台信息化坦克，是我陆军武器装备水平的标志。早在99式主战坦克定型之际，99A 坦克的研制工作就已展开。如何在99式主战坦克基础上，研制出一种火力、防护、机动特别是信息化自动化程度高的新型主战坦克？对照国际先进技术水平，我深知99式坦克的优点和需要改进之处。很明显，摆在我和团队面前的是一道又一道的技术难关。诸多的关键技术、核心技术，我们就是出再多的钱，外国人也不会卖。突破了就是世界先进，解决不了，就老老实实承认落后。

既然选择了这条路，就只能义无反顾地往前走。如攻克坦克发动机热平衡难题，当时样车在寒区试验时，发动机频繁出现过热、排气温度过高、传动装置过冷等问题，到了热区则是综合传动装置过热，冷却风扇的转速无法

调节。问题久攻不破，我感到了前所未有的强大压力。在长时间的思索后，我不断试错，指导辅助系统团队摸索发动机、综合传动装置的热负荷在不同道路条件下随车速变化的规律，再要求总体组与发动机专业所重新制定新的散热系统方案，然后研究冷却风扇转速的控制策略，一举攻克了热平衡问题。

又如，在多辆试验样车的扭杆不到 1000 公里就断，一断车就趴窝的情况下，我带领项目团队，亲自列出方案，历经一场场激烈的讨论，一次次试验现场的攻关，终于找到问题的症结所在，多次下总装厂督促整改，成功地解决了扭杆的可靠性问题。

在 99A 坦克的研发中，我将智能布局理论运用于坦克的总体布置设计，建立了坦克动力舱部件一体化布局设计新方法，形成我国坦克“外形低矮、重量轻”的鲜明技术特征与优势；提出以“车际信息共享、平台任务综合、部件自动化与状态监测、信息设备标准化、器件自主可控”为基本特征的信息化坦克总体方案和车载综合电子系统拓扑方案，构建了多系统的攻防策略以及告警、防御、机动、打击等多功能的作用体制，使 99A 坦克不仅首次拥有统一指控、态势共享、协同攻防、综合保障等新功能，而且火力、机动力和防护力获得跨越式提升。

99A 坦克的多项技术达到世界领先水平，显著提高了我军装甲部队的机械化、信息化水平，推动了我军由机械化向机械化、信息化复合发展的转型，在我国坦克发展史上具有里程碑意义。有评论认为，中国 99A 主战坦克的性能，可媲美德国豹 2 坦克和美国 M1A2 坦克，已跻身世界一流。

大写“兵工”，披肝沥胆铸忠诚

作为战场上克敌制胜的法宝，新型战车必须经受各种极端环境的考验，以确保其优异性能正常发挥。

战车研制最艰苦的是野外试验，任何一款装甲战车都要进行严格的实车试验才能最终定型。隆冬时节，我们要到祖国最北端做试验，那里滴水成冰；

★ 99A 坦克（北方车辆研究所供图）

最热的时候要去最南端，在 40 摄氏度的高温和几乎 100% 湿度条件下做试验。战严寒，斗酷暑。此外，还要到黄沙漫天、昼夜温差巨大的沙漠中和空气稀薄、天气变化无常的高原地带做试验。这既是对装备的检验，也是对人的考验，其艰辛，只有亲身经历过才有体会。作为总设计师，每次野外试验我都会去现场，解决试验中出现的问题。2009 年，国庆 60 周年阅兵的当天晚上，我接受央视采访，说起试验的过程，竟忍不住在镜头前泣不成声。但我们真没有觉得苦，反而为我们装备事业取得的成绩感到无比光荣。

为了 99A 坦克的研制，我每天工作多达 12 小时，常常通宵达旦，放弃了所有节假日……

一次，综合传动装置遇到了技术“瓶颈”，需要马上攻关，可时间已近深夜子时，项目组万分焦急。我刚从办公室加完班出来，因一直关注着项目的进展，没有回家休息，而是径直来到了试验室。见项目组正给传动装置加油，准备进行台架试验……我赶紧把西服外套扔到一边，立即动手打油。当时的打油程序比较麻烦，需要用手摇泵，先从油桶里把油打到小塑料桶里，再一桶一桶地加到传动装置里。我一边摇油，一边和大家统计着。等加完油，开始第一轮试验已经是凌晨两点多了。这一晚，我和项目组在一起，直至做完试验才回家。

将自己的人生价值和追求融入国家和民族的事业中是最大的幸福。个人事业的成功虽然有赖于对理想的执着坚持、拼搏和奉献，更源于伟大的时代。为战士提供能打仗、打胜仗的武器装备是我们的职责和追求，唯有矢志不渝、不断创新，才能不辱使命。“强军报国”“创新引领”的梦必将在我们的孜孜追求中实现。

激动的时刻　永恒的记忆

◎ 冯继平

2017 年 7 月 17 日，一个永生难忘日子。

上午 10 点 30 分到 11 点 45 分，中共中央总书记、国家主席、中央军委主席习近平来到东北工业集团考察调研。珍贵的 75 分钟，深深地定格在我的脑海中。

我有幸受到了习近平总书记的接见，并作为企业职工代表之一参加了座谈和发言，而这一天又恰巧是我的 52 周岁生日。

习近平总书记在参观企业后，在长春一东公司装配分厂班组园地，与 14 名职工代表进行了座谈。东北工业集团董事长、党委书记于中赤作了汇报，共有 5 名职工代表发了言，一线工人彭勃、全国劳动模范吴宏立、班组长刘国帅、产品设计员孟繁影先后发言，我是最后一个发言的。

发言的每一句话、每一个字我都记得很清晰。

习总书记好！我是东北工业集团的党委副书记、工会主席，代表我们企业的党组织、群团组织和没有参加座谈的 9045 名职工、2363 名党员，还有将近 2500 名的团员青年说两句。首先，总书记来到我们东北工业，我们全集

冯继平，1963 年生，湖北浠水人，现任中国兵器东北工业集团有限公司党委副书记、工会主席。

团的干部职工、共产党员、团员青年都感到无上的光荣、自豪和幸福。我们产业工人欢迎您、热爱您、拥护您！

我在兵器工业工作了30多年，而且一直在企业工作，对企业和职工都有着很深的感情。我有一点很深切的体会，就是职工与企业好比‘鱼’与‘水’的关系。没有企业，就没有职工；企业发展了，职工才能发展；职工发展了，才能促进企业的发展。所以在实践当中，我们一直培育和践行职工关心企业、企业关心职工的‘双关心’文化，积极构建和谐稳定的劳动关系。

这些年来，在于中赤同志的带领下，我们企业实现了持续、健康、快速的发展，企业的党建、文化、工会等工作都是全国的先进。在群团的工作当中，我们注重做到‘三个结合’：一是把对党的忠诚与对职工的感情结合起来，二是把企业的中心工作同谋划群团工作结合起来，三是把企业的优良传统与创新群团工作结合起来。做好我们中国企业的群团工作，我也有‘三点体会’，简单地讲，就是：一心一意跟党走、实心实意促发展、全心全意服务好。

刚刚闭幕的中央群团工作会议对我们企业的群团工作提出了新的要求。我们有责任、有信心、有能力，把我们企业的事情办好，把我们的职工队伍带好。我们要把工会、共青团组织建成名副其实的职工之家、青年之家，把群团干部打造成为职工和青年最信赖的‘娘家人’。要继续组织动员职工、青年，在企业的改革发展当中发挥好主力军和突击队的作用，大力弘扬总书记倡导的劳模精神、劳动精神，形成促进企业发展的强大正能量，为我国的工业现代化、国防现代化建设增砖添瓦，再立新功！请总书记放心，请党中央放心！

我的发言大约3分半钟，习近平总书记不时看着我，微笑地点点头，表示肯定。在随后习近平总书记发表的将近20分钟的重要讲话中，还专门就加强和改进新时期的群团工作着重讲了七八分钟，表扬我们说：“我看你们这里意识很强，做得很好，继续做下去。”

座谈结束后，在热烈的掌声中，习近平总书记起身与周围的职工亲切握

★ 东北工业集团自动化生产线（东北工业集团供图）

手，我也站在职工队伍中间。当习近平总书记握住我的手时，他说了句“（你是）党委副书记”。仅仅在座谈会上发了言，能够被总书记在人群之中认出来，我感到很荣幸，同时也叹服于他的记忆力和亲民作风。之后，我紧随习近平总书记身后，陪同习近平总书记亲切接见劳模代表。这中间，吉林省委书记巴音朝鲁同志走过来和我握了手，他说：“你讲得很好！”在座谈会开始之前，中央政治局委员、中央书记处书记、中央办公厅主任栗战书先来到座谈会所在的班组园地，与我握了手并作了简短的交流。

习近平总书记视察结束后，吉林省市新闻媒体来回访，我激动地说：“总书记来视察企业，总体感觉很亲民，他讲了很多话，很实在，也很接地气。也看得出，总书记的心时常牵挂着我们的企业，他的心与我们职工的心是时时刻刻在一起的。”

习近平总书记视察东北工业集团，是兵器工业的光荣，更是东北工业集团职工、党员的光荣。习近平总书记对企业的亲切关怀和殷切期望，给予我们巨大的鼓舞和激励，也赋予我们光荣的使命与责任。在习近平总书记视察后，我们兵器工业集团党组、吉林省委都分别召开了专题会议，传达学习贯彻习近平总书记调研期间重要讲话精神。我们要带头把学习宣传、贯彻落实习近平总书记在东北工业集团视察指导的重要讲话精神，作为当前的头等大事，在全集团迅速掀起学习贯彻的热潮，确保习近平总书记的重要讲话精神落地生根、开花结果。

我们要以习近平总书记来企业视察为动力，牢记使命，不忘嘱托，以最坚决的态度、最有力的措施，认真谋划好“十三五”规划，扎实做好当期经营和全面深化改革工作，切实加强、改进和创新群团工作，为实现我们的“百亿梦”、“兵器梦”、中国梦而不懈努力！

坚守 35 年　跋涉 12000 天

◎ 周建民

2016 年 10 月，在全国“大众创业、万众创新”活动周山西省分赛场上，130 多个创新项目的展示让场上的气氛紧张而热烈。

“好！这才是真正的‘双创’项目的典范！”随着我最后一个压轴出场，我的“周建民操作法”项目大放异彩，赢得了金奖。此时，掌声和欢呼声响个不停。

绝活：蒙眼研磨 1 微米误差

记得 2015 年 11 月 27 日，国家质检总局、中国防伪行业协会秘书长殷荣伍一行 4 人来到了位于淮海集团十四分厂的国家级周建民技能大家工作室。

“周大师，听说您有个绝活儿叫‘蒙眼研磨’，能否给我们大家展示一下，让我们一饱眼福啊？”在工作现场有人对我说。

周建民，1963 年生，山东即墨人，淮海工业集团十四分厂量具钳工，党的十八大、十九大代表，全国劳动模范，全国五一劳动奖章获得者，山西省劳动模范，纯手工可进行微米级按压研磨，创新试验出一系列操作方法，被集团公司命名为“周建民操作法”。

“好的”，我对前来评审的领导和专家说，“我从事量具钳工30多年啦，别的不敢夸口，但是，我能在蒙着眼睛的情况下，通过手工研磨的方法，将量具磨去10微米，并且误差仅有1微米！”

★ 周建民在工作中（淮海集团公司供图）

1微米相当于1根头发丝粗细的六十分之一，单凭肉眼都很难看出来，这样的精度一般人手工操作根本达不到，而我做到了。

面对大家的质疑，我从容淡定地走到陪伴多年的工作台前，拿起一块毛巾将双眼紧紧蒙住，拿出手边的研磨工具，对手中的量具开始了研磨。

一下、两下……没过一会儿，我就摘下毛巾，站到一旁，以肯定的口吻对大家说：“我研磨好啦，请测量吧！”

“真的是毫秒不差呀！”评审组人员和专家们眼见为实，纷纷赞不绝口。

鏖战：三天三夜攻克难题

量具是产品的“先行官”，就相当于鸡下的蛋合不合格，由它说了算。

有一次，国家某重点核心项目一套量具任务交到淮海集团，这套量具要求比较“刁”，尺寸精度、对称度要求微米级，角度要求秒级（一秒等于1/3600度）。

精度达到微米级，并且还要连续几十个小时地加工，这样苛刻的工作要求，对大多数人来说是难以达到的。因此，有人断言，肯定干不成。

就是在这样的情况下，我毅然接受了任务。当时印象非常深，以前没有加工过，没有资料可以查阅，没有任何经验可以借鉴，只能靠自己。光是准备它的单件生产，我就准备了一个星期。

然后，我全身心投入了对图纸的摸索钻研，一点点消化、一步步计算、一项项假设，思考、模拟、验证，对比面角度不好掌握，就把量具夹在上下面平行的方箱上，不断垫高方箱寻找和量具平行的角度。三伏天，50 多公斤的方箱翻动一次人就大汗淋漓，我三天三夜不断地重复着这精细而费力的动作。饿了就吃一碗方便面，困了就在工案上打个盹。功夫不负有心人，第四天，难题终于拿下，产品通过检验。

公司领导得知这个消息后，马上就拿着已经加工好的产品亲自到量具上检测，一量，产品合格，领导笑了。虽然当时公司领导要专门犒劳我，我却困得早早回家睡觉去了……

创新：在平凡中创造奇迹

“我这是第一次来广州，但只要我愿意，90 年代就被私企老板高薪挖过来啦！”2016 年 6 月，我在国资委举办的中央企业技能人才培训班上讲过。

20 世纪 90 年代初，兵工厂遭遇了“滑铁卢”，生产任务锐减，职工每月发 200 元的生活费勉强度日，当时厂里很多有一技之长的职工到南方打工。在南方，每个月管吃管住 800 至 1000 元。

然而，面对外面的一次又一次高薪聘请，我都断然拒绝了。因为我的根在兵器、在淮海集团。

有一次，淮海集团在协助系统内某单位重点工程项目产品制造中，经过数控加工的产品始终不能满足设计要求。在万般无奈的情况下，公司领导又想到了我。

连几百万元的高精密进口设备都干不了的量具，我能行吗?!

当生产调度池建明来找我时，我正忙碌着。看到池建明手中的量具，我明白了他的来意。池建明有些为难地说：“我们在数控机上试验了，但怎么都加工不出来，周师傅，你帮忙想想办法吧。”我接过量具看了看，发现这个量具需要加工的部件较薄、间隙脆弱，数控切削很容易导致变形。

之后的几天，我把重点放在解决量具的变形上，小心翼翼打磨着这件量具。手工加工对手的力度感和稳定性要求很高，稍不准确就会导致量具变形报废。我沉下心来，凭借着多年练就的功夫，开始进行手工微米级的研磨。这是一个比绣花还难的工程，必须在保证尺寸、对称度的基础上，准确把握一丝一毫的细节变化。两天后，我加工出的量具一次性通过了精密检测，创造了新的奇迹。

2017 年 5 月 22 日是一个星期天，也是我到太原参加省党代会选举党的十九大代表的前一天，就在这一天，我最终攻克了某国家重点产品绝缘体零件的密封难题。当时，看着用了 2 个多月时间加工完成的工装，我流泪了，这泪水有喜悦、有委屈。这期间，我们有过放弃的念头，也想过去依靠别人，但最终我们没有等没有靠，获得了成功。

“让设计师的非凡创造力变成现实”，这是我和我的工友们心中的志向，也是工匠精神、人民兵工精神的生动体现。我从事量具钳工 35 年，先后承担并参与完成了 12600 余项急难任务，完成创新成果 1100 余项，平均 10 天就有一项，创造价值累计达到 3300 余万元。主持的“降低专用量规制造成本，提高专用量规耐用度”获得国家专利。仅此一项，每年可为企业节约 300 多万元。归纳、总结出了“三要诀加工法”“冷热配合法”“基准转换法”等多种生产中的绝技绝活，获集团公司技能创新竞赛一等奖，并在公司及兵器集团公司进行推广应用，大大提高了专用量规生产效率。

匠心：确保一次成功

在“9・3”大阅兵上，人们看到的是铁甲雄风，而让它们“万马奔腾”、勇往直前的精确制导、远程压制的智能化产品所必需的量具就是由我和我的工友们完成的。

该量具的各内套的偏移量要求仅为一张 A4 纸厚度的七分之一，相当于开车从北京到上海跑直线的偏差不能超过 1 米，尺寸精度要求为鸡蛋壳厚度的五十分之一。

我经过多次试验确定了部件的过盈量，通过采用“冷热配合法”，即先到零下 50 多摄氏度将量规的内套冷冻，然后再到零上 70 多摄氏度将量规的外套加热，最后再将量规进行总装，确保了量规的质量要求。仅 2013 年我们就完成了 24 套导弹全形规的加工，创造产值近 500 万元。

作为一名生产一线的工人党员，我的阵地就是岗位，我的武器就是技能，解决生产中的难题，完成自己承担的任务，就是我的作用和价值。连续 16 年来，经我之手生产的检测高技术产品的量具确保了产品的一次次交验合格。

十九大报告指出，加快建设创新型国家。要瞄准世界科技前沿，强化基础研究，实现前瞻性基础研究、引领性原创成果重大突破。作为党的十八大、十九大代表，全国劳模，中华技能大奖获得者，山西省首个国家级技能大师，兵器工业集团首席技师，我要在创新上再加把劲，努力创造出更多产品，为实现中华民族伟大复兴的中国梦不懈奋斗。要在今后的工作岗位上，带出更多优秀的技能人才，让徒弟们和青年职工能够把我最精湛的技术发挥在制造当中，努力为强军强国伟大目标的实现助力添彩，切实将党的十九大精神学习好、宣贯好、落实好。

参考文献

1. 于学驷主编：《军事工业·根据地兵器》，解放军出版社 2000 年版。

2. 杨占昌、于学驷主编：《军事工业·兵器》，解放军出版社 1999 年版。

3.《“我所经历的兵器改革发展故事”主题征文汇编》，兵器离退休干部局 2015 年 12 月，北京（内部资料，未公开出版）。

4. 兵工史编委会编：《中国人民兵工史·人们不会忘记你们》，兵器工业出版社 2011 年版。

5. 徐向前、张继春等：《星火燎原》，解放军出版社 2009 年版。

6.《中国兵工报》（1999—2017）。

7.《中国兵工》1999 年第 7 期总 82 期。

8.《现代国企研究》编辑部编：《成长密码——央企负责人管理思想访谈录》，党建读物出版社 2014 年版。

后 记

追寻人民兵工记忆，传承人民兵工精神，有助于永葆人民兵工初心本色，更加坚定维护核心，坚决听从指挥，走中国特色强军之路，全面推进国防和军队现代化建设。为此，中国兵器工业集团立足全党正在开展的“不忘初心、牢记使命”主题教育活动，组织编撰了《兵工记忆》一书，作为传承人民兵工血脉的重要读本，为中华人民共和国成立70周年隆重献礼。

在这里，要特别感谢人民出版社有关同志对本书的策划和指导，以及为本书出版所作的种种努力。感谢兵器工业集团党组领导的高度重视和支持，感谢党建工作部、人力资源部和兵器工业老干部局的指导，感谢兵器人才学院、兵器工业档案馆等有关单位的帮助。感谢在编写过程中提供过帮助，特别是友情提供珍贵口述史料和影像资料的兵器工业的老领导、老同志们。

写作中，我们遵循历史唯物主义观点，坚持实事求是，以史实为根据，如实准确地反映了人民兵工的历史足迹和基本经验。由于我们思想理论水平有限，书中难免有疏漏和欠妥之处，欢迎提出宝贵意见。

编　者

2019年6月

策划编辑：房宪鹏
责任编辑：房宪鹏　曹　利

图书在版编目（CIP）数据

兵工记忆 /《兵工记忆》编委会编．—北京：人民出版社，2019.7
ISBN 978－7－01－020144－3

Ⅰ.①兵…　Ⅱ.①兵…　Ⅲ.①纪实文学—作品集—中国—当代　Ⅳ.①I25

中国版本图书馆 CIP 数据核字（2018）第 274342 号

兵工记忆

BINGGONG JIYI

《兵工记忆》编委会　编
人民出版社 出版发行
（100706　北京市东城区隆福寺街 99 号）

天津图文方嘉印刷有限公司印刷　新华书店经销

2019 年 7 月第 1 版　2019 年 7 月北京第 1 次印刷
开本：710 毫米 ×1000 毫米　1/16　印张：20.75
字数：300 千字

ISBN 978－7－01－020144－3　定价：68.00 元

邮购地址 100706　北京市东城区隆福寺街 99 号
人民东方图书销售中心　电话（010）65250042　65289539